我可以和你做朋友吗

霍君——著

WO KEYI
HE NI
ZUO PENGYOU MA

山西出版传媒集团　北岳文艺出版社

·太原·

图书在版编目（CIP）数据

我可以和你做朋友吗 / 霍君著 . -- 太原：北岳文
艺出版社 , 2025. 5. -- ISBN 978-7-5378-7070-2

Ⅰ . I247.7

中国国家版本馆 CIP 数据核字第 20254CC620 号

我可以和你做朋友吗

WO KEYI HE NI ZUO PENGYOU MA

霍君◎著

出版发行：山西出版传媒集团·北岳文艺出版社

地址：山西省太原市并州南路 57 号　邮编：030012

电话：0351-5628696（发行部）　0351-5628688（总编室）

传真：0351-5628680

经销商：新华书店

印刷装订：山西新华印业有限公司

出 品 人

董利斌

选题策划

赵　勤　　　成品尺寸：148 mm×210 mm

字数：215 千

责任编辑

赵　勤　　　印张：9

版次：2025 年 5 月第 1 版

书籍设计

张永文　　　印次：2025 年 5 月山西第 1 次印刷

书号：ISBN 978-7-5378-7070-2

定价：58.00 元

印装监制

郭　勇

目录

飞

子宫有一对隐形的翅膀，它会从女人的身体里飞出去。

——作者语

一

僵尸。

面部表情深度凝结，零度眼神，既不是冷漠，当然更不是温暖。齐着脖颈的短发如刀，齐刷刷地剪去了尚存的百分之一女性特质。右手臂程序化地操作，将一枚头部带着小镜子的器物，伸进床上女病人的下体。没有任何遮挡，僵尸和床上叉开腿的女病人，全部暴露给了门口等候的人。门口清一色的女病人。女病人坐在椅子上，一个顶着一个，最前边椅子上的人进了屋子，后边的马上补上来。女人是个善于交际的动物，彼此陌生的她们，很快和旁边的人交头接耳起来。

熬到第一把椅子的王小柔，密切注意着门里的动静。她的目光里没有了开始的羞怯，不再回避女人的私处。在这里，没有女人，她和她们只是生病的工具。早上的一个例行检查，美丽女主任医师将戴上塑料手套的手，伸进她的下体内摸了一把。王小柔莫名地脸红了，心跳了。她发现漂亮的女主任医师的身后，站着一个年轻的男性医生。他的存在，让王小柔想起了自己的性别。接下来，男性医生做了一个动作，安慰了她那颗噗噗乱了方寸的心。他也像女主任医师那样，将戴着塑料手套的手伸滑进她的下体，鱼儿似的打个旋儿就出来了。甚至都没看一眼王小柔，丝毫没有区别这一个是王小柔，而不是其他女人的意思。王小柔泄气透了，这里没有女人，也没有男人。所以，此刻的王小柔也把叉开腿的女人，当成了一段被虫子蛀了的木头，没兴趣去窥视和打量。她的注意力在僵尸以及检查的进度上。

见床上的女病人开始起来穿衣服，王小柔赶紧站起来，做好了往里走的准备。她的屁股刚一离开椅子，下一个屁股马上挪了过来。

坐回去！

僵尸说话了。

坐哪儿？

王小柔的意思是她的座位被人占了，只好站着了。

从哪儿来坐哪儿去！

僵尸一张嘴，喷出来一句让王小柔特想骂街的话。他妈的，你瞎啊，总不能坐人身上吧。可是王小柔使劲忍住了，除了忍，还能怎样呢。王小柔只得将身子往一边闪了闪，也就是这个一闪的工夫，里边的女病人出来了。

下一个——僵尸吆喝。

王小柔无声地走进去，拿了一块新垫子铺在床上，脱鞋子然后褪掉右裤腿，将两条腿架在铁架子上，让出自己的下体对着僵尸脸。尽管是住院的第二天，自己的下体却被不断频繁地亮出，王小柔已经熟悉了这一套程序。仰面朝天的她，目光是活动的，不自觉地转到了僵尸的脸上。

看别处！

僵尸就是不一般，视线明明在别处，居然知道自己在看她。这是一个有特异功能的僵尸，从喊"下一个"到检查，并不和女病人们发生眼神交流，却可以定位女病人的眼神。她大概不是用眼睛看人的，身体会发射一种波，波会发挥视觉的功能。她的眼睛是为下体而存在的，不能挪作他用。阴道内窥镜检查是一个不用付出疼痛的检查，王小柔也就有心思胡思乱想。

起来！

僵尸发出了指令。王小柔穿裤子穿鞋，将屁股下的垫子用两根手指捏了，扔进旁边的大塑料桶。整理了一下自己，走出检查室。

8床，一块儿走吧。

一个戴眼镜的女病人站在门口，向王小柔打招呼。谁是8床，她在和谁说话？王小柔没有反应过来，僵尸把她的脑子涨得满满的，还没来得及腾出地方来。眼镜女病人指了指王小柔左腕子上的蓝色手环儿，王小柔顺着她的手指看去，笑了，手环上明明白白写着自己就是8床。居然有人在等她，一粒小小的温暖，种子似的拱出来，吐出来若有若无的点点绿意。

走吧。

往住院部走的路上，健谈的眼镜女病人主动告诉王小柔，她是9床，在王小柔的隔壁。她说，你是妹妹陪着的，我是姐姐陪着的。噢，王小柔忽然想起来，妹妹大概是说过的，隔壁有个女的，也没见家里的男人来陪床。妹妹使用了"也"字，这是王小柔忌讳和反感的，就没有作答。别人谁陪着，关她什么事呢，她记得还说了妹妹一句——你这个包打听。妹妹说的应该就是这个人了吧。

眼镜的性格和声音很协调，像天津沙窝萝卜一样，又爽又脆。王小柔有点喜欢上了她。可是，接下来9床的话，让王小柔有了小小的抵御。听说你是设计师，还是首席的，真了不起。她的这个听说的出处，一定是妹妹，妹妹就有对陌生人不设防的本事。王小柔对诸病友还是一片混沌，妹妹那里已经交上朋友了。妹妹还说了什么，王小柔不清楚。如果9床问了她那个敏感的问题，自己该作何回答呢？如果妹妹跟人泄露了底细，而自己的回答又驴唇不对马嘴，岂不是闹了笑话么。早知道这样，还不如雇个护工。焦虑猝不及防地扭住了王小柔的思绪，她下意识地加快了步子。

她和她住的是15层。等电梯的当口儿，9床左右环视了一下，压低了声音问王小柔，你送这个了吗？手指配合着做了一个捻钱的动作。

什么？

真不明白？

不明白。

见王小柔的疑惑不像是装出来的，9床近了半步，俯在王小柔耳根子上，嘴巴里送出来很轻的两个字——红包。

噢，没送，你送了吗？王小柔反问9床。9床说，还没呢，这不扫听扫听，心里好有个底儿么。

一对东张西望的男女经过了她们，其中的女人以她的独特吸引了王小柔。黑色高筒棉靴子，和靴子保持一致颜色的厚一步裙，红得滴答血似的棉服。整个一个季节错乱。特别的，还有女人走路的姿势，雄赳赳气昂昂，像是要跨过鸭绿江打鬼子。

电梯来了。坐电梯的过程真是缓慢，每一个楼层都要停一下，有人下电梯，有人上电梯。王小柔发现，几个光头的人一直坐到了13层。9床又把嘴巴凑近了她耳根子，看见了吧，这都是恶性的。一只小手伸进王小柔的小腹，狠狠地揪了一把，小腹就兀自疼痛起来。她所做的每一项术前检查，其实也是排除的过程，下一个光头的，也可能是她，或者她。

下了电梯右转，再走几步就是自己的病房了。还好，9床没有问她那个问题。没有问可能是想问没好意思问，也可能是从妹妹那里知道了底细。

进来坐会儿——

王小柔拐进自己的病房前，刚想着客气一下，站在门口迎着她的妹妹先说话了。王小柔清淡着脸色，经过了妹妹，捉了床头柜上的水杯，将臀部轻倚在床沿上喝水，不去理会发生在身边的热闹。

9床倒也不客气，挨着王小柔坐下来。妹妹笑着问她，你做手术，你爷们儿咋不陪着你啊？

一口水呛了喉管儿，王小柔忍不住咳嗽起来。9床伸手在王小柔的后背上拍了两下，操着浓茶一样的天津乡村口音，小可怜，慢点喝。又把脸转向妹妹，咳，就我那爷们儿，是个瘫子，来不了。

在妹妹和9床你来我往的交谈中，王小柔获得了如下信息：四十出头的9床，十年前丈夫因为一场车祸，变成了高位截瘫的废人。让王小柔惊诧的是，9床嘻哈的语气，一副在说别家男人的模样。和僵尸不同，她是有表情的，而且还非常生动。有平和，有不在意，有聊天场需要的喜悦。没有与怨字相关联的情绪，比如抱怨，比如哀怨。她是一个可怜的女人，可是你却觉不出她可怜来。王小柔忽然觉得，这不是一个简单的女人。

门敞开着，又一个女病人加入了她们。是个相对年老的病人，至少五十岁之外的年纪了。她一进来就释放紧张的信息，说你们还没做刮宫吧，我做了哇，哎呀妈呀，生刮呦，比生孩子还难受。你们瞅瞅，现在一提起来，我这腿还抖呢。果然，她的两条麻秆儿腿，在肥大的病号服里配合着颤抖了。疼痛。疼痛。疼痛。那样的疼痛她太熟悉了，她和它们已经成了老朋友。它们一定是被麻秆儿女病人给惊扰了，以至于她还没有走到它们的门前，它们就敞开了门，跑出来迎接她了。不，不要过来！王小柔想喝住它们，可是她力量太弱了，根本阻拦不住，她已经清晰地看到了它们脸上的微笑。

您是来传递负能量的，看把我们美女设计师紧张的，赶紧转移话题吧。

被9床轻易看破了，王小柔有点小羞愧。妹妹跟上来一句话，让王小柔不仅仅是小羞愧，简直是小恼怒了。妹妹说的是，小时候打针都吓晕过去呢。王小柔清楚地记得，打针吓晕过去的，明明是妹妹，怎么变成她了呢。妹妹总是以一副做姐姐的口吻，居高临下地当众揭她的短。王小柔心底埋着一颗雷，不经意的一个小刺激，都有成为引信的可能。她是个矜持而又要面子的人，当人面回击妹妹，显得她没有素质。正在这时，穿蓝色工作装的女人又来用卫生间了。昨天她就来了一次，头发愤怒式立着，王小柔一下子就记住了她。王小柔心说，你来得真巧，正好可以充当一下撒气的靶子。便几步过去，挡在卫生间的门口，柔声质问蓝衣女人，您又想上卫生间吗？

你不认识我？她们都认识我！

蓝工装不高兴了，耍起了大牌。

对不起，我还真的不认识您，这个卫生间我们花钱了，不允许外人使用。

五秒钟的对峙后，蓝衣女人败下阵来，转身出了病房。王小柔将目光里的剑还鞘，慢悠悠地挪到她的 8 号病床边上。小轻松，小蛇似的吐着长长的芯子，发出嘶儿嘶儿的鸣唱。

小羞愧，小恼怒，小轻松。王小柔愿意使用它们。与之相对的，是大绝望，大忧伤，大愤怒。那些"大"积聚成雷，在她的体内蛰伏着。所以，其他的都是小。

二

医院的餐厅在住院部的对面。中间的空白处，有一个园子，园子里的红黄粉几种颜色的月季，朵朵都怀着比美的心思，开得热烈且高调，以多赚取几束目光。热烈是为衰败而准备，难道你们不懂吗？王小柔缓了步子，细细打量她们，暗暗叫了一声，小贱人。然后顾影自怜地移转了目光。风儿细细地扫过来，夹裹着一股清冽的香气。香气是如此熟悉，里边若隐若现地含着一声声苍老的呼唤。是奶奶，是奶奶的金藤花。果然，小柔的视线撞在拐角处一大簇金藤花上。它不是在奶奶窗下的么，咋会在这里了呢？每年一到春天，它就开了，唇齿间发丝间，饭碗里睡梦中，到处都是它的香气。奶奶说，它可是花神变的呢。她指着墙上的林黛玉问奶奶，花神比林妹妹还漂亮吗？奶奶说，要漂亮一万倍呢。她就拿了一只小板凳，坐在金藤花下，守护着花神，不要妹妹和其他小伙伴来折花。忽然有一天，奶奶去世了，窗子下的金藤花也枯萎了。一定是花神跟着奶奶一起走了，只有十岁的她坚定地这样认为。

一个少年，坐在轮椅上，静静地守在金藤花下。王小柔清醒过来，这不是奶奶的金藤花，守着花神的也不是自己。它是那个少年的。

发啥魔怔呢？妹妹过来牵她的手。

我刚才看见奶奶了。

呸，呸，你就睁着眼瞎说吧。

妹妹朝着清风啐了两口，拉拽着王小柔往前走。

来一份鱼香肉丝、两份米饭、一碗番茄鸡蛋汤——妹妹把王小柔推到一边，脑袋半伸进窗口，朝着里边嚷嚷。见有几个穿着病号服的人，把目光扫射过来，王小柔赶紧走开，寻了个空位子坐下来。少时，妹妹端着餐盘也过来了，将番茄鸡蛋汤推到王小柔跟前。

咋没多要一碗呢，你不喝吗？

几片西红柿、一个鸡蛋，就十块钱，也忒黑了点吧。

妹妹手里的筷子在米饭里愤恨地翻腾，翻腾了几下，弃了筷子，打开随身带的包包，从里边捏出几张纸币。纸币在妹妹不是很纤细的手指间活泼地跳跃，有节奏地给妹妹的话语伴奏：刚一天多，花费差点两百元。

回头我给你，不用你花。

一颗米饭粒儿从王小柔的嘴里跌落，砸在米饭碗里，在重力的作用下，砸疼了其他无辜的米饭朋友。

你花个屁你花，吃好了顺当当地把手术做了，就算对得起我了。

王小柔努力笑了笑，她知道眼前的是一个好话从来不会好好说的妹妹。又开始扒饭、喝汤。很努力地扒饭，很努力地喝汤。汤碗静止下来时，汤面就像一面镜子了，王小柔垂头，在镜子里发现了父亲的影子。他正奋力蹬着自行车，自行车的小筐子里放着给妹夫送的午饭。他要骑二十里地的路程，妹夫才能吃到饭。滴答——汤面晃动了一下，那是父亲面颊上的汗珠子，铿锵有声地摔落下来。端起碗来，再喝那汤，竟然有了汗水的味道。

她更加努力地喝汤，喝得一滴都不剩。

回病房了。没有了轮椅少年的金藤花，显出了三四分的孤独。少年还会再来吗？电梯口，又遇到几个光头的女人，王小柔下意识地拉了妹妹，等下一趟电梯。

她们是尼姑吗？

王小柔没有回答妹妹。刚刚平静的小腹又嘶嘶地疼起来。

刚进病房，护士就来送药了，是胖胖的那个。王小柔昨天住进来，在护士站看见过她，她指着自己告诉王小柔，记住了，我是专管你们病房的护士，有嘛事找我。普通话里夹杂着津腔儿。

宝贝儿，试体温。

胖护士叫她"宝贝儿"，王小柔的脸微红了。那个人一直这样叫她，此一时，她不知道该反感，还是该欢喜。

别忘了，下午两点刮宫啊，回头家属记着把表送到护士站。胖护士便出去了。她的确很胖，屁股将白大褂涨得饱饱的。

眯一会儿吧。妹妹说完，兀自躺在另一张床上，弓了身子，从包包里掏出一个小包包，再从小包包里掏出一枚手机来，给母亲打电话，报告今天的进度，问父亲是否按时送了饭。王小柔这才发现，7床的病人不在了。早起就听说要出院的，不知何时就走了。那是个什么样的病人，王小柔竟然一点儿印象都没有。

哎，这床不能躺，赶紧起来。

蓝工装突然出现了，让妹妹赶紧起来，这是病人的床，岂是家属随便能躺的。妹妹很听话，把身子挪动到临窗子的椅子上。那张椅子是8床家属的专用，白天是椅子，晚上拉开了就是床。王小柔没有吭声，尽管她明白蓝工装有点公报私仇的意思，但她忍了。她说得没有错，家属的确不能躺在病床上。就给她一个得意的机会吧，否则会憋死的。在王小柔默然的注视下，蓝工装满意而去。

还不到两点，床头的扩音器就响起来，8床，到检查室备皮了。

赶紧的，人家都去了。妹妹脚步匆匆地回来了。

王小柔很纳闷，妹妹明明在椅子上坐着，啥时出去的呢。这个妹妹真是的，一刻都静不下来。

快点儿快点儿。妹妹等不及王小柔自己下床，一哈腰拾起地上的拖鞋，套在王小柔的脚上。被妹妹牵着往外走，差点和迎面进来的几个人撞上。是蓝工装带着一对男女。蓝工装将臂弯里的一套病号服放在 7 号病床上，转头对那两个人说，就是这儿，一会儿把衣服换上吧。

这对男女，王小柔认识，是上午在电梯口碰见的两个人。女人太特别了，王小柔就对她有了记忆。

我是林院长的病人，确定住这儿吗？

女人说这句话时，看了一眼妹妹，不巧的是，这一眼被王小柔看见了。几分的傲慢，几分的轻蔑，几分的不屑，加起来就是一个十分讨厌的女人。王小柔恶狠狠地想。

蓝色工装也不满意女人的话，冲了女人一句，咱这儿就这样，五星宾馆条件好，治不了病。王小柔想停下来，看看女人接下来有什么动作，妹妹的手上加了力量，别磨蹭了。

出了门，9 床站在走廊向着王小柔招手。9 床身边有一个年纪四十六七岁的女人，眉目和 9 床有些相像。王小柔谦和地笑笑，是姐姐吧。被王小柔称作姐姐的女人，也笑吟吟地回了王小柔，怪不得妹妹总夸呢，姐姐真的好美呢。

你个大嘴巴。

王小柔在喉咙里咕哝一声。

备皮就在 15 楼的值班室。王小柔和 9 床赶到时，其他几个人已经做完了。你先吧，王小柔朝 9 床扬了扬眉毛。9 床倒也不客气，脱了一条裤腿就上了床。

王小柔站在布帘子外边，听着咔咔声音响起来。咔咔，咔咔，咔咔。响声带着节奏感，一点儿也不凌乱。

剃了多少个女人的阴毛，才练就了如此精湛的手艺呢？

三

足足有二十分钟，里边的人还没出来。9床和另外几个等候的人，轮番把耳朵贴在门上，探听里边的动静。然后及时发布信息：没听见喊。没听见喊。没听见喊。

是不是隔音，外边的人听不见喊叫声呢？大家坚定地认为，里边一定传递出了疼痛的声音，她们只是没有听到。几乎每个人都有过刮宫经历，而且这次的时间这么长，怪不得上午那个老女病号谈"刮"色变呢。

那种痛，让每个女人都紧张。

那种痛，王小柔更不陌生。为了一个男人，她经历了四次。过去的每一次刮宫，都和这个男人有关系。独独这一次，是个例外。她冷笑了，终于和你没有关系了。

刮宫室的门开了，出来一个裸着下身的女人。红葡萄酒一样的血，顺着女人的大腿往下蜿蜒。女人们的面部同一个表情：深度的惊恐。

13床！

听到里边的喊声，被称为13床的病人，慢动作脱了裤子，回头看了一眼等候的几个人，颇具悲壮意味地走了进去。等候室一片安静，没有人说话，仿若被孙悟空施了定身术。只有刚出来的女人，窸窸窣窣地穿裤子，因屁股上都是血渍，不能坐在椅子上。女人一条裤腿一条裤腿地穿，中间有几次险些跌倒。到底是穿上了，靠墙是一张窄窄的床，床是专给术后的女人用的，女人就把身子歪在上边。和其他几个女病人一样，不发出任何的声响，空洞的眼神正好打在对面王小柔的身上。这是一个没有多少特点的女人，不太容易让人记住，但是此刻她的眼神成了最大亮点。濒临绝望的那种。 这样的眼神像毒药，很快弥漫在等候室，沁入其他几个女人的肺腑。天啊，这是什么样的刮宫，竟会可怕到这般啊。

妈呀，我不想死，不想回 13 楼哇……

女人突然爆发出了高分贝的号哭声。眼睛里的绝望，被汹涌的泪水搅拌成了烂泥，模糊不清的一场混乱。

13 楼，一个可怕的楼层。这里是一座女人的医院，除了待产的孕妇，就是子宫生了病的女人。子宫病人在住院前，经过了首轮的分拣，貌似良性的放在 15 楼，貌似恶性的安置在 13 楼，待进一步的检查确定。刮宫做完了，很快就见分晓了。一般而言，来了就进 13 楼的，基本上也就定性了。

这是一个需要安慰的女人，然而，安慰又太弱了。几个女人就束手无策地看着她哭泣。同时，庆幸款款而来，拉住女人们的手，将一贴放松剂通过掌心传递到躯体的各个角落。原来，所有的幸，都是从不幸中而来。

护士喊来外边守候的家属，扶走了 13 楼病人。王小柔觉得，她人走了，目光却依旧粘在自己的身上。

13 床出来了。又进去一个病人后，只剩下 9 床和王小柔。

13 床也是长发，五官有一些清秀，看上去年龄也和王小柔不相上下，三十七八岁的样子。和自己的亲妹妹比起来，13 床更像她的姐妹。王小柔这样想着时，13 床很轻盈利索地穿了裤子，边穿边对王小柔和 9 床说，没事儿，不咋疼，喷了麻药的。无论是她的状态还是话语，对剩下的人都起到了极大的安慰作用。王小柔以为 13 床就要蹦跳着出去时，意外发生了。

先是一屁股坐在了窄床上，然后身子靠着墙，没有了半点儿的活气。蜡黄的颜色从下颚往上蔓延，漫过嘴巴鼻子眼睛，转瞬间覆盖了整张脸。那是一种死亡的颜色。随之而来的，汗珠子密匝匝地涌了出来。9 床去喊医生，王小柔则坐在了 13 床身边，用自己的身子顶住，恐她滑倒。一颗一颗的汗珠还在拼命往外挤，在重力的作用下，变成线状的小溪流，往下淌。王小柔赶紧从自己的病号服口袋里掏出纸巾，在 13 床脸上擦抹着。

谢……

13 床的嘴巴动了动，咕哝出含糊的"谢"字。

可能是麻药的作用，你们带班医生马上就来，家属呢？13 床家属！一个医生匆忙而进，然后对着等候区外边的走廊喊。8 床 9床的家属都等在那里，唯独没有 13 床的。

没有家属……

13 床又咕哝道。

咋会没有家属呢？王小柔急迫了语气。一抬头，见 9 床在和她打手势，意思是别问了。这时，她们的值班医生来了，拉着一张带轱辘的铁床。王小柔发现，所谓的值班医生，就是跟在美丽女主任医师身后的，在她的下身随意捞了一把的男医生。她认定了他是美丽女主任医师的助理。拿了眼睛打量他的胸牌，照片下的名字一栏写着"王振"两个字。

几个人合力将 13 床弄到了有轱辘的铁床上，然后，王医生推着床走了。

神秘人物，没有家属。见轱辘床走远了，9 床赶紧向王小柔爆料。王小柔纳罕，这么重要的"料儿"，居然没听妹妹说过呢。或者，妹妹说了的，又是自己的记忆没有储藏下来。

9 床用了神秘这个词儿，也许，在她眼里，自己也是个神秘人物。尽管从妹妹那里获得了一些信息，但终究是不够用的，王小柔从 9 床看她的眼神里，得出了这个结果。妹妹的外表是一个粗拉拉的人，携带着乡村的特殊气质，而作为姐姐的她，则是细致和细腻的。巨大反差的本身，就诱惑着喜欢探听的人去深入。何况，这样的女人身边没个男人跟着呢。

13 床的拖鞋。

王小柔顺着 9 床手指的方向，果然，两只粉色的拖鞋静止在窄床一侧。

9 床刮宫很顺利，王小柔刮宫也很顺利。13 床说的是对的，没有预想中的疼痛。不是那种无痛人流采取的刮宫方式，整个人都是清醒的，听得见医生的手臂和器械发出的任何声响。下体被扩阴器撑起来，有浅浅的胀痛感，医生说了一句"喷点麻药啊"，然后就传来按压声、液体喷溅声。再一会儿，剪刀的咔哒咔哒声，每一个咔哒声的产生，都会伴随着腹腔内的一次钝痛。嗯，是钝痛。它不尖锐，不剧烈，人完全可以忍受。且让它这样疼着吧，王小柔不去理会它，脑子里想着 13 床。她想 13 床，不仅是因了神秘，也不仅是因了外在的气质和自己相似。抓住王小柔的，是 13 床的抵御。用身子呛住她时，给她擦汗，那时的她几乎是没有多余的力量的。然而，王小柔却分明感受到了来自她体内的防御，以及抵挡。防御和抵挡很轻微，但是王小柔确定它是发生过了的。

做完了刮宫，在妹妹的搀扶下，王小柔回了 15 楼。到了病房门口，对妹妹说，你先进去吧，我把拖鞋给 13 床送过去。妹妹说，你自个儿行吗？王小柔说了没问题，就往西边走。妹妹在她身后说，走过一个门口，靠里边的那张床就是。王小柔把一只手伸到背后，向妹妹挑出一根大拇指，换来妹妹的一句"德行"。其实不用妹妹说，病房门口的小牌子上写着床位号，路过 9 床的门口，门敞开着，9 床正坐在床沿儿上喝水。见王小柔抱着拖鞋，便打了一个哑语，用手指了指西边，嘴巴张了张好像是说"送鞋去"。王小柔点了点头。噢，原来 13 床的病房和 9 床是邻居，王小柔往病房里走，第一个感觉是这个病房和她住的有些许的不同，认真地一分辨，是多了一张病床的缘故。

13 床的床头，站着叫王小柔宝贝儿的胖且壮实的护士。

宝贝儿，走亲戚来了？

王小柔的头发有了麻酥酥的感觉，赶紧举起手里的拖鞋，冲着 13 床努了努嘴。

谢谢你了——蜡黄色已经从 13 床的脸上褪去了。

宝贝儿，记着一会儿把红糖水喝了，喝了就没事了。胖护士说完就出去了。

13 床没有吭声，王小柔在她的眉心捕捉到了一个不易察觉的厌烦。看来，她是极度的不喜欢这个称谓。或者不喜欢一个同性如此称呼，也未曾可知。

谢谢你，帮我这么多——13 床又说，要不要坐下来待会儿？

她很礼貌，说话也很得体，挑不出哪里不对。可是，她的抵御就包裹在漂亮的得体里，让你无法靠近。

四

老公，我不住院，我想回家……呜呜……

撒娇式的哭泣。

一身重口味冬装的 7 床，在老公面前化身一朵雨后梨花。飘零的花瓣少了红晕，是颜色衰退后的苍老。她哭，她投入地哭，当 8 床上的王小柔是空气。男人也不劝，由着她泪水纷飞，只做着一个动作，一张一张地递纸巾。

女人哭得差不多了，自己止住了泪水，将扁平的身子摆了两摆，屁股鱼尾似的跟着甩动——我想回家，你给我做好吃的。

还得跟医生请假吧？

男人终于说话了。

不用，咱悄悄地走。

女人就要走了，忽然从床上抓起病号服，又恶狠狠地摔在床上，破衣服！然后一甩头，走了。男人在她身后，亦步亦趋地紧跟着了。

13床是神秘，7床是奇葩。神秘也好，奇葩也罢，在这个金藤花开的季节里，发散出独特的气味，撩拨得王小柔鼻子发痒，想要痛快地打几个喷嚏。于是，她试探着走出自己的小屋，蹑足潜踪地下了床，近了7床，看床尾上挂着的病历卡。7床有一个好听的名字，叫赵翠红，今年四十九岁。

这老娘们好玩吧？

好玩，你拿去玩两天吧。

玩啥玩，你知道人家都干啥呢，就你老实。

听妹妹的口气，一定又带回了什么消息。

看来是一个非常重要的消息，妹妹在爆料之前，少有地谨慎起来。关了病房的门，又打开，把一颗头努力地探出去，左右望了两圈。收了目光，收了头，再次将门带上。

刚才我亲眼看见一个病人往大夫的口袋里塞钱，大伙儿都送红包了，你马上就做手术了，再不送就来不及了。

妹妹边说，两粒黑眼珠边在眼底大幅度地晃荡。王小柔盯着它们，担心一个不留神，跌出来。扑哧——王小柔爆出一声很短促的笑，妹妹实在太滑稽了。

跟你说正事，没正形劲的！

9床上午还问我来着，她送了么，跟她取取经去。

你这个傻子，人家说不定早送了，故意套你话呢。

王小柔咬住嘴唇，拒绝和妹妹继续对话。除了血缘，她和她是没有任何交集的。她们进入不了彼此的语言系统，区别就在于，王小柔懂得放弃，妹妹习惯长驱直入，尽管一寸土地也没有攻下来过。

你不再出去串串门儿吗？

该吃晚饭了，串啥串。

那我去串五分钟——王小柔果真出了病房的门，少有的以串门为目的，在走廊里溜达，借着这个机会让耳朵根子清静一下。说起红包，她想起一个段子，去年助理去北京做手术，演绎出一段送红包的佳话。首先要选准对象，红包送到刀刃上。刀刃饮"血"之后，会变得锋利无比，刀锋一闪，病灶皆除。这柄利刃当然握在主刀手里，但是，又没有和主刀单独面对的机会。助理的六十多岁的老父亲就跟踪主刀，用眼睛远远地瞄着，寻找主刀走单了的时机。老父亲最终获得一个主刀上厕所的机遇，赶紧尾随了去，紧挨着主刀假装小便，随手将装有五千块钱的红包放进主刀口袋里。关键就在这个放的动作上，要快要准，做出不经意触碰的效果。人家主刀也淡定，好像没有发生这个触动，好像白大褂的口袋里没有多出东西，提了裤子走人了，都没看一眼身边的人。红包亲自送出去了，老父亲忽然想起来，没有来得及告诉主刀他是哪个床的家属，裤子前门敞开着就往外跑。

哎，病人不容易当啊。王小柔一声叹息。

不送又怎样呢，会影响手术质量吗？然而，送礼也不是容易的事情，总不能真的像助手的父亲那样来个跟踪吧。其他的病人都是咋送的呢？

不觉就到了医生办公室。王医生正在洗手池边洗手，没有美丽主任医师的影子。

主任不在噢。

王小柔顺口说了出来。

有事吗？

王医生依旧低着头洗手，手上的肥皂液冲干净了，又上了一遍肥皂，然后十根手指交叉着揉搓，根本就没有看一眼王小柔的意思。

我想问您个问题，可以吗？

明天吧，现在是下班时间，我都快累死了。

就一句话，可以吗？

王小柔固执了。她想要他看看，她不是一段生病的道具，而是一个人，活生生的一个女人。还做了一个性感的姿势，又腰扭臀，又迷离了两片眼神。保持着这个动作，王小柔心里生出一股自虐的快感。妈的，做个坏女人的感觉真爽。

突然，王医生白大褂里的手机响起来。王医生赶紧冲干净了两只手，在墙壁挂钩上的一条白毛巾上蹭了蹭，捉出叮当响的手机，接听着走远了。

王小柔败了。败得不甘心，败得窝囊，必须得找个茬口平衡一下。他是主刀的助手，送红包要有他的份吧，那好，一分钱也别想从姑奶奶这儿得到。

吃过晚饭，值夜班的护士来量体温，发觉不见了7床，问王小柔7床的踪迹。王小柔说回家了，让老公做好吃的去了。护士又问还回来么，王小柔说不知道。护士嘟囔了一句，以为住宾馆呢，想来来想走就走。然后就出去了。

　　试完表，妹妹给王小柔打了洗脚水，等王小柔洗完了，把自己的两只脚扑腾扑腾两声扔进盆子里，坐在7床的陪床椅上，边洗边给家里人挨着个打电话。内容是例行公事的那一套，毫无新意。让她打吧，王小柔便去卫生间刷牙洗脸，用自己专用的小盆子清洗下身，然后再垫上一块干净的卫生巾。从外到内地清理好了自己，出了卫生间，见妹妹怀里抱着墩布在拖地上的水渍。屋子里好像多了填充物，转了眼珠搜寻，果然，7床上横陈着一条身子，是回家吃老公好饭的病人回来了。女人躺的姿势很特别，仰面朝天，两条腿最大限度地打开，分向两边，让出来一面大屁股。

　　妹妹暗中向王小柔掀眉毛撇嘴巴，意在传递一个信息。王小柔早明白了，是7床叫妹妹拿来墩布擦地的。她们坐了她的椅子洗脚，弄了一地水，她不高兴了。王小柔早就不高兴了，从7床进门就不高兴了。纯种的市里人咋了，比别人多了什么物件不成？妹妹也是，平时叽叽喳喳，一到关键时刻就尿了。王小柔假装没有领会妹妹的意思，脱了鞋上床，拿了本书遮挡住了表情。

　　见王小柔脸色不好，妹妹没有出去串门子。从表面上看，妹妹在话语上占了风光，实际上，妹妹是惧怕王小柔的。妹妹早早地拉上了床头的帘子，早早地拉开了折叠椅，早早地躺在椅子上睡觉。长长的睫毛微微地抖动，制造出小小的空气波，慢慢推到王小柔的传感接收系统内。王小柔用手指捏住书页，制造出一个页码与页码碰撞的脆响。

　　这声脆响像是一个引线，吱吱地引爆了屋子里的静。7床那边有了声音，下床穿鞋，叮叮咣咣地开关衣柜子。折腾了一阵子，出了病房门，进了对面的热水房，又传来乒乓开关微波炉声。返回病房，按照原来的姿势躺下，眼睛冲着房顶，圆圆地睁开着。

绕床的帘子有些薄，王小柔只需倾斜一下视线，便收了7床全部的动作。几分钟后，7床起来，再次出了病房，进热水房去取热在微波炉里的东西。再度返回，大动作地关门。然后，很响亮地吸食牛奶。嘣——一个阳光的响屁，在女人丹田气的协助下，无形却是高调地现身。

妹妹捂住嘴，隐忍地笑。王小柔的脸上越来越难看了，这不是一个简单的屁，是严重的屁事件。恶意的屁，是对房间里其他人的轻蔑，极度的不尊重。因为不需要尊重，所以才轻蔑。王小柔也气运丹田，憋足了一口气，砰———一声怒吼炸开在空气里。

你还死不死觉！

说谁啦——7床尖着嗓子叫唤。

有捡钱的，没见过还有捡话的，说我自个儿妹妹啦——王小柔已经丢开了书，从床上坐了起来。如此发脾气真他妈的痛快，来吧，朝着老娘来吧。嘴唇深深地嵌进齿缝，两只小拳头也紧紧地攥了起来，做好了出击的准备。

那边却无声了。

过了一会儿，传来拨弄手机声。手机接通了，千娇百媚的女声，仿若从远古时代飘过来：老公，你到家了吗？噢，还没到，没忘系安全带吧？一会儿到家，别忘了给儿子把水果洗好了。对了，你那个手受伤了，洗的时候用另一只手，千万别把手弄湿了啊。我不在家，不许让儿子摸车，他非要开，你就坐在副驾驶上看着点。还有，明天来，别忘了给我带点醋儿。老公，你开车不跟你说了，到家震我一下，我不接……

那个带着儿话音的"醋"说得地道极了，只有纯粹的老天津卫人才有那一口。王小柔反复咀嚼着"醋儿"，怎么呷摸也呷摸不出7床那个酸味儿。

五

早上还不到六点，病房的灯就被打开了。突如其来的亮，强盗一样闯进王小柔的梦，将睡眠绑架而去。

量体温，抽血。抽血前被机械地询问，王小柔，是吧？

明知故问。王小柔从喉管里送出一个"嗯"，再送出一条手臂。蹙眉，攥拳，松拳。几管子红艳艳的液体就和她脱离关系了。

7床，赵翠红，是吧？

是，是我。7床早把眼睛瞪成了两只狗不理包子。

攥拳——护士命令她。

针头还离着胳膊两寸远，7床惊恐道，哎哟，疼。

我这还没扎呢，这矫情啊。

后边还有许多条胳膊要等着抽血，年轻的小护士急躁了。

慢点儿扎，慢点儿，哎哟喂……

嘿嘿——王小柔笑出声音来。她的笑有些夸张，有些故意，还有些嘲讽。她想要在气势上彻底压制住7床，让她品尝一下"狗眼看人低"这颗果子的滋味。

早上是琐碎的，像一整张的烙饼，被谁当当切了几刀，碎成了沫儿。王小柔洗脸刷牙，妹妹站在走廊里梳头。妹妹的头发真长，散开来哗啦啦瀑布似的，淹没了两片屁股。这个妹妹一定是把医院当成了她们村，手上忙碌着，眼睛和嘴巴也不能闲着，这边打个招呼，那边应和一声。呵呵，噢，呵呵，还没吃呢，您吃了？

等王小柔和妹妹用完了卫生间，烫着中老年那种卷卷头的7床，踮着脚也去了卫生间。那样子好像是进入了雷区，每走一步都是危险的，唯恐把脚下的雷踩响了。俄顷，很响的撒尿声具有穿透力地传了出来。王小柔立即就明白了,她没有坐在马桶上,在撅着屁股撒尿。屁股和马桶的距离远了,尿水的冲击力就变得强大了。撒完尿洗漱,噗噗噗的吹水声,点燃的小鞭炮似的,一声一声地炸响。出了卫生间,从小柜子里变出各种从家里带的吃食,抱到床上,将身子埋在其中,很投入地吃起来。

王小柔和妹妹的早餐是在楼下食堂吃的,匆匆回了病房,妹妹拿了装手机的包包,又从床下拎出一只小马扎来,马不停蹄地再次出了病房。到了门口,回头看了看王小柔床头柜上的玻璃杯子,见还有多半杯的水,才放心地让自己的身子消失干净了。这是查房前的征兆。妹妹真是聪明了,居然不知从哪里弄来这么个马扎,医生查房时,她可以在外边舒舒服服地坐着等。

果然妹妹出去没一会儿,杂乱的脚步朝着病房逶迤而来。美丽的女主任医师在前边,尾随后边的是王医生,还有一个在王小柔脑子里没有存下印象的女医生,再后边是几个护士,胖护士也在其中。

7床叫赵翠红,子宫肌瘤,伴有重度贫血,血色素七克,昨天住的院。

王医生向美丽女主任医师做介绍。王小柔注意了王医生的面部表情,他的目光一直软软的,蜘蛛丝般地落在美丽女医师的眼睛里。原来,他是看得见人的,并不是医院里所有的人都是工具。

血上不来,做不了手术。还有,你这个情况先得做一个宫腔镜,出血那么厉害,看看有没有其他的病变。美丽的女主任医师对着7床。

7床已经停止了吃东西,聚精会神地听着和她有关的叙述,听到"输血",她的眼睛使劲睁了一下。听到"病变",她的眼睛又使劲睁了两下,进入鼓突突的惊恐状。

主任，我是林院长的朋友，您想想办法。我绝对不输血，输血会有传染疾病的危险，这是第一。第二，您说的病变的概率是多少呢？

不输血，就得输液吃升血药，不过这是一个比较缓慢的过程。至于病变的概率，没做检查，我也不能准确地告诉你。

您大概估个数。

没法估。

……

7床打出的林院长的牌起作用了，美丽的女主任医师真是好耐心，始终保持着微笑，解答病人无休止的车轱辘话题。

8床情况怎么样？

终于轮到王小柔了。美丽的女主任医师大概微笑的时间太长了，所以面对王小柔时，她的嘴角恢复了自然状态。现在的王小柔，渐渐生出了捕捉发生在她周围丰富景致的情趣，女主任嘴角下垂，丝毫没有损伤女主任的美丽，不过是影响了王小柔的心情。

沉默，又被王小柔挟持了做武器。

把目光投向了胖护士。胖护士一脸的严肃，没有了叫她宝贝儿时的温柔。王小柔觉得好笑，咋跟变色龙似的呢，一转身的工夫，就换上了另外一种颜色。看来，美丽女主任医师威慑力不小呢。

8床王小柔，子宫肌腺症，今天是第三天住院。

如果没有特殊情况，明天可以安排手术。术前的准备工作要注意做好。

王医生和美丽女主任医师在对话，他们并没有询问王小柔什么的意思。他向她介绍叫王小柔的病人时，看王小柔了没，王小柔拒绝知道结果，目光一直在别处。他看美女上司的眼神好下贱，贱男人一枚。而已。

查房的脚步杂乱而来，又杂乱而去。那边的 7 床已经支撑不住，颓然倒在床上，躺成她那个叉开腿的标志性动作。拨手机，对着电话把刚才医生的话，煽风点火地对着电话说了一遍。老公，你说会不会有事呢？你说没事儿，那为嘛医生不直接说呢，还是有事呗。你说是不是？不，不，不，我不输血，万一染上个艾滋病咋办。医生说给输液，吃升血药，嘴再壮点，升上来没问题。中午送饭，别忘了给我带的醋啊。还有，老公……

7 床，输液了。

胖护士推着车过来了。

扎哪只手？

这就扎是吧，等我先上趟厕所。又对着话筒说，老公，我扎液了，挂了啊。

收了电话，去卫生间放干净了肚腹里的尿水。胖护士把皮管扎在 7 床的左手臂上，虎着脸子，我可听说你够矫情的，跟你说别躲，躲了我多扎你几回。

我哪儿躲了。

没躲就对了。

王小柔看着胖护士，胖护士也看着王小柔。王小柔没笑，胖护士从小肉眼里扑闪出来笑意，宝贝儿，这是你今天和明天的饮食表，多看几遍，记住了噢。

推着车，胖屁股扭搭出去了。

7 床的眼光飘过来，遗落下一些好奇的碎片后，又飘走了。王小柔装作没看见，用手在床上扫了几下，碎片便飞舞在微小的尘埃里了。然后，捏着胖护士给她的打印出来的纸条，看着上边的条条款款。眼睛在字上，心却在字下，真的要做手术了呀，这一时刻真的要来了。也就是说，所有的前期检查都是安全的。每一个安全，都是为失去子宫保驾护航。幽深幽深的怅惘，到底还是把王小柔拖了进去，弄得连头发带病号服都湿津津的。

燥。她需要做点儿什么。莫名其妙就打开了床头的柜子，取出里边的包包，从包包里翻腾出手机来。它被关掉了，已经安静了好几天。除了父母和妹妹，没人知道她究竟去了哪里。他给她打电话了吗？

这个念头一冒上来，王小柔就恶狠狠地骂了自己一句，还说人家王医生是贱人，自己才是贱人，简直贱到了地平线下一万米。

王小柔微笑了。她必须微笑，7床的女人在看着她这个"乡下"人。

她必须是幸福的。

突然，一阵风将病房的门刮开了。五月的风是个长腿的女子，几个步子就到了王小柔的跟前。仔细辨别，却是妹妹。

王小柔才想起来，妹妹不在她的视野里已经有一段时间了。

六

上午九点半，一个秘密会议在十五楼安全通道里准时召开。参加人员：9床病人、13床病人、8床病人王小柔。把风：王小柔的妹妹、9床的姐姐。会议的主题：商议给医生送红包。为了确保会议内容不被泄露，现场不许录音，不许做记录。

王小柔到现在才明白，妹妹拉她来的原因。妹妹代表她，早就和其他几个参会成员嘀咕好了。她们已经获知，明天几个人将奔赴同一个手术现场，只是顺序不同。手术迫在眉睫，红包还都没有送出去，真是岂有此理。

让王小柔纳罕的是，13床也参与其中了。13床只负责微笑，负责点头，负责服从，没有不同的意见和见解。她把她的抵御埋在面条一样的柔软里。一直是 9 床在说，她说咱们几个的手术难度差不多，别人跟咱们一样的基本也就送这个数，说好了说死了，谁也不能多了，谁也不能切谁。下午主任会跟明天手术的人座谈，这是唯一的也是最后送红包的机会，大伙儿就要抓住了。为了稳妥起见，咱们举手发个誓，好吧？

说着 9 床已经举起手来。

王小柔和 13 床对视了一下，没有弄明白为什么要举手，发誓的含义是什么。

就是谁也不能多给——在下手把风的妹妹，过来强行拽了王小柔的手臂，高高举起来。

咋还带强制的呢，也不问问人家同不同意。

咱绝对的民主，绝对的——9 床对着王小柔，眼神却瞟向了13 床。

13 床嘴角的笑加重了一些，左手将一缕顽皮的长发捋顺了，举起右手来。

好了，咱们的会议圆满结束，下边咱可要严格执行，谁犯规了可是这个。9 床的手做了一个爬行动作。

我退出——王小柔从妹妹的手里抽出自己的手臂。几双眼睛齐刷刷地聚过来，或疑问，或诧异。

就是不想送红包，你们送你们的，我绝对保密。

王小柔知道惹恼了妹妹，在回病房的路上，悄悄对妹妹耳语，她昨天就已将红包送出去了。妹妹想了想，昨天傍晚，王小柔的确自由活动过一段时间，但是，她真的送了红包吗？妹妹将信将疑。

别心疼钱，我带着呢。

真的送了，我会拿手术儿戏吗？

十点钟的时候，护士喊 8 床家属去医生办公室签字。妹妹瞅了瞅王小柔，又瞅了瞅正在输液的 7 床，自言自语，人家出国回不来，我就代替一下吧。

妹妹不是个善于撒谎的人，但是这个谎言撒得自然极了，脸竟然一点儿都没红。王小柔差点没笑出来，然而，又不能笑，一笑就露馅了，她要捧妹妹的场。怪不得 9 床没有问她男人的事情呢，肯定也是知道她男人出国了，兴许是心理嫉妒，才故意不提的吧。

王小柔心里生长出一个小感动，嘴上说，去吧，现在你就是我唯一的家属。

砰——

7 床那边传来动静。气运丹田的一个响屁。

哈哈——

王小柔爆发出粗野的大笑。在一个不尊重你的人面前，给予粗野的回馈，真他妈的舒服。去他奶奶的淑女，过去就是自己太淑女了，才输掉了男人。

男人……王医生……就他妈的不送红包，咋地吧。

7 床眨着好奇的眼，扑闪扑闪地往王小柔这边看。她没有恼怒的意思，更没有反击的迹象，好像没有搞明白王小柔为嘛笑成那个样子。没认为和她努力放出的屁有任何的关联，所以，她的眼神是好奇的，是探究的。好奇和探究暂时转移了她源于病的惊惧。

签字的妹妹，匆匆地去，匆匆地回，身上兜着二两春风。匆匆间，新鲜的新闻就出锅了，还冒着袅袅的热气。妹妹伸手抓了一只出来，太烫，从左手倒到右手，再从右手倒到左手。倒来倒去，王小柔已经看清了，是关于 13 床的。

　　该签字了，13床却还是独自一人。她要自己签字，美女主任说不行，没有家属签手术就不能做。她说除了我之外谁签都行吗，美女主任说除了你谁都行，但是得能负得起责任的。她说好吧，过一会儿家属就来。13床就到外边雇了一个人给签字，说是给了两百块钱呢。妹妹说，要知道这样，我替她签呢，把钱给我不得了么。

　　叮叮当当，叮叮当当，妹妹电话的铃声喧闹得王小柔心脏一紧一紧的。妹妹从床头小柜子里拿出包包，拉开拉链，再从里边取出装手机的小套套。小套套很贴身，需探出几根手指来，将手机从里边捏出来。妹妹捏的动作不如美丽女主任医师的有魅力。住院前，王小柔挂了美丽女主任医师的门诊号，在询问王小柔病情时，白大褂里的手机响了。美丽女主任医师也是这样，用几根手指从贴身的小套套里捏出手机来，她的手指嫩如水葱，那一捏也更优雅。妹妹的捏是仓乱的，总也捏不出来的样子，铃声响得就更加地让人烦躁，王小柔恨不得捉了那套套，连同套套里的手机扔出窗子外。妹妹说，不装进套子里，把手机磨坏了。惜财，让妹妹生出耐心来。

　　电话是妈妈打来的。

　　今天妈妈等不及妹妹的电话了，主动打了来。

　　明儿做。在我边上呢。嗯，嗯。知道了。没事儿。跟她说两句吗？那行了。

　　妹妹尽量使用模糊的短词汇。足够了，王小柔已经听明白了。母亲十万分地牵挂着她，可是母亲没有勇气和她通话，母亲怕遭遇王小柔的冷漠。王小柔打个冷战，母亲的谨慎提醒她，因为那个男人，她真的丧失热情很久了吗？几分对母亲的歉意，牵牵绊绊地生长出来。

　　哎——

王小柔哎了一声，想和母亲说句话。电话却挂了。妹妹说，有事儿？

王小柔垂下眉毛，没事儿。

妹妹把手机重新装回套套里，再把装着手机的套套放回包包。包包是用碎皮子拼接缝制的，出自妹妹的手艺，是妹妹最得意之作。妹妹见7床盯着包包看，马上精神焕发起来，大讲特讲包包的缝制技巧。7床说，是不错呢。得到认可的妹妹，还把包包举到7床跟前，焕发出讲解员的风采，口若悬河地讲解了一通包包的缝制技巧。后来不知道怎么做的起转承合，从包包跳到她的大菜园子，茄子辣椒豆角西红柿鲜鲜灵灵，纯绿色的不打农药，你们城里人好可怜的，吃的都是农药蔬菜，尤其是菜花和大头菜，一天打一遍药。现在的人为啥不长虱子，都以为是干净讲卫生才不长，其实不是噢，人总吃打农药的菜，农药就在人体里储藏下来，散发出来的药味，把虱子给熏走了。

7床眼珠子瞪得滴溜圆，她哪里听过这般有趣的说法。王小柔不语，她无法做到妹妹那样，放下隔膜放下矜持，与一个气场不同的人瞬间打得火热。

妹妹怎么就可以做到呢？看来环境真的如刀，可以把人的过去连骨头带肉地剔除掉，重新长出新肉来，这还是小时候那个因为"大舌头"而寡言的妹妹吗？

倒是显出自己的小气来了。

您两口子都是公务员？

妹妹的话题开始关照7床。

嗯，是。

您是多大的官儿？

不大。

处级干部？

差不多。

两个人谁官大？

差不多。

7 床所有的回答都是模棱两可的，纯粹就是在装蒜。王小柔想起微信上疯转的天津人十大装蒜表现，一条一条地对照，给 7 床用上，条条都贴切。就这副德行的，快别糟蹋公务员这个称谓了。可乐的是妹妹，好容易从别人嘴里趸来公务员和处级干部两个词，像模像样地给 7 床用上了，用得还挺顺溜。

医院真是个好地方，出人物出故事，没有剧本，人都是即兴表演。

最后一次下楼吃午饭。晚上就要禁食了，即使今天的午饭，也只能吃一些半流食。比如面条之类的。阳光尚好，花园里月季的灿烂度尚好。那架金藤花不吝啬它的香气，更不吝啬幽静的陪伴，将藤下轮椅上的少年衬托得可以入画。

到底是谁家的少年？

七

拉了吗？

拉了。

没拉。

拉了几次了？

明天手术的几个人，各自喝下两千毫升的泻药，按照医嘱在走廊上来回溜达，积攒医生要的至少三次排泄。一嘴的咸带鱼味，让王小柔觉得自己不再是个人，而是一条又细又长的海鱼游来游去。隐形的气泡咕咕嘟嘟在她耳边响着碰撞着，她狭长的身子穿过它们的夹缝，尽量不去触碰，使它们中的任何一个免去破碎。游着游着，一股海啸般的强大力量，在她体内翻腾。此刻，她需要逃跑，逃到马桶跟前。只有马桶才能解救她。

她努力压抑着控制着，7床的男人在。就算没有那个男人在，王小柔也还是少了7床的那份潇洒。即便是工具，工具也有工具的尊严。坐在马桶上，她听得见7床和男人浪浪的说话声，男人照旧不发出声响。但他的耳朵是张开的，感觉是张开的。王小柔努力了，可是有时候努力了并一定就有好的效果。一只手扒光了王小柔，众人的目光直抵她的私密，让她羞愧难当却又无可奈何。

出了卫生间，正碰上7床男人往外走，她和他有了一个短暂的对视。

你好。

男人对她说，还附上一个憨厚的笑。

王小柔一点儿准备都没有，在那一时刻，她恨不得生出遁身术来，好遁进地皮里去。

男人背着一只大方包走了。

继续在走廊里溜达。王小柔深切地体会到，抛弃一只生病的子宫，真的不是一件容易的事情。要承受抛弃过程中的种种。决定了抛弃，就没有办法停下来，一旦停下来，病灶会肆意生长，肆意地奴役她，欺负她。

不能停。坚决不能停。停下来就前功尽弃了

宝贝儿，几次了？

胖护士的一张胖脸从护士站探出来。

两次。王小柔边说边紧走了几步，向胖护士咨询一些小细节问题，例如纸条上说不能带任何饰品，这个王小柔能理解，也很容易就能做到。纸条上还说洁面后，不要化妆，这个有些模糊，画画眉毛，脸上拍点爽肤水算不算化妆的范围呢？

可以吗？

长这么漂亮当然可以喽。

胖护士眉毛上扬，两只肉肉的眼睛做出一个挑逗的动作。作为回应，王小柔也掀了掀眉毛。胖护士不过是叫了她和13床宝贝儿，并不见其他的动作，叫了就叫了吧。王小柔转身欲走，蓝工装急匆匆地过来，7床要我给她换一套病号服，说是让汗沤了，我说换衣服都是有规定的，又不是你们家，想咋地就咋地。她说不给换就去找林院长，你们去吧，我可惹不起这个女人，这多的事儿。蓝色工装立着眼睛，打连珠炮似的说了一嘟噜话。

淡着她，让她找林院长去。胖护士立马变了脸。

7床噢7床。让一个人不喜欢容易，让所有的人不喜欢难。呵呵，王小柔莫名地笑了笑，不知道该同情，还是该幸灾乐祸。回吧，那个医生要的第三次，已经脚步铿锵地来了。护士站的对面是9床的病房，门敞开着，传来一个粗粝的声音，明天就手术了，赶紧跟你爸要钱去！赶紧的！

9床在打电话。听口气，是打给瘫子老公的。

医院真是个万花筒，一秒钟就会喷射出无数个绚丽。王小柔加快了脚步，朝着她的马桶前进。

整整一个下午，输完液无事可干的7床都在和身下的床过不去。床垫子不透气啦，身上出汗了，衣服都馊了，再不给换就投诉啦，床头的呼叫铃被她按了一遍又一遍。折腾会子，吃会子东西，瓜果梨桃变戏法似的，源源不断地从柜子里走出来。有力气了，再接着折腾。王小柔给妹妹使了眼色，不让她搭话，看了几眼热闹，脚跟站不住的妹妹，去别的病房串门子了。王小柔拉够了医生要的次数，就虚弱地歪在床上，不看书，不睡觉，不发呆，专心地看 7 床折腾。

蓝色工装实在忍无可忍了，手上托着一套病号服进来，眼睛朝 7 床嗖嗖地喷射着火焰，将手掌翻过来，衣服便被恶狠狠地拽在了床上。

没叫林院长，7 床也胜利了。

谢谢啊。7 床的客气话追着蓝色工装的背影。蓝色工装连头都没有回一下。

干爽的病号服，并没有让 7 床安静下来，勇往直前地继续折腾，直到把背着大方包的男人折腾来。男人打开大方包，一样一样地往外拿吃的东西；拿完了，男人就坐在椅子上，听自己的女人絮叨。女人的絮叨从他进门时就开始了。男人的到来，解放了床，解放了所有的无辜，女人收敛了所有的无目的折腾，把全部的精力转移到男人身上来。事无巨细地絮叨，老公你说明天的宫腔镜会是嘛结果，老公你说会不会有事儿，老公我努力吃了一天东西，你说血是不是升上去了，老公就算宫腔镜过了，血也升上来了，真的要切子宫么，切了更年期据说会提前，还有还有，你会不会嫌弃我啊，你要是嫌弃，我就吃安眠药……不许嫌弃我好不好？

从王小柔这个角度看上去，男人浑圆的头顶已经稀稀疏疏，四周的头发修剪得规规矩矩，没有发挥局部保护中央的功能。后背是那种敦厚的格局，尽管不是特别宽阔。一股醋意忽然生发出来，7 床是幸福的，因为她有一个可以任她折腾的男人。有这个男人，她得罪了一地球的人都不足惜。

那你亲我一下！

声音不大，但是王小柔却听见了。男人身子没动。王小柔确信，他之所以没动，是因为他知道这个屋子里还有一个 8 床。

王小柔穿鞋下地，去外边寻妹妹。往外走，暗暗地审问自己，你是嫉妒了那个将近五十岁的女人了吗？

走廊里难得的安静，病人都吃过了晚饭，护士站里只有一个值夜班的小护士。王小柔不自觉地放轻了脚步，恐惊扰了来之不易的静。找妹妹是给自己一个借口，就是想出来透透气，离开那个让她生鸡皮疙瘩的场。静，如河流，每迈一步，它便轻轻流动起来，在王小柔腿间痒痒地缠绕。它在挑逗她，想同她嬉戏，而她却没有心意，只是为了行走而行走。

静的流动止于医生办公室。门没有关死，所以王小柔可以看见里边的情况。有限的可见视线，如投影仪般穿过门缝，映照在美丽的女主任医师身上。从侧面看，女人的鼻子是翘翘的，和《魂断蓝桥》女主人公的鼻子颇有几分神似。美丽的她正拿着一支粉笔，在墙壁上挂着的一面小黑板上写字。在美丽的她写下的字中，王小柔发现了自己床位的代码，它排在9床和13床的后边。每个名字的后边抑或是半切，抑或是腹腔镜等等医学术语。王小柔明白了，美丽的她在给明天的手术排序。自己是最后一个，是没有送红包的缘故吗？

最后就最后吧，不过是多等会儿罢了。王小柔转身就要走了。突然，王小柔发现美丽的她身边多了一个人。是王医生。

这个男人眼里含着情，将一枚粉红色的橘子瓣儿塞进美丽的她嘴巴里。美丽的她小嘴开始蠕动起来，他怜爱地在她脸蛋儿上吻了一下。多么刻骨的一个场景噢，也是这样一条狭窄的门缝，也是这样爱意融融的一吻。不同的是，那两片蘸着浓稠爱意的嘴唇，是王小柔男人的。而被吻的人是王小柔之外的女人。

那是两片无耻又罪恶的唇。咳咳——王小柔故意干咳。

美丽的她和王医生的目光穿过门缝，惊慌地捕捉到了门口的王小柔。

你要干吗?

我是要干点嘛。

究竟要干吗?

我想让我的名字排在第一。

……

不是决定要抛弃了嘛,为什么还愤怒呢?愤怒的缘由,是因为痛。王小柔觉得自己特别弱智,莫名地把自己搅进手术里来,不送红包已经是另类了,又挟持了人家的隐私作谈判的条件。万一手术质量不保怎么办?

王小柔恍惚了。

在恍惚中,听见7床和男人在吵架。

其实是7床一个人在吵,吵架的主题是一个烧饼。7床反复在强调,我吃烧饼的时候,你为啥不拦着,难道你不知道明天做宫腔镜?医生说了宫腔镜很疼,要想不疼就得喷麻药,喷麻药头天晚上就不能吃东西。可是我却吃了一个烧饼,吃了烧饼就不能喷麻药了,不能喷麻药还不得疼死我呀。你说,我忘了,你倒是给我记着点,拦着我啊。

女人为了顺畅地表达她的愤怒,暂时收敛了标志性的躺姿,坐在床上面对着男人。男人坐在床边的椅子上,沉默着,无辜着。

王小柔躺在床上,也沉默着。从医生办公室带回来的恍惚,对体内那个陪伴了她三十七年的伙伴的最后留恋,种种的情绪像一群饥饿的狼,分食着她脆弱的完整。她强迫自己转移注意力,耐下心思来听7床独自争吵。这个争吵发生的正是时候,王小柔有些感念它的及时。

7床却不吵了,因为男人说了一句话。

男人说,你想吃,我得拦得住呢。

7 床大概觉得男人的话过于正确了，她想干的事，岂是对面这个男人能阻止的！这句话简直是真理，在真理面前还能翻腾出什么结果来。于是，女人停止了争吵，躺下来，依旧躺成她最舒服的那个姿势。在躺下之前，女人把床帷帐拉上了。如此，男人就被她排斥在帷帐之外。

男人坐着的姿势不变，手里抓了张报纸摊开来，缓慢地看。

这是另一种幸福的炫耀。

我想睡觉……王小柔的身子缩成婴儿状，自己抱着自己。

吃药吗——妹妹的声音在她耳边响起来，人家医院怕你们睡不着觉，给你们准备了安眠药。吃吗，我给你倒点水？

亲爱的安眠药，欢迎你们……

八

事情并没有按照王小柔预想的那样发展，早上八点一过，排在第一台手术的 13 床，就被推走了。车子上的 13 床，几乎都认不出来了，身子被裹进墨绿色的被子里，头上套着蓝色的手术帽。她的眼珠朝着房顶，不左看也不右看，所以她的表情是模糊的。车子后边跟着的，是一个中年女人，据说是临时雇的护工。王小柔想过去给她一个安慰，可是说什么呢，这样一场孤独的手术，任何的安慰都太过薄弱。车子经过王小柔，只是一个瞬间，这个瞬间马上就要完成了，突然，13 床的头朝着王小柔转过来，给了王小柔一个微笑。

她居然给了她一个微笑，那个微笑是带刺的玫瑰，狠狠地刺了王小柔一下。王小柔的心丝丝拉拉地疼。她已经没有多余的气力抵挡疼痛，就把绵软的身子摊平了，放在床上。同屋的 7 床，也正在做着宫腔镜的准备。7 床的男人应该是跟单位请了假的，一直守在自己女人的身边。王小柔没有搞清楚，7床是如何化解烧饼事件的，此时的女人又恢复了强奸式的絮叨，老公，你说是不是真的很疼？你说，你说嘛。男人搭了一句，我又没做过，咋会知道呢。女人嗔怪，你不会顺着我说不疼啊，罚你重新说一遍，快点儿的。女人忽然想起了什么，从床上溜下来，到了王小柔跟前，小声说，问你点儿事，你要跟我说实话。

这是女人和王小柔第一次正式对话。一张苍白得没有血色的脸，年轻时的几分姿色被色斑以及细密的皱纹吞噬得所剩无几。

嗯，您要是不信任我，可以不问。

女人并不介意王小柔的回答，继续她的问话，你送红包了吗？

您想送吗？王小柔反问了一句。

我打听打听再说。

您认识林院长，还用送红包吗？

这么说你送了，是吧？

王小柔不再说话，只是笑了笑。让她自己猜去吧。

猛然，在楼道里等候消息的妹妹窜了进来，急吼吼地说眼镜（9床）的瘫子来了。果真，妹妹的话刚落地，一行人马呼呼噜噜地往里走，前边引着路的，是9床的姐姐。一辆轮椅和轮椅上的一颗大脑袋，在人腿的间隙中若隐若现。只一眼，王小柔就够了，倦了，累了。她仰起头来，看见9床和瘫子男人累积的日子，高高地耸立着。在百花怒放的季节，他们的日子上几乎是光秃秃的，少许的树丫释放出淡淡的生机。粗糙的块垒没有规则的叠加，很多都是悬空的，随时可以滚落下来。天，快看那块，它已经松动了，要往下滚了。王小柔一头扎进妹妹的怀里。

嘿嘿，吓人吧，谁摊上谁崴泥（天津话"坏事了"）。

妹妹说着，抱紧了王小柔。几天没有好好地洗澡，妹妹的身上有一股汗馊味道。

接9床——

接9床——

走廊里传来医护人员的传唤，紧跟着，车轮哗哗地响起来，墨绿墨绿的被子像是浓缩而成的春天。春天装在轮子上，就有了动感。

妹妹忽然想起一个问题，俯下身子咬王小柔的耳朵，这都快十点半了，刚做第二台，我让你蒙了，根本没送红包。你交住院费的时候，不是拿着一个卡片刷的么，你手里没有现金这红包咋送的呢？你这个死傻子，大伙儿都干的事你不干，从昨天到现在不吃东西，饿也饿瘪了你。

王小柔不语。她已经确信被美丽的女主任医师和王医生耍了，其实也不是耍，是人家没有在意她的挟持。她的那个挟持太瘦弱，太可笑了，根本不足以形成挟持的气势。她的那个他不是也说过么，谁还没有点隐私呢。他说得那么随意，那么轻松，仿佛没有隐私的男人，不去搞女人的男人简直是弱智。如果他声泪俱下地求她原谅，向她忏悔，她说不定还会好过些。子宫早就千疮百孔，她为了他死死地守卫着它。所有的坚守原来毫无价值。

王小柔困了，想睡一会儿。她连睁开眼睛的力气都没有了，慢慢地闭上眼睛，上眼皮和下眼皮完全地合拢之前，听到"接7床——"的传唤声。然后，她又看到了墨绿墨绿的浓缩的春天。她朝着它奔跑，跑到跟前，却发现是一只母体里的子宫。子宫朝着王小柔张开，她一个纵身，便进入到里边。温暖的子宫紧紧地拥抱着她，她睁开未染纤尘的、纯净得如瓦尔登湖湖水的双眸，好奇地打量着周围的世界。明明在母体内，却能看见母体外的奇异世界。

狭长狭长的通道，两边是一扇一扇白色的自动伸缩门。门一伸一缩之间，发出嗡嗡声，嗡嗡声盘旋在静得让人发慌的空间里，诡异而又空灵。偶尔，一两个脚步匆匆的，武装得只露出两个眼珠的人经过王小柔的身边，没有脚步声没有语言没有眼神上的交流。这里是天堂还是地狱？王小柔困惑极了。

忽然，一声嘹亮的小婴孩的啼哭声，从深远的通道里传过来。小婴孩哭得那么有力量，通道里霸气的诡异惊骇得节节后退，为新生命让路。哭得如此雄壮，一定是个男孩，看哪，他的小腿在踢腾，小眼睛紧紧地闭着，小嘴张得大大的。小家伙，你为什么哭呢，不愿意离开母亲的子宫吗？宝贝儿，你不知道吧，有多少人在为你的降生欢欣鼓舞，你看你看，连院子里的金藤花都在舞蹈呢。雄壮的啼哭给了母体里王小柔诞生的勇气，是噢，她也要让金藤花为她而舞。奶奶的那簇金藤花已经做好了舞蹈的准备……

身旁的一扇伸缩门哗哗地打开，王小柔随着母体一起移动，进入到一个雪亮的世界。雪亮的世界里摇曳着几个身影，尽管他们被比天空还蓝的蓝包裹得严严实实，但是王小柔一眼就辨认出了，这一个是美丽的中年女主任医师，那一个是年轻帅气的王医生。他们在这里干什么，是在等着她的诞生吗？

果然，他们的手开始将她从母体中剥离出来，然后把她一丝不挂地拎了出来。王小柔把婴儿最纯净的微笑，献给剥她出来的人。那些人享受着她的微笑，把她放到一张巨大灯盏笼罩下的床上，固定住她的手臂。他们要干什么，奶奶快来，来救我啊。听到呼救的奶奶，从金藤花丛中飞翔而来，将她放在背上，羽翅一展，向着一个奇幻的世界飞去。

小柔，小柔哇——身后传来母亲撕裂的呼唤。

奶奶，等一等，等一等啊，我有话要对妈妈说。

妈妈——王小柔的气息微弱极了。

姐，你醒了么，哎呀，我的老天爷，你真的醒了啊。

妹妹的一双眼睛，里边蓄满泪花。

没有母亲。王小柔转动着眼珠寻找。

找谁呢？妹妹对着王小柔眨眼睛，泪花花来不及躲闪，濡湿了长长的黑睫毛。

妈妈，我要妈妈。

妈不认得这儿，离着一百多里地呢。要不你跟妈说句话？

手机就在妹妹手里抓着，因为它会随时响起来。数字拨出去，第一声嘟还没响完，那头就传来母亲急切又喑哑的声音，咋样，出来了吧？

出来了，想跟您说话呢。

然后，手机就贴在了王小柔耳边。王小柔想去拿手机，手臂却动弹不得，上边绑着各种武器。赶紧说话，妈听着呢，说一句就得，别累了。妹妹催她。

妈，刚才奶奶带着我飞走了……

妹妹被王小柔的话吓到了，赶紧对着手机说，刚睁开眼，还没醒透，说梦话呢。我瞅着挺精神的，没事儿，踏踏儿的吧。对了妈，中午送饭，让我爸瞅瞅菜该浇了吧，再把草薅薅。

收了手机的妹妹，对着7床那边，补充了一句，麻醉药的劲头还挺大。

做完了宫腔镜，正在输液的7床，没有理会妹妹的话，她的注意力都在自己身上。老公，要等到五点才能出结果，你说会不会有事儿啊？我害怕，你陪着我好不好？老公，现在几点了，你盯着点时间，别回头过了。老公，我真的好害怕，你抱抱我。

九

妹妹越来越不乐观了。到了傍晚，她发现王小柔还没有从婴儿的状态脱离出来。

姨姨，疼。

王小柔管她叫姨姨。她这个姨姨捏了两下止疼泵，看病人的眉头舒展了，便匆匆去找医生。进来的是王医生，见到王医生，王小柔极度惊惧，姨姨救我，姨姨救我！

你们把她咋了？

王医生很无辜，我是医生，能把她咋地呢。

没咋地，我姐姐咋会变成这样，说！

先观察观察，应该不会有事儿。

王医生就出了病房。妹妹数落王小柔，从小你就主意正，你说你真要是有个好歹的，我咋跟爸妈交代呢。妹妹开始哽咽，黑黑的眼睛里再次溢了满当当的泪水。

姨姨，不哭。王小柔安慰妹妹。

妈的，他们真把你治坏了，我就跟他们拼命。

妹妹生生地将眼泪憋了回去，黑眼睛发射出了凶恶的光芒。

王小柔术后的状况引起了病友的关注，9床的姐姐，13床也派了护工，前来看望和慰问。还没来得及手术的，也纷纷前来打探情况。一个消息如同这个季节的野草般疯长，一顿晚饭的时间，十五楼的病人都获知了，8床因为没有送红包，让医生给了点儿颜色看。听说了么，是麻醉药打多了。妈的，这是什么世道，你们送了多少，咱们的病差不多，我们也照猫画虎呗。我看哪，都是病人给惯的，吃馋了，大家都不送他也没辙。病人不送红包，那些主任们的小别墅咋买呦。

术后的第一天要输八组液体。妹妹除了换液去找护士，给王小柔放空尿袋儿，其他时间就坐在椅子上发呆。串门子的热情，说话的热情，都如开败了的花朵，枯萎了。

7床那边已经有了结果，宫腔镜检查是良性的，这个快五十岁的妇人一声悠长的叹息，唉呀妈呀，可吓死我啦。老公，我早想好了，万一要是恶性的，我就放弃治疗，把钱都留给你和儿子。老公，过一会儿你回去，去学校接儿子，到家把排骨从冰箱里拿出来化着，明天中午给我炖了，吃排骨是补血的。记得提醒儿子换内衣，你手还没好利索，放洗衣机里洗，千万别用手。还有点嘛事儿呢，噢，想起来了，老公，你看我说话没问题吧？开始不是说头天吃了烧饼就用不了麻药么，他们说少用点还是没问题的，然后就用了。我说话没有后遗症吧（说到这里，7床看了看王小柔）？宫腔镜给的麻药少，你说要是真做手术，我会不会也变成这样啊？太可怕了。

小点儿声——男人制止女人。

妹妹没听见一样，继续愣呵呵地发呆。

第二天，王小柔依旧没有好转。无邪地对着每一个来看她的人微笑，有礼貌地喊着阿姨好。美丽的女主任医师带着她的团队来查房，又和看到王医生时一样，王小柔惊恐地喊，姨姨快来，这个奶奶要害我！

美丽的女主任医师说，不应该这样啊，难道是术后认知功能障碍的原因？又交代王医生，回头问问家属，病人是否有过心理疾病。

查房结束，妹妹匆匆跑了进来，还没等医生找家属，7床将美丽女主任医师的话转告了妹妹。

妹妹一下子就蒙了。她不知道什么是认知功能障碍，可是品呕出了其中的滋味，姐姐想好转是非常困难的了。明明是他们给治坏了，还赖人家有心理疾病，哪有这么不讲理的。妹妹的身子摇晃了几摇晃，手臂撑住墙才稳定住了重心。然后，在墙壁的辅助下，缓缓地往门外走。出了门口，身子沿着墙往下滑，直到屁股接触到地面。她的头发是凌乱的，这个早上她忘记了打理自己。呆滞的表情掩在散落的发丝里，足足有两三分钟。两三分钟之后，妹妹突然爆发出雷霆般的哭声——

我们不给送礼，就把我们给治坏了，老天爷啊，您快睁开眼评评理吧，老百姓没有活路了啊……

妹妹的哭恰似一颗引爆的炸弹，炸得十五楼硝烟弥漫。顷刻间，走廊里挤满了看热闹的病人和家属。医护人员也纷纷跑了出来，胖护士和蓝色工装两个力气大的，将妹妹从地上架了起来，往医生办公室的方向拖。妹妹的屁股千斤坠儿一样往下沉，闭着眼睛哭得眼泪一缕鼻涕一缕，嘴巴里操爹日妈的上了荤菜。人群里，有人拿出手机悄悄拍下了妹妹哭泣的画面，传到了微信上。

这是一条被疯转了的微信，"红包事件"像失去了控制的癌细胞，迅速在人和人之间弥散开来。每个人都感染了病毒，变得义愤填膺，高喊严惩红包医生，还病人一个道义。有失去理智的微信发烧友，甚至闯进医院，寻找红包医生，要棒喝之。院方只得将涉及事件的几名医护人员保护起来，避免事态进一步恶化，并承诺给大家一个交代。很快，嗅觉灵敏的媒体也闻讯而来，院方连夜召开紧急会议，组建接待小组，统一发言口径，力争把影响降到最低。7床嘴里的那个林院长也终于露面了，亲自驾临王小柔的病房，对病人和家属表示最诚挚最深切的慰问。还允诺会组织专家，给王小柔会诊，让家属保持冷静，给院方一份信任。

在给王小柔喂藕粉的妹妹，表现出了一种大淡定。这两天，她一下子就被推到了风口浪尖，她该是惶恐的，最起码的紧张也是该有点儿吧，然而，在家里一直围着锅台转的妹妹，却表现出了非凡的冷静。在她看来，和她姐姐的健康比起来，其他一切都是无味道的响屁。

这是林院长。旁边有人介绍。

妹妹连头都没有抬，喂病人藕粉的节奏，没有缓一分，也没有增一分。

林院长是他们家的亲戚——王小柔吞下一口藕粉，天真地说。她说"他们"的时候，把头转过去，看了看7床。

林院长好，我对您早就有耳闻，就是仰慕您的大名，才住进这个医院来的。呵呵，呵呵。

7床呵呵地笑，干涩没有水分。眼睛不住地瞟妹妹。

妹妹无动于衷，专注于不锈钢盆里的藕粉。

姨姨，我吃饱了。王小柔拒绝了妹妹再次伸过来的勺子。

还两口，吃了！

妹妹用勺子来撬王小柔的牙齿。王小柔咯咯笑着躲，不吃，就不吃。

妹妹便扬起来一只手掌，不听话，打你！

王小柔这才委委屈屈地松开了紧扣的牙齿。

看着眼前的情景，林院长叹了一声，带着人走了。

十

转天的城市快报，头版头条的新闻标题为"疯狂的红包"，副题是"妇康专科医院红包事件调查"。文章里提及被调查的大部分患者，不愿意公开谈红包，纷纷避让。个别的患者，即使是谈，也隐了自己的真实身份。和王小柔同一天手术的人，被作为重点调查对象，尽管言辞闪烁，但还是婉转地承认送了四千元的红包。拿着报纸的人，暗中对号入座，很快便确定了哪个是9床，哪个是13床。

术后第四天已经可以下床走动的9床，让姐姐搀扶着，愤怒地杀到王小柔的病房。说记者根本就没有采访她，就这么胡编一气，肯定是你跟记者说啥了。她用手指着王小柔的妹妹。

不管是谁说的，你送红包是事实吧？妹妹并不看她，继续摇王小柔的床，把病人的身子抬起来。

谁证明我送了？

我。

你这不是胡扯么，我送红包还得通知你一声呗。

那行，你不是没送么，到时候退红包你别要。

按说这前儿我不该和你争争，可是我穷家破业的做一回手术容易么，咱现在还攥在人家手心里，万一有个不好，让你说说我那个烂摊子谁管。

9床不光说，还哭了。大颗大颗的泪珠子，叽里咕噜地滚下来，把脚面子砸得叮当响。

9床姐姐摘了9床眼镜，呼噜一把9床脸上的泪水，扶着9床往外走，回头对王小柔妹妹说，都不容易，理解着点吧。

9床刚回病房，院方就来人了，将9床的家属和13床的家属叫了去。当然，13床是没有家属的，代替家属的是那个护工。家属们还没回来，消息就在她们之前先回来了，据说是为了退还红包的事情。还据说，在退红包的数额上起了分歧，报纸上说的是四千，收红包的医生，也就是那个美丽的女主任医师，只承认收了三千。没有人作证，只能按四千退了，这下倒好，还勾了肉了。

不知是真是假，反正说得是眉目清晰。

王小柔的专家会诊，也很快落地了。术后的一切都正常得很，如期地排气，如期地进流食，撤了导尿管能够顺畅小便，伤口的缝合是个美妙的抛物线，里里外外没有任何异常。也没有发现过度麻醉，王小柔的婴儿状态只能归因为术后认知功能障碍。

告诉我啥时可以变正常喽——妹妹紧张地骨碌着黑眼珠。

这个不好说——专家只说了这五个字。很节省，很干脆。妹妹的黑眼珠定住，将母狼般凶狠的光芒射进专家的皮肉里，说出来一句字与字间距很大的话：这个人交给你们了，啥时恢复正常了我啥时来领。说完了，妹妹还龇了龇大板牙，故意展示了一下她的利器。

从专家狐疑的眼神中，妹妹看到了自己的表现。她吓到了他们，不是吗？是呢，她居然吓到了他们。妹妹甩着得意的臂膀，往外走。

姨姨，姨姨，我要姨姨……

被妹妹抛弃的王小柔惊呼。她陷在专家的包围中，使劲地摇动着惊恐的手臂。

胜利的母狼迈不动步了，体内的母性黏住了她。在原地静止了一小会儿，忽然转回身子，冲到王小柔跟前，高高抬起巴掌，对准了王小柔的屁股。大概想着王小柔是打不得的病人，就把自己哭了个稀里哗啦，你这不是为难我么，这样回家了，爸妈咋受哇。

美丽女主任医师因为收红包受了严厉处分，奇怪的是，医院的生意不但没有受损，反而更加兴隆起来。生孩子的女人往这儿跑，子宫出了毛病的女人更往这儿跑，不怕路途遥远不怕万水千山。走廊里都塞满了临时床位，连临时床位也捞不到的，就夜里打地铺守在医院，等着一有床位马上替补上去。人都摩拳擦掌向床位，就差磨刀霍霍了。本来就忙的医护人员，如此一来人人都在脚下安了风火轮子，来时一阵风，去时一阵风，连五官都没看清，人就没了踪影。早上给 7 床抽血，怕 7 床耽误时间，劲头小的护士对付不了，吨位大的胖护士成了特派。7 床的胳膊刚一伸出来，被胖护士的大爪砰地钳住，7 床嘴巴里的"血刚上来就又被你们给抽走了"还没喊利索，两针管子的血已经抽完了。胖护士也顾不上喊王小柔宝贝儿了，脚底下风火轮子一发力，嗖嗖地出了病房。不想却落下了托盘，又驾着风火轮来取，这回临走对着王小柔妹妹说了一句话，我们忙成这样，都是拜您老人家所赐。

医生不敢收红包了，起码最近一段时间不敢收了——像院子里开得正旺的月季，引来各地的蝶。

9 床和 13 床同一天出的院。13 床上午，9 床下午。临出院，13 床过来和王小柔姐妹道别，她一个人拎着大包小包，气色苍白，步履迟滞，一袭民族风格调的棉麻布长裙曳地，却是别有一番虚弱的美。

站在王小柔床前，13 床不语，只是寂静地看。看了会子，从口袋里掏出不厚的一沓子纸币来，递给王小柔妹妹——

送的是咱之前说好的三千，医院多退回来一千，等我走了，把这钱给 9 床吧，她日子紧些。

王小柔好奇地看着 13 床，忽然发问：

姨姨，你从哪里来？

从来处来。

姨姨，你到哪里去？

到去处去。

和王小柔对完话，13 床喘息了一会子，拎着，哦不，是拖拽着她的大包小包，缓缓地走了。

我嘛都没看见啊——

边输液，边咔咔努力吃东西升血的 7 床，表情里有着几分的讨好。林院长那当子关系被证实纯系子虚乌有后，她的气焰就明显矮了至少两寸。

妹妹捏着纸币，啪啪抽打手背，您真是把我们农村人瞧扁了，就算您没看见，老天爷还看见了呢。

姨姨是个好孩子。正在吃火龙果的王小柔，舀了一勺子的果肉，奖励给妹妹。

妹妹推开了王小柔的勺子，用舌头舔了舔干燥的嘴唇，你别乱动，我把钱给送过去就回来。

妹妹便出了病房。没一会子，就空着手回来了。7 床向妹妹送过去期待的眼神，真要了？

妹妹只说了两个字，要了。再也无话。如何跟 9 床说的，9 床又是如何要的，妹妹没有提及的意思。短短的几天，妹妹超强的话语能力彻底凋零了，一副衰败的景象。她的菜园子，她的瓜豆，被她遗忘，引不起任何的兴趣来。

姨姨，我找妈妈，我要回家。

没好呢，回个屁。

那我给妈妈打电话，让妈妈来接我，姨姨坏。

再不听话把你扔这儿，信不信？

妹妹的黑眼珠瞪成了铜铃铛，而且焦躁从四处朝着眼仁儿聚拢，这是一个大规模的汇集。它们被压制了好几天，终于可以汹涌蓬勃了，咳儿咳儿地嘶鸣着，如脱了缰绳的野马般奔腾。

集体期待一次新的发泄。

让它们沮丧的是，前几天那样的倾泻机会没有了。所以，它们只能心中生火，脚下生风。妹妹有些压制不住，干燥的嘴唇开始微微颤抖。

王小柔见状，没用妹妹扶，自己从床上坐了起来。她刚要说什么，床头的呼叫器冷丁响起来，请8床的家属到办公室来一下。

十一

手术后的第八天，王小柔出院了。

院方许诺恢复之前的误工费，由医院来补偿，而且随时来复查，免去复查的所有费用，以及复查产生的车费。这是一个台阶，妹妹只好迈了下来。拿出了撒泼的架势，治不好我们就赖在这里，终归那只是架势，先不说遥遥无期的恢复，就是家里父母这关就过不了了。该出院的日子不出院，任你是什么理由都不管用了。

他们真的很衰老了。父亲昨天中午送饭，走了一半的路，车胎被扎了，推着车走完了余下的路程。昨晚妹妹打电话，妈还说你爸躺着呢，这回是真累坏了，你们不就快要回来了么，回来你爸就轻松了。妈说几句话就咳几声，想是她气喘的老毛病又犯了。

回吧。回吧。回了咋说呢？不知道啊。真的不知道啊。那就路上想吧，一百多里地的路程，总会想出一个办法来的吧。

到家好好养着！7床和她们告别，嘴巴里含着一块没嚼烂的甜瓜。

好，您慢慢升吧，不都八克多了么。妹妹牵着王小柔往外走。

蓝色工装躲避着密麻麻人的林子，在这一个和那一个的间隙中穿梭，掌上托着一套病号服，向着这边8床的方向而来。刚刚空出的8床异常沉着，对新来的病人是个什么货色，她丝毫不感兴趣。

走吧。走吧。

黑妹，我想去看看金藤花——

妹妹被电流击到了。黑妹是王小柔对妹妹的昵称，因为妹妹的肤色黑而来。她不叫她姨姨了，叫她黑妹了，意味着什么。老天爷爷呀，你说意味着什么？

妹妹的眼眶太沉了，只好垂下头，清理一下眼眶里的泪水。

王小柔依着妹妹的肩头，深深地呼吸着裹着花香的空气，将湿润的目光拉长，寻找月季花园转角处的那蓬金藤花。金藤花在，花下轮椅在，轮椅上的少年在。

少年的膝盖上多了一本书，书页是打开的。读书的少年时而眉头轻锁，时而眉头舒展，完全浸没在文字营造的王国里。无我，无他。

一个女人碎着步子跑向少年，将手里一只盛放食物的塑料袋放在少年怀里。然后，蹲在少年身边，和少年说话。齐着脖颈短发的女人，满目慈爱的眼神，一波一波地向着少年温软地涌动。惹得金藤花又想跳舞了，春风最懂花的心事，刷啦啦地奏响了音乐。

你会相信这个女人就是僵尸医生吗？

王小柔的这句话说给妹妹，更像是说给自己。

妹妹：啥？

王小柔：我是说，妈肯定把鸡汤炖好了，等着咱去喝呢。

给你一次后悔的机会

幸福网讯：经过五年时间的攻坚克难，由幸福城顶尖级医学专家组成的研发团队，终于研制成功"后悔药"。这是幸福城广大市民的一大福祉，预示着人均幸福指数将得到跨越式的提升。本网记者从有关部门获悉，为了确保达到珍惜"后悔药"，不滥用"后悔药"的效果，每位市民只能获得一次领取"后悔药"的机会。领取时间从某年某月某日开始。

一

四十岁的郝幸福第 N 次，把攥着药片的那只手举起来，凑到鼻子底下，小心谨慎地摊开来。它在，完好地躺在微微颤抖的手掌上。米黄色的光芒，穿越透明的包装纸，投射到郝幸福的眼底。多么温暖而又激动人心的一种颜色，郝幸福越看越爱，越看越紧张。紧张是缘于爱，缘于珍惜。第 N+1 次地合上手掌，五根手指紧密团结协作，将药片严严实实地包裹住。郝幸福还不放心，唯恐哪里包裹得不严实，给药片制造遗漏的机会。他下半辈子的幸福，都将维系在这颗小小的药片上，他怎么会让它遗漏呢。郝幸福全身的力量都运到那只负有重要使命的手掌上，死死地攥着拳头，不留哪怕一丝儿丝儿的缝隙。

　　领药的地方在城南，郝幸福的家在城北。这一路，郝幸福不敢打车，不敢坐公交，他怕打车万一司机来个急刹车，药片从手里跌出去，而公交就更不保险了，身子挨着身子的，药片的安全受到的威胁性更大。郝幸福选择了用两条腿走路，他将握着药片的左拳，高高地举在胸前，让它处在视线重要的位置。一步一步小心谨慎地走，躲避着马路上哪怕是微小的坑洼，防止颠簸的发生。街上的行人没有谁在意到郝幸福的反常行为，每个人都陷入一种亢奋状态中，根本就没有闲暇的时间和目光去关注别人。郝幸福走啊走啊，一点儿都不觉得疲惫。走在幸福之旅上，怎么可能疲惫呢。他压抑了这么多年，等的就是这一时刻啊。

　　自己已经四十岁了啊，四十岁的他，神经病的叔叔，神经病的母亲，孤独症的父亲，都已经先后亡故，再也没有什么可以拖累他的。而且，随着城中村的改造，住上了宽敞明亮的带电梯的楼房。可是，他一点儿都不快乐。其他的都变了，唯一不变的，是他生活中的那个女人。她和他相守了二十年，他对她的嫌弃就积存了二十年。他从来没有爱过她，他们的婚姻也不是建立在爱的基础上。就因为她，本来有着艺术天赋的他，才情因压抑而枯萎，才成了一个大半生庸俗的人。前几天去参加中学同学举办的个人画展，郝幸福内心再次受到重创，如果自己不是被二十年的无趣婚姻耗枯萎了，说不定此刻意气风发的就是他。想当初，他可是班上的美术科代表，老师给他预设了美好艺术前途的，并预言，将来中国田园派国画将出现一位大师。

　　同学展出的不是他喜欢的田园派国画，也不是其他什么派的国画，而是投机取巧的行画。从表面上看，行画看着像油画，其实根本就不是，它不过是油画的一种复制品。同学在炫耀什么？画面上美丽的女人吗？那可是他的新夫人。果然是，在发言中说什么谨以此画展献给他最爱的女人。可怜那些不懂艺术的人，还在鼓掌叫好。只有郝幸福不为所动，任凭同学的目光穿越丛林般的掌声，向他投射过来，释放出无比巨大的幸福感。这是在向他显摆，还是在嘲笑他？郝幸福无比的愤懑，无比的绝望。回到家的他郁郁寡欢，只想着放弃女人给他准备的丰盛晚餐，早早上床用睡眠抵挡外界对他的骚扰。可是他不能。随着家里的病人们在女人的照顾下一个接着一个地驾鹤西去，女人现在有着充分的时间，她把注意力全放在他身上。他要不吃晚饭，会引来一河滩的麻烦事，女人准会以为他病了，说不定会扛着他去医院，别看她个头不高，可有的是力气。即便他放个屁，味道重了些，也会引来女人的大惊小怪，又是上网查资料，又是给医生打电话。所以，为了避免更大的麻烦，郝幸福强行逼迫自己，尽量把晚饭吃得有滋有味的。

吃完了饭，他对女人说今天看画展累了，不要打搅他，就倒在了床上，抱着一肚子的愤懑假寐。他的大屁股女人，却不买他的账，又来索要她需要的东西。她像往日一样按住他，让他动弹不得，反抗不得；然后，挑逗他，抚摸他，等待他开启一场最原始的冲动之旅。郝幸福的心情实在太糟糕了，身体的敏感部位一副死气沉沉的模样。大屁股女人忙碌得一头大汗，最终没有等来她期待的结局。按压郝幸福的老虎钳子般的手，一点儿一点儿松弛了。她终于放过了他，郝幸福刚要重新进入无比绝望的心情中时，发现有些不对劲，睁开眼睛一看，自己那个大屁股女人打开了窗子，半扇的屁股担在了窗台外边，两眼泪汪汪地盯着郝幸福，郝幸福，出去看了一趟画展，魂儿是不是被哪个女的勾走了？我告诉你，你要是变心了，我立马就跳楼给你瞅瞅。我死了，好给狐狸精腾地方。郝幸福登时崩溃，我的天啊，那可是十三层啊，跳下去就会成了肉饼子。

这还是一块甩不掉的狗皮膏药。郝幸福和女人离不成婚，女人用死亡的威胁只是一个方面，另一方面也很重要。在他眼里粗糙得一无是处的女人，却是幸福城的孝老爱亲模范，曾经是某一年度的"感动人物"。郝幸福生病的家人，成就了女人的高尚。他抛弃她，等于给自己树立了一块忘恩负义的牌坊，会遭到整个幸福城人的唾弃。

就在郝幸福痛不欲生的时候，后悔药横空出世了。

二

等到四十岁，自己的人生才有修正的机会，虽说有点晚了，但总算是看到了些许的亮色。面临着人生重新的编程，郝幸福的确是激动的。但是，他并没有立即去领取后悔药。理智暂时拖住了郝幸福的双脚，它提醒它的主人，不急，先观察一下，太过匆忙了说不定未必是好事。

郝幸福还就真的忍住了。

那段时间有点儿乱。后悔药突然介入人们的生活，幸福城的人们需要有一个心理调适的过程，很多人都像郝幸福一样，在静静地观察和等待。关乎幸福的事，也不能贸然行事。因为只有一次使用机会，一定要让它发挥最佳的药效，产生最好的幸福效果。于是，人们各怀心腹事，一座城市波涛暗涌。总会有先行者，郝幸福的邻居赵幸福一家，率先享受了后悔药带来的幸福感。赵幸福比郝幸福年长几岁，过去在城中村生活时，他们就是对门的街坊。后来搬迁选房抽号时，你说巧不巧，一栋楼而且还是同一个楼层。看来，邻居也是讲究缘分的。赵幸福原本很幸福，但是生了一个劳心的儿子，儿子进了监狱，就变得不幸福了。自从儿子犯了事，赵幸福两口子就像街上的老鼠，躲着熟人和不熟的人，躲着太阳和月亮。他们的眼神比昆曲《十五贯》里盗窃杀人的娄阿鼠还慌张，仿佛他们是十恶不赦的罪人，欠下了所有人的债。后悔药发布的当天，赵幸福夫妻就冲出了家门，连鞋子都跑丢了。他们不用商量，不用各自打算盘，两个人的目标是一致的，那就是把时光拨回到之前平静的日子。

领到后悔药的赵幸福夫妻，马不停蹄地去监狱探望儿子，给儿子服下神奇的米黄色药片。奇迹发生了，儿子回到了十年前，一个高中学生。而作为儿子的父母，赵幸福夫妻也跟着年轻了十岁。回到十年前的一家三口，不知道十年后会有牢狱之灾，因此，他们的腰杆子是直溜溜的。老赵夫妻的眼神再也不是慌张的、逃避的、自卑的。瞧啊，这是一个多么生龙活虎的家庭。亲眼见证了后悔药神奇功效的郝幸福女人，上千次地问郝幸福，郝幸福，你有后悔的事情吗？如果有，是哪一件呢？见郝幸福沉默，女人就上千次表明自己的态度，郝幸福，我没有后悔的事情，要是重新来过，我还会一个接着一个替你照顾病人。她的眼神变成了赵幸福夫妻之前的模样，充盈着饱饱的慌乱。郝幸福越是沉默，越是绝口不提后悔药的事情，女人越是慌乱得厉害。她日夜警惕着，担心他从她的视线内消失。他在班上，她就到大门口守着。他在家里，她就不错眼珠地盯着。他在床上睡着，她就弄条绳子，一头拴住男人的脚，一头拴住自己的脚。绳子一牵动，她就睁眼瞧瞧。几天的工夫，女人标志性的肥大屁股就严重缩水了，掉了七八斤的肉膘。

有了赵幸福一家的幸福参照，郝幸福决定开始行动。在领取后悔药这条路上，岂是女人能够阻挡得了的。他是一个心思缜密的人，只要他稍稍动动脑子，就能瓦解愚笨女人的看守策略。例如，巧妙地借助几粒安定，达到身体逃脱的目的。直到郝幸福大汗淋漓地把藏有米黄色药片的拳头带回家，女人还在沉睡之中。这是个绝好的吞服药片的机会，郝幸福用另外一只手给自己倒了一杯水，可是他想摊开攥紧的拳头取出药片时，却吃惊地发现，拳头打不开了。

大脑将打开的命令，传递给形成拳头的五根手指，出人意料的是，五根手指共同抗拒大脑的指令，它们犹如钢铁战士，视死如归地守护着米黄色药片。心急如焚的郝幸福，准备动用高端武器了，在抽屉里翻找钳子。翻找钳子的过程并不复杂，当郝幸福把钳子擎在右手，准备朝着自己的左拳头进行攻击时，他忽然想到了一个问题。把药片吃下去，逝去的亲人是不是也会从坟墓中苏醒，和他一起回到二十年前的岁月？赵幸福的儿子回到高中时代，赵幸福和妻子也跟着儿子回到了从前。一个人吃了后悔药，产生的是一个连锁性的效果。

郝幸福被这个问题吓住了。

三

郝幸福当然害怕。回到二十年前，讨厌的女人是不存在了。可是，神经病的叔叔，神经病的母亲，以及脾气暴躁的父亲，会一一复活。

二十年前的郝幸福，尽管带有几分艺术气质，却因为特殊的家庭状况，没有哪个女孩子愿意和他谈朋友。郝幸福从记事起，就知道自己有个不正常的叔叔。作为父亲唯一弟弟的叔叔，和他们在一起生活。叔叔一身军绿色，脖子上还吊着个同样颜色的书包。年幼时的郝幸福觉得叔叔是个非常有趣的人，常常被叔叔的某些怪异行为逗得咯咯地笑。还健康着的母亲，将饭菜端上桌子，给桌上的每个人分好碗筷，刚要开动，叔叔刷地站起来，从脖子上吊着的书包里拿出一个小本本，对着小本本一通朗诵。朗诵中的叔叔，两个小眼睛炯炯放光，喷射着激情的焰火。更加好玩的是，叔叔一嘴的碎牙，上下跃动，仿若在跳一场欢乐的舞蹈。父亲愤怒的筷子，抽打在郝幸福的手臂上，催促他快吃饭，郝幸福还是忍不住哑然失笑。这样的节目，在他们家里一天上演三遍，郝幸福总也看不够。直到后来读小学了，才觉得不那么好玩了，小朋友和他吵架，会骂他"你有一个疯子叔叔"。原来，叔叔是疯子，疯子是不正常的，是被人蔑视的。郝幸福就开始生叔叔的气，有一天夜里，郝幸福趁着叔叔睡觉，把他不离身的军绿色书包摘下来，藏到了一个秘密地方。

这下子可是惹了麻烦，叔叔醒来发现书包不在了，开始发疯似的寻找。他不吃不喝，不眠不休。睡了一宿觉，书包就没有了，父亲认定是郝幸福搞的鬼。放学回家的郝幸福，刚一跨进屋子，兜头就遭了父亲一个大耳刮子，打得郝幸福耳朵根子生疼，哇哇哭着，说妈你快来啊，我耳朵被爸爸打掉了。母亲也正烦躁着，晚上的饭都做不成了，叔叔用一根棍子，在灶膛里捅来捅去，灶灰到处飞舞。做不成饭的母亲，咬牙切齿地骂郝幸福，不把你叔叔的书包交出来，我也打你。说着也高高扬起了手臂。原来，叔叔的书包是动不得的，一旦动了，家里就乱套了。主动把叔叔的书包交出来，岂不是坐定了郝幸福拿了叔叔书包这一事实，脑子精怪的郝幸福，想出来一个办法。他泪汪汪地为自己辩解，我没有拿叔叔的书包，叔叔睡觉敞着门，是风把叔叔的书包给拿走了。母亲的手并没有落下来，赶紧给郝幸福铺设台阶，你看见风把叔叔的书包藏在哪儿了？如此，郝幸福就顺利地把风藏起来的书包，还给了叔叔。书包和书包里的宝贝，就是叔叔的定神法宝，叔叔果然安定下来，继续饭前起立朗诵的日子。

是在哪一年呢，母亲也开始不对劲了。母亲的手很巧，有着刺绣的手艺，绣出来的鸟儿会鸣叫，花儿会引来蜜蜂采蜜。郝幸福绘画的才情，就遗传了母亲的基因。印在郝幸福脑子里最深刻的一幅画面就是，母亲举着花撑子在灯下刺绣，在柔和灯光的映衬下，母亲脸上几颗浅浅的麻子变得异常生动。忽然有一段时间，灯下没有了绣花的母亲，她焦躁的身影在院子里转来转去。问她怎么了，她回说魂儿丢了，在找她的魂儿。几天后的一天清晨，郝幸福家的房顶上发出异样的动静，随后传来父亲大声的斥责声。同时，还伴有噼噼啪啪的声音，什么东西摔在地上碎了。郝幸福赶紧从被窝里钻出来，跑到院子里一看，原来是母亲在房顶上，一片一片地揭开房瓦，在寻找她丢掉的魂儿。

大家都说郝幸福家里的风水不好，父亲还专门请来大仙给看，大仙说对门的赵幸福房后的一棵树，正好对着郝幸福家里的一扇窗子。树是老树，吸收了太多的日月精华，有些成精了。妖气就从窗子进来，附着在了病人的身上。郝幸福依稀记得，为了砍伐掉老树，父亲和赵幸福家闹得很是不愉快。最后老树砍了，母亲上房揭瓦的毛病也没好。再后来，父亲厌烦了经常请人修房子，就把母亲拴了起来。母亲总会神奇地挣脱了束缚，偷偷地爬上房子，寻找她丢失的魂魄。在这样的日子中，父亲的脾气越发暴躁，动不动就打母亲一顿。父亲的暴躁和捶打，助推母亲的病走向新的征程，逐渐加大寻找灵魂的力度，身手比武林高手还要敏捷，蹭蹭几下就窜上了房子。认真翻看瓦片的母亲，一脸的凝重，满眼的虔诚。

母亲专心寻找灵魂，再无心打理家务，连家里的一日三餐都陷入僵局。愤怒的父亲把母亲拴上，用一根绳子牵着，找到中学生郝幸福，让郝幸福做一个选择：退学回家，照顾母亲；否则把母亲带着，一起上学。郝幸福在父亲给全班同学制造的惊愕中，发疯般的逃跑了。这一跑，和学校就是永诀。回家的那个晚上，父亲破例喝了酒，喝多了的父亲，啪啪地抽自己的耳光，说儿啊，都怪你命不好，下辈子托生到好人家吧。那一刻的郝幸福，对父亲仇恨的火苗儿，飘摇了又飘摇，变得不再坚定。

父亲当然不是真的让郝幸福在家里洗衣做饭，他是拿着郝幸福当引子，引来一个儿媳妇，好打理凌乱的家。男人是要养家糊口的，他早就托人给郝幸福谋了一份修理厂的工作。然而，郝幸福的文艺气质，以及郝幸福修理厂的工作，和过于凌乱的家比较起来，还是弱势了很多，没有哪家的女子愿意担起这副担子。它太沉重了。

这个时候，郝幸福的女人出现了。

四

当介绍人把女人带给郝幸福，郝幸福的女人对郝幸福一见钟情，并没等到郝幸福的点头认可，便撸起袖子来，收拾屋子打扫卫生，洗洗涮涮，忙得滴溜溜转。郝幸福呆愣愣地看着眼前的女人，她对他而言，是如此陌生。她是一个过于庸常的女人，长相平平，身高平平，身材平平。综合来评价，作为女人的魅力也就是四五十分吧，一个不及格的成绩。女人有一个地方很是与众不同，她有两扇肥硕的大屁股。它们明显地凸翘起来，在女人的身后耸立成两座山丘，形成一道很奇特的风景，把女人的魅力又给减去了不少。这样一个女人，怎么能进入到艺术气质男的精神世界里呢。尽管生活给郝幸福摆下了一道接着一道的绝望，但是他的希望之门还是开启了一丝缝隙的，尽管缝隙小到可以忽略不计，几许微光还是柔弱地照射进来。发射微光的就是对情爱的憧憬，郝幸福相信它一定是存在的，就在通往他未来之路的某个地方埋伏着，哪天就窜出来给他一个惊喜。接下来，从情爱里走出来的那个女子，帮他照料家人，而他一边工作一边画画。

现在却跳出来个大屁股女人。但郝幸福怎么可能为她停止脚步呢。

郝幸福以为她会看出他的不热情，会知趣地走掉。然而，他想错了，低估了除了屁股大，再也找不出特点的女子。她居然自作主张地，把郝幸福的家当成了阵地，一点儿一点儿地侵占。她的武器是可口的饭菜，灿烂的笑脸，柔软的语言，细致入微的关照。这四种武器可是了得，郝幸福的父亲最先当了俘虏，用各种手段帮着女人，来打败最顽强的敌人郝幸福。郝幸福的叔叔一口一个侄儿媳妇叫着，饭前的每一个朗诵格外悦耳。郝幸福的母亲呢，也不再往房上跑了，女子给她在院子东侧搭了一间矮房子，房子上的瓦片任由她翻找，不用再担心从房子上摔下来。两个病人也在行动上帮助了女人，不知不觉中，郝幸福的阵地一寸一寸地失守了。

这是多么恐怖的事情，在全部领土失守之前，郝幸福决定绝地反击。他要让大屁股女子明白，他们结合的概率为零，连百分之一的可能都没有。郝幸福就要张嘴，发射反击的利器了，偏偏这时叔叔出事了。大屁股女人做饭，叔叔殷勤地帮她拎水，因为是冬天，压水井边上结了一层厚厚的冰，拎着一桶水的叔叔滑倒了。叔叔一倒下，就再也起不来了。没有人要求大屁股女人做什么，她差不多是抢着担起了照顾叔叔的责任。这可不是普通的照顾，是端屎端尿的深度照顾。即使瘫痪在床，军绿书包也挎在叔叔身上，饭菜端上来，会突然来个立正（叔叔当然无法完成真正的立正，只是一种精神上的立正，胸脯和脖子梗得挺挺的）。女子见状，就从书包里掏出小本本，举着小本本让叔叔诵读。叔叔诵读完了，开始安心地吃饭。女子不烦，也不急，仿佛她肚里存储了几个世纪的耐心，怎么都用不完。

结婚吧，和这个女人。父亲命令郝幸福。

郝幸福觉得自己是做了个噩梦，女人是他梦里的人物，不是真实的存在。她和他入洞房，只要他一直一直拒绝她，梦就会醒来，回到现实里。一定是这样的，他打定了主意，不脱衣服，紧紧地守护着衣服上的纽扣。女人毕竟是女人，等待男人主动来动她，这个晚上她只负责羞涩和矜持。然而，让女人失望了，她的男人并没有动她的意思，而且也没有准备动她的倾向，他在昏暗中牢牢地守卫着。一连三个晚上如是。第四个晚上，郝幸福没那么幸运了。一天的忙碌结束了，睡前的准备也结束了，女人的手臂一扬，灯光就沉寂了。侥幸心理刚要生出来，郝幸福的身子就被按住了。这是什么样的力量，让他丝毫动弹不得，任凭衣服被剥落，任凭最私密的部位裸露出来。所有的任凭叠加在一起，压迫得郝幸福悲痛欲绝，他流了一床的眼泪。

五

郝幸福端详着被安眠药催眠的女人，想，这家伙身上的力气咋会这么大呢。这是他想了二十年，也没想明白的问题。摸摸她的胳膊，摸摸她的腿，从表面看没有什么特殊，手指触摸上去就觉出不同来了，它们硬邦邦的。女人是水做的，按说该是柔软的，她却如同钢筋水泥构造而成。超人的力气，就从坚硬中生长出来的吧。她凭借着身上的力气，把他当成一只玉米，夜夜强行剥开。不管她白天多么劳累，夜晚都不会饶恕他。她说她剥了他，他就没有心思再让别人剥了。不断地剥开，灵魂不断地出窍，在暗无天日中晾晒，然后逐渐枯萎，最后成了一个和母亲一样没有灵魂的人。来自艺术的想象，全部干涸了，碎成一堆粉末。郝幸福再一次蠢蠢欲动，想用工具来撬开他攥紧的拳头，取出里边的后悔药，立即吞服下去。

忽然，他好像听到一个声音在呼唤，我的魂儿呢，魂儿呢？

是母亲的呼唤声。叔叔去世后没多久，母亲就因为脑出血，也瘫在了床上。母亲的半个身子瘫着，嘴巴却没有瘫，总是及时传递出她的愿望。她的愿望永远只有一个，让大屁股女人把她背到院子里，去寻找丢失的灵魂。每次，大屁股女人都会满足母亲的要求，将床上的母亲扶起来，背在她的身上。动作是那么娴熟与轻灵，好像母亲是一个小小的婴孩，根本没有多少分量。如果岁月重新来过，谁会承担起母亲的呼唤？这个非常现实的问题，再次让郝幸福停下手来。他清晰记得，有一回，大屁股女人去厕所没有及时回应母亲，母亲从喉管里发出令人毛骨悚然的呼啸声，惊得四邻纷纷上门，以为出了什么大事情。直到匆匆跑出厕所的大屁股女人，将她背在身上，进入到灵魂寻找的状态中，母亲才慢慢安静下来。母亲个头不低，瘫痪后活动量减少，身体又迅速发胖，那样的一具身子，除了大屁股女人应付自如，郝幸福只能望尘莫及。

大屁股女人把母亲伺候死了的时候，已经赢得了十个箩筐那么多的赞誉。村里的老人们，看见大屁股女人，口水流得老长老长，就恨大屁股女人不是自家的儿媳妇。恨自己的儿子不争气，没有娶来像大屁股女人那样的媳妇。他们看见郝幸福就说，你媳妇八成是上辈子欠了你们家啥了吧，这辈子来还债了呢。你这个死小子，真是有福气，气死我了。说着，一个儿女不孝顺的老人，嘴角剧烈地颤抖起来，眼睛也开始往上吊，露出惨白的眼仁。

　　一重一重的忧虑，浪头似的层层叠叠地拍击着郝幸福，让郝幸福越来越没有勇气撬开左手的拳头。他悲哀地发现，那么多现实中的难题，没有了大屁股女人，他根本无法确定能不能很好地解决。他的家长们，他的叔叔母亲父亲们，是给他制造无限难题的人。都以为一个叔叔和一个母亲已经足够了，谁会想到父亲也步了他们的后尘。母亲的去世，于父亲的意义是重大的，从此他不再有谩骂和发泄的目标，就日渐沉默起来。父亲退休前是个会计，年年被单位评选为先进。表面上先进是因为工作努力，实际上却不是这样，父亲会平账，无论难度多么大的账目，父亲都会把它搞定。而且，父亲还有一个特别重要的品质，长了一副钢铁嘴巴，咬得紧紧的，从来不会泄露半点儿机密。都说酒仗怂人胆，父亲担心自己酒后吐真言，在任何场合都是滴酒不沾。一肚子秘密的父亲，憋得慌了，就在家里没事找事，骂上一通母亲。郝幸福甚至觉得，母亲的魂儿就是父亲给骂走的。

　　失去了发泄目标的父亲，从很少出门到拒绝出门，再到后来干脆连被窝都不出了。渴了也不说，饿了也不说，安静地躺在被窝里。郝幸福给父亲请来医生，各项检查完了，说父亲根本没有病。真是奇怪了，好好的一个人，肚里有屎尿了也不知道吭一声，直接就在被窝里解决了，这不是老年痴呆是什么？郝幸福的大屁股女人，也真是豁出去了，每天都要掀开公公的被窝，从被窝里往外清理屎尿。清理完了，再把身子擦干净了。伺候父亲的第二年，幸福城评选年度感动人物，大屁股女人头上就罩上了十大感动人物的光环，成了孝老爱亲的模范。那时候的郝幸福是多么沮丧啊，女人越是出名，对于他越是构成一种潜在的威胁。他不能有任何的想法，否则就会被舆论给杀死。

此刻的郝幸福，明显不是沮丧，是悠长的忧虑。他不知道当一切重新开始后，谁是替代大屁股女人的那个女人，那个女人是否会像大屁股女人那样，耕牛一样地任劳任怨，担起连续照顾三个老人的担子。这不是一副普通的担子，深度考验人的耐力和承受力。

该怎么办呢？焦虑的蚂蚁爬满了郝幸福的思绪。

六

这么看来，郝幸福讨厌的大屁股女人，是没有办法轻易被取代的。她在他的生活中是重要的一个存在。

郝幸福左右为难了。埋藏在掌心里的后悔药，吃还是不吃？突然，手机铃声醉汉似的冲进来，将一屋子的寂静撞成了碎片。"老婆老婆我爱你，就像老鼠爱大米……"是大屁股女人的手机铃声。不管谁打来的电话，手机都会唱起这首不变的歌。郝幸福故意和手机作对，轻易不会拨通那个号码，有事就打家里的座机。有一回下班回家，在家门口碰见赵幸福，赵幸福看见郝幸福，一副有话要说的样子。自从因为老树闹过矛盾后，两家人就一直没有过语言上的交流。肯定是极其重要的事情，才让赵幸福放下端着的架子，和他郝幸福主动搭讪。

哥，有事？郝幸福纳罕地问赵幸福。

见郝幸福给自己铺了台阶，赵幸福有些激动，他连着说了两句"兄弟，你有一个把你装心里的好媳妇"。原来，下午的时候，郝幸福因了一件急迫的事情，破天荒地打了女人的手机。其时的女人，正坐在院门口拆父亲盖脏的被子。"老婆老婆我爱你"响了，女人从口袋里掏出来手机，一看电话来电显示，猛然就哽咽了。让铃声响了好久，才按下了接听键。大门敞开着，这一幕刚好被赵幸福看见，赵幸福以为郝家又出了什么事，就多看了两眼。收了手机的女人，见赵幸福在关注她，就泪汪汪地说，大哥，没事，孩子爸爸打来的。

"老婆老婆我爱你"见没人接听，休息了两秒钟，继续在屋子里热烈地高歌，将郝幸福跑远了的思绪拉回来。大屁股女人睡着，没法接电话，他只得循着铃声，找出手机来。看了看号码，是读高中二年级的女儿打来的。"爸，我妈呢？""噢，出去了，咋没带手机呢？""明天周末我回家，想告诉我妈给我做点儿好吃的。""特高兴，爸你不知道，我做了一件多么伟大的事情。""上周月考我没考好，急中生智，吃了一片后悔药，把时间倒回去一周，重新考一遍，终于保住了第一的位子。""真是神奇的小药片啊，我怕时间倒回去，会不记得考试失败的事，就提前写了一张小纸条放在书包里，提醒自己复习的重点。""爸，我要吃好吃的，奖励一下我自己，一会儿我妈回来告诉我妈噢。"

郝幸福差点儿没崩溃。天啊，他还有一个如花似玉的女儿。幸亏没吃后悔药，差点就戕害了女儿的性命。一切重新来过，她的宝贝女儿，将和他无法续父女之情。下边他要做什么呢，女儿说明天要回家，要妈妈给她做好吃的。大屁股女人，你快醒过来啊，没听见女儿的话吗？睡这么久的懒觉，可不是你的习惯。还有啊，晚饭我还没吃呢，赶紧起来给你老公做！

女人不理会郝幸福。依旧沉浸在睡眠里。

你这个家伙，咋了么，是不是生我气了啊？我不气你了还不行，起来！

任由他的拉拽，女人根本不买他的账。二十年来，这是她头一次如此任性。她任性的后果，原来这般恐怖。郝幸福急得面红耳赤，眼睛里蓄满了泪水。要不去医院吧，让医生帮忙唤醒女人。

慌乱中，他看到了自己左手攥成的那只拳头。对呀，他有神奇的后悔药，只要他把时间倒回去二十个小时，回到女人没吃安眠药前，一切问题不都解决掉了么。他赶紧再次握住钳子，准备撬开攥得紧紧的拳头。这时，奇迹出现了，左手的拳头自动打开了。

掌心里一粒米黄色药片，用安恬的目光看着郝幸福。

跳尬舞的黄马甲

令人羡慕的老草鸡

天气越来越热。下午两点多钟的马路，热得快要炸了。四个轮子的家伙们，目眦尽裂地狂奔，唯恐马路真的爆炸了，会殃及它们。那些稀稀拉拉的，不得不出来的电动车或是自行车，恨不得把骑在身上的主人抛弃了，逃到一个没有太阳的世界。本来就担忧自己随时会粉身碎骨的马路，在各种动荡的热效应的波及下，更加的躁动不安了。

这是一条年纪尚轻新修不超过三年的马路，还没来得及经受人世间大的风雨。它的名字和它的年轻很相配，叫作朝阳，一副生机勃勃的样子。原本，一到酷暑季节，朝阳路两旁茂密的垂柳可以发挥作用，它们极具母性地用自己的身体遮挡住热辣辣的阳光，让马路以及在马路上行走的人类，享受到阴凉的庇护。可是，去年秋天的时候，由于城市要更换树木，柳树这种处在链条低端的树种理所应当被淘汰了。被换上来的法桐，果然气象不一般，好比流量小鲜肉。秋天过去了，冬天过去了，当夏天来临时，小鲜肉们的短板显现了。它们过于苗条，过于瘦弱，或许将来它们会枝繁叶茂，但这个夏天远远不能撑起一片阴凉。暴晒下的马路，是多么怀念往年的夏天。尽管往年的夏天也热，然而没有比较就没有幸福感。

无论怎样抱怨，也无论如何惊恐，朝阳路是不能逃走的。其实，朝阳路并不孤单，和它一样不能逃走的，还有一些特殊的人。他们头戴橘黄色的帽子，身穿橘黄色的马甲，马甲的背部印有"某城环卫"的字样。这个群体里的人，有一个共同的特点，那就是衰老。衰老的他们，比处在绝望中的马路优越的地方是，他们长着两条腿，完全可以逃离暴晒的环境。可他们没有。不是他们不想，而是他们的职业不允许。眼下，正是争创全国卫生城的攻坚阶段，口袋里装着藿香正气水的他们，要确保自己的卫生段连一颗烟头都不存在。他们手里的扫把要是慢了，躺在路面上的烟头，或者其他什么垃圾，一旦被暗访的人拍了去，每个月一千七百块钱的工资可是要缩水的。

这是一群宁可热死，也不能让工资缩水的人。从他们练就的金晶火眼里放出去的光芒，在热浪里翻滚沉浮，警觉地搜寻马路上的烟头，以及其他的垃圾。他们的左手拎着自制的带有长柄的大布兜子，右手举着笤帚，随时准备着扑向猎物。汗水顺着汗毛孔往外滋，遗憾的是，还来不及形成汗珠儿，便被热浪伸出来的大舌头给舔舐了。咸咸的汗水，让热浪的嗓子有了不适感，它选择的不是妥协，而是更加疯狂的报复式舔舐。朝阳路上穿橘黄色马甲的人，除了老草鸡，无一能幸免。

此刻的老草鸡，正靠在环卫车上假寐。环卫车停放在朝阳路路南一家私人医院的楼下。楼体遮住了发疯散热的太阳，制造出一大片的阴凉，老草鸡就占据了阴凉的一部分。说是阴凉，温度也是有的，老草鸡鼻尖上沁出来的汗珠就是证明。但也恰恰是值得炫耀的地方，阳光暴晒下的同行们，鼻尖上的汗珠滚动一个给我瞅瞅？汗珠如此珍贵，既然可以拿来炫耀，老草鸡不擦拭它们，让它们在鼻尖上明晃晃地闪耀着。乍看上去，会以为老草鸡睡着了，才任凭了汗珠的滋生与逗留。仔细端详，便看出了端倪，睡着的人面部肌肉是松弛的，而老草鸡的面肌显然是紧绷的，皱纹与皱纹之间有着某种刻意的默契。她怎么能舍得睡去呢，睡去了，就无法感知来自同行的羡慕乃至是妒忌了。她的眼睛闭着，心醒着。

老草鸡为什么可以躲在阴凉里，美美地出香汗呢？原因就是有人替她值守在卫生段。每一个黄马甲都有自己的卫生段，上班时间内，只负责自己的那一段卫生。你不在岗，一定要有人接替你的工作，而且保证全心全意地投入到清扫中去。替代老草鸡的人，是一个叫"看门的"老光棍。老光棍和老草鸡年龄相仿，六十岁的样子，他也是有工作单位的人，在朝阳路上一家比较大的餐馆里做临时工。上班的时间跟着餐馆营业时间走，餐馆一开门儿，他便上岗了。吃饭的客人没来时，帮着打扫一下里里外外的卫生，客人来了呢，站在餐馆门口协调车辆。哪辆车停在哪里，停放得是否有次序，都由老光棍来调配。等客人用完餐了取车，他一边打手势，一边高声喊"倒，倒，倒"。暂时没有车可调配，他就在门口站着，用眼时不时地往老草鸡的卫生段瞟。老光棍是一个兢兢业业的人，调配车辆时很认真，瞟老草鸡的眼神也很敬业，是那种全心全意的瞟，丝毫没有轻佻的成分。瞟的时候，连脸上的麻子坑神情都特别庄重。

客人散尽了，胡乱地吃了餐饭，老光棍便急急地向着老草鸡的卫生段而来。黄马甲们夏日的作息时间，下午两点上班，当老光棍出现在老草鸡的环卫车旁时，老草鸡刚刚上班不久，还没来得及被太阳深度暴晒。他们是如何衔接的呢？两个人之间很默契，不需要任何的言语，老光棍自然地接了老草鸡的清扫家什，走上老草鸡负责的卫生段，红红火火地进入到清扫状态。老草鸡真是够范儿，连个正眼都没给老光棍，更别说只言片语，一扭一扭地摇摆到楼影里。她走路的姿态缘于腰间盘突出，像极了一只衰老的母鸡，便落了个老草鸡的诨号。

尽管老光棍是替补的，但却是整条朝阳路上最踏实肯干的，他的清扫就像他的眼神一样，是那么一心一意。暴晒算得了什么，能有一百度吗？即便有一百度，也没有老光棍胸腔里的温度高。胸腔里有一颗火热的心，恐怕一千度都不止呢。没人知道老光棍叫什么，也从来没有听老草鸡呼唤过，为了将他和另外一个老光棍区别开来，根据他在餐馆的工作性质，大家都叫他"看门的"。看门的替老草鸡清扫，不是一时的热情，是绝对忠诚式的，死心塌地式的。看门的每天吃住在餐馆，夜里别人都下班了，他就在餐馆的门房里安歇，成了名副其实看门的。早上五点钟，在朝阳路的黄马甲们预备拉开新一天清扫的序幕时，看门的已经出现在老草鸡的卫生段上。一年四季，三百六十五天，身影从来不曾缺席。那时候的老草鸡，说不定还在梦乡中，她不用早起，接受冬日清晨寒冷的洗礼。一直到上午九点钟，到了看门的上班时间，老草鸡才姗姗出现。

摇摆着腰间盘突出的身子，迈着老母鸡步子，老草鸡从从容容地从看门的手里接过布兜子和扫帚，拿捏着不正眼瞅看门人的姿态。她的不正眼看，并非是蔑视，也并非不在意。恰恰相反，老草鸡摆出来的不正眼看，是她撒娇的一种方式，类似小女孩在喜欢她的男孩面前说的"就不"，或者"不要"。紧挨着老草鸡卫生段的麻秆儿老郭就很看不惯，经常气愤地和老伴叨咕，看门的真是贱骨头，人家都不正眼瞅他一下，要是我……麻秆儿老郭是个货真价实的老实人，为了表示他的愤怒也是货真价实的，经常在边界搞些小动作，乘着老草鸡和看门的不备，将零碎的小垃圾用笤帚推过边界。在这个朝阳路热得快要爆炸的下午，麻秆儿老郭也没忘了，把他布兜子里的一枚烟头，悄悄丢进了老草鸡的卫生段，然后快速走掉。

麻秆儿老郭和他的老伴

麻秆儿老郭的小动作，逃不过老伴的眼睛。这是一个让麻秆儿老郭的老伴很不开心的小动作，她暂时放下正在整理的纸箱板，走出距离老草鸡大约五十米远的一家商业门脸的阴凉，朝着麻秆儿老郭而去。近了麻秆儿老郭的跟前，从随身背着的皮革大兜子里，取出来一只大水杯子，递给麻秆儿老郭。麻秆儿老郭将手里的清扫器具靠在路中间的围栏上，接过老伴的大水杯子，拧开杯子盖儿，扬起脖子，预备咕咚咕咚地灌上一气。麻秆儿老郭真是太瘦了，扬的动作把细细的脖子拉得长长的，尖锐的喉结，在一吞一咽间锋利地行走，覆着在它身体上的一层薄皮，随时都有被豁开的危险。这个工夫，麻秆儿老伴不动声色地接近了两个卫生段的边界，自若地跨到了老草鸡的地盘，弯腰将一截烟头捡了起来。那是麻秆儿老郭刚刚丢弃的，烟头身上带着鬼祟的痕迹，她确定是它无疑。

再次回到麻秆儿身边，麻秆儿老伴将指间捏着的烟头扔进带长柄的大布袋子里。她什么都没有说，接了麻秆儿的大水杯，拧紧了盖子，重新置入肩上的皮革大兜子。转过身子预备走了，就在转身的一瞬间，两颗比麻秆儿老郭大出来三四倍的眼睛，发射出两束极寒的光芒，穿越炙热翻卷的浪头，直抵麻秆儿老郭。麻秆儿一下就凉爽了许多，如一个做错事被当场抓住的孩童，左手抓了长柄布兜子，右手抓了毛发耗损厉害的笤帚，讪讪而去。

街上耳目甚多，麻秆儿的老伴不方便发出责备声，只得用她眼皮松弛的大眼睛传递她的心意。此心意可不比看门的——满满的期待、满满的忠诚，它包裹的是严厉的制止与斥责，有家长式的训诫成分在里边。在麻秆儿老郭的老伴看来，自己爷们儿的小动作，充满着危险性，很有可能会影响到这份得之不易的工作前途。本来，做环卫工是有年龄限制的，超过六十五周岁上边就不要了，是麻秆儿老伴在危急时刻挺身而出，发挥她善于外交的特长，找到朝阳路的孔队长。当然，她不是空着手去的，随身的皮革大兜子里，装着两条玉溪烟。制度是公司经理制定的，孔队长不过是个最基层的小领导，留用超龄的环卫工，他没有这个权利。面对目的性很强的送礼人，孔队长完全可以推脱说，他当不了这个家，做不了这个主。但面对麻秆儿的老伴，孔队长拉不下这个脸来，为什么呢？古人留下的很多人生总结，是有深刻的哲学意义的，比如那句"吃人家的嘴短"。孔队长不知道吃了多少麻秆儿家的菜，那一把把的，一根根的，一棵棵的，可都是没有农药的纯绿色蔬菜。当然还有那句"拿人家的手软"，在这两条玉溪烟之前，孔队长收了人家若干条的玉溪。连吃的带抽的，送了你这么久这么多，毫不犹豫地一巴掌把人推出去，除非你是个铁石心肠。没有拒绝的力量，但是孔队长的权利毕竟有限，在他愁眉不展之际，麻秆儿老伴给他出了一个主意。

麻秆儿老伴比麻秆儿小上几岁，用她的身份来顶替麻秆儿，真正干活的还是麻秆儿。这个主意不是麻秆儿老伴的首创，别的街道早就有类似的现象，有夫妻间顶替的，有用儿女身份顶替的，他孔队长能不知道吗？麻秆儿老伴给孔队长留足了脸面，没有直接说别的街道有这种现象，做出主意是她原创的姿态。假如上来就跟孔队长说，孔队长啊，听说哪条街道哪个人是冒名顶替，我们能不能也这样呢。他们队长和队长之间的关系紧密得很，这点猫腻孔队长能不知道吗？这就等于在间接地责怪孔队长，你的愁眉不展不过是做做样子。

真是一个聪明的老太太，孔队长就顺坡下驴，采纳了麻秆儿老伴的主意。其实，各条街道的队长，直接和环卫工人打交道，搞些小动作并不是特别困难。但是，孔队长和麻秆儿老伴约法三章，这是违反公司规定的，一旦麻秆儿老郭工作中有什么意外，所有责任由他们自己承担。麻秆儿老伴感激地应着，说有事我们担着，保证自己担着。麻秆儿老伴回家就叮嘱麻秆儿，不能给孔队长添麻烦，凡事要谨言慎行。偏偏，麻秆儿老郭是个孩子脾气。

麻秆儿老伴能不生气吗？老草鸡可不是个简单人物，她轻轻松松搞定老光棍们，让老光棍们俯首帖耳的任由她使用不说，"上边"对她的所为不闻不问。孔队长每天骑着电动车检查工作，经过老草鸡的卫生段时，老草鸡一丝慌乱都没有，假寐状完好无损。孔队长只盯着马路看，至于马路上是谁在清扫，仿佛一点儿都不在意。他真的不在意吗？麻秆儿老伴可不这样认为。只能说明老草鸡的"能力"让孔队长装作不在意。如此有能力的人，你搞她的小动作，纯粹是该死的蚂蚱非得往锅里蹦。她到"上边"捅了你冒名顶替的事，你就只能回家喝稀粥了。

"看门的咋替老草鸡呢？"麻秆儿老郭曾经表示过不服。

麻秆儿老伴真是无语。她为自己悲哀，有的人活到老心智也无法成熟，偏偏这样的人就让她遇到了。麻秆儿让她不放心了大半辈子，她用大半辈子的时间，来维护麻秆儿。五年前，从麻秆儿第一天穿上橘黄色马甲开始，麻秆儿老伴就陪着他上班。那时候，麻秆儿老伴还不够六十周岁，不到办理免费公交卡的年龄，每天坐着麻秆儿的环卫车进城。十里地不远，对脚蹬三轮来说也不近，需要耗费半个小时的时间。刚刚做过支架手术没有多久的她，最引人注目的是身上的皮革大兜子，它像是一个百宝囊，一会儿变出一只大水杯，一会儿又变出一只大饭盒。其时是冬天，大水杯和大饭盒身上穿着一层厚厚的棉衣，外表的臃肿，只为了让内心保有几丝温热。中午一个半小时的休息时间，不足以使一辆脚蹬三轮车从容地往返，主人回家做饭吃饭便显得非常奢侈。

看着夫妻两个在路边上，就着一个饭盒吃饭，其他黄马甲还劝麻秆儿老伴，您身子不好，大冷的天就别跟来了，难不成您不来大哥还饿着？

根本不是那么回事。麻秆儿老伴扮演的是公关角色。麻秆儿性格内向，麻秆儿老伴刚好相反，很善于言辞，属于能说会道型的。然而，她的能说会道不是泛滥的那种，懂得克制，给人很舒服的感觉。在麻秆儿老伴的维护下，麻秆儿卫生段上的商家，左右的邻居，以及几任的队长，与麻秆夫妻相处得都极为融洽。他们的大水杯空了，无论走进哪个店铺的门儿，都会灌得满满的热腾腾的。积攒的废弃纸箱，也都给麻秆儿夫妻留着卖钱。有那么几次，麻秆儿老郭跟着老伴去复查，邻居老孟主动提出来，帮着清扫卫生。

和谐建立起来，是个缓慢的功夫，但要摧毁它，麻秆儿的一个小动作足够了。挎着皮革大兜子的麻秆儿老伴，没有往来时的商业门脸处走，她改变了方向，朝着靠在环卫车上假寐的老草鸡而去。到了老草鸡跟前，麻秆儿老伴轻轻地呼唤："大妹子，大妹子。"老草鸡睁开了眼睛，果然是假寐的，眼睛里没有半点睡眠的痕迹。麻秆儿老伴用大眼睛的余光，暗暗观察了一下周围的形势，见远近卫生段上的黄马甲们，为了顺利搜寻到垃圾，皆全力以赴地和热浪对抗着。老妇人一边继续盈盈地笑，一边迅疾地从皮革大兜子里拎出来一塑料袋黄瓜。隔着塑料袋可以看出来，黄瓜嫩嫩的，胖嘟嘟的，比菜市上卖的不知好上多少倍。不容老草鸡反应过来，黄瓜已经进了环卫车后吊着的蛇皮袋里。蛇皮袋内是捡到的矿泉水瓶子之类的东西，麻秆儿环卫车的后边也有这样一个袋子。"晚上到家拌菜吃，拍两瓣儿蒜放里边，用香油味精一调。"把黄瓜和话摞下，麻秆儿老伴转身走掉了。"嗨，走了？不待会啦？"身后的老草鸡，嘿嘿地笑。嘿嘿声非常有连续性，绵延了很久。

以麻秆儿老伴生活的经验判断，在所有笑的方式中，凡嘿嘿笑的人都不好惹。她坚定地认为，此时老草鸡绵延的嘿嘿笑是别有用意的。她家麻秆儿的小动作，还有她不动声色的弥补措施，老草鸡都是一清二楚的。嘿嘿地笑是对麻秆儿老伴所有努力的包容，同时也是提醒，让她管好麻秆儿，别再任性得像个小孩子。麻秆儿老伴能不窝火么，可是她又无可奈何，过了快一辈子，也没改变得了自己的男人。一枚小小的烟头，损失了一兜黄瓜。原本，这兜黄瓜是给赵队长准备的。孔队长来之前，赵队长是朝阳路的环卫队长。按说，赵队长人一走，茶就该凉了，外交家麻秆儿老伴发现，几个队长是循环的，今年在这条马路当队长，明年说不定到那条马路任职。就是说，有一天赵队长很可能还会回到朝阳路。一条玉溪烟两百块钱，送主管队长已经是鼓着肚子了，调走了的队长只能送家里长的小青菜。小青菜不值钱，却是一番真心意，表明您虽然走了，但我们没把您给忘喽，一直记着您的好。

可惜，计划让麻秆儿给打乱了。处理刚才的危机前，麻秆儿老伴正蹲在门脸房的阴凉处，整理捡来的纸箱板。边整理整箱板儿，边思忖如何绕过街上的耳目们，尤其是不能让孔队长发觉，顺利地把皮革大兜子的黄瓜给另一条马路上的赵队长送过去。就在那时，她看见了麻秆儿搞的小动作。

想想自己的每一根黄瓜，每一棵小青菜都有用武之地，送给谁送多少都有详尽的计划，麻秆儿老伴不由得暗中骂道，死老东西，晚上别吃饭。

来了一块戴墨镜的活宝

今天是老孟不在段上的第十天。作为麻秆儿老郭另一个邻居的老孟，腿疾突然严重，不得不请假了。老孟的腿一直不好，每天一瘸一拐地干活，麻秆儿老伴劝了他好几回，孟大哥，赶紧去医院瞅瞅吧，别让小病再拖大了。老孟总是爽朗地回，啥事没有，人上了岁数，骨头缺钙了。还说，没事少去医院，没病也让大夫说有病喽，要不药卖给谁去啊。大夫的心，都黑着呢。然后就举例说明，他们村的，非他们村的，例子活色生香。老孟不在，都是麻秆儿老郭在替老孟清扫。十天的时间，老孟音信全无，麻秆儿老伴让麻秆儿给打电话，也没人接听。老孟再不来，麻秆儿眼看就要盯不住了。毕竟，天气太热了。老孟再没动静，麻秆儿老伴就准备去找孔队长，让孔队长另外找人接替。

第十天头上，老孟的电话来了。麻秆儿老郭接听电话有个习惯，喜欢调到免提，这样话筒的声音会大一些，多少有些不灵光的耳朵会舒服一些。"老郭，我活不长了……"话筒里传出来了老孟绝望的哭声，引得几个过路人纷纷回头看。挎着皮革大兜子、正弯腰捡起一只空矿泉水瓶子的麻秆儿老伴，结结实实地被老孟吓了一跳，顾不得掉落在地上的空瓶子，赶紧用手去安抚做过支架的脆弱心脏。麻秆儿老郭本就不是脑子活泛的人，突发情况更是让他不知所措，手里托着免提状态的老年机，朝着自己老伴走过去。在这个过程中，哭了一歇子的老孟，继续在电话里说，我的腿确诊了，是骨癌。老郭啊，我不怕死，可是我死了老婆子咋办呢……又是一通哭泣。

老孟大哥……麻秆儿老伴对着老年机哀哀地叫了一声，泪水止不住地流。在朝阳路上，最数老孟呵护麻秆儿。老孟之所以呵护麻秆儿，不是看在麻秆儿窝囊老实的份上，而是心疼麻秆儿老伴的不容易。麻秆儿老伴心知肚明，对老孟充满了感激。老孟传来的噩讯，她是真的打心里难过。又哭了会子，老孟稳定了一下情绪，向麻秆儿夫妻交代"后事"：他卫生段上那家养老院的垃圾，以后由麻秆儿去拉，别人谁也不给。他已经跟养老院的院长交代好了，过去一个月给他多少钱，往后就给麻秆儿多少钱。麻秆儿老伴截断了老孟的话头，老孟大哥，你快别瞎说，我们先替你拉着，等你病好了就还给你。听见了么，好好的，老天爷不收好人。托着老年机的麻秆儿，一句话都不说，只默默地跟着落泪。

阴凉里的老草鸡，脖子伸长了，将假寐的两只眼睛举高了，向着麻秆儿夫妻的方向张开一道缝隙。俄顷，重新闭拢了，脖子复位。继续假寐。

很快，孔队长开始找新人了，来补上老孟的空缺。环卫工人，工作环境恶劣，但是愿意干的大有人在。城乡接合部的村子，有大把的像麻秆儿老郭这样的老年人。他们养老保障薄弱，进工厂打工没人要，指望子女又一言难尽。城市清扫外包的公司，之所以愿意雇这类人，一个是城里人没愿意干的，第二个就是他们廉价。然而，没等孔队长找人的计划落地，有人便主动找上门来了。来者是一个非常老的老人，看样子得有八十多岁了。骑着自行车的老人，到了朝阳路上停下来，往左张望了会子，又往右张望了会子，然后朝着穿橘黄色马甲的麻秆儿老郭走过去。"劳驾，问您一下，孔队长啥时来啊？"其时麻秆儿老郭心情正沮丧，老孟生病对他影响很大，这其中有对老孟的惋惜，更多的却是对生命无常的一种恐惧。麻秆儿老郭胆小，他怕自己哪天也落了个和老孟一样的下场。说来也怪，昨天才获知老孟的消息，今天自己的腿也不舒服起来。听到有人问他话，麻秆儿老郭回头瞅了瞅，见是个比他还老很多的乡巴老头，便应付道，说不好。

麻秆儿老伴蹲在地上，正用一截绳子捆码放平展的纸箱板，皮革大兜子在一旁静默着。肯定是不满意麻秆儿对老人的答复了，麻秆儿老伴高声补充，您找孔队长，就在这儿等着，他总骑着电动车转，说不准一会儿就过来了呢。那儿多热啊，您到阴凉地儿等着来。很老的老人，并没有顺从麻秆儿老伴的好意，执意站在便道上，将两束机警的目光投放到往来骑电动车人的身上。如麻秆儿老伴所说，果然时间不长，孔队长就大驾光临了。每天骑着电动车，检查路段的卫生，监督扫卫生的人，是他的工作。见很老的老人一脸茫然，并没有主动和孔队长打招呼的意思，麻秆儿老伴就明白了，老爷子并不认识孔队长。眼看孔队长就要擦肩而过，麻秆儿老伴赶紧提醒，您不是找孔队长么，这不是来了。

很老的老人一刹那满血复活，冲到孔队长电动车前。突然窜出来一个老人，横在自己的车前边，孔队长吓了一跳，赶紧来个急刹车。幸亏车速不快，否则非得撞到人。孔队长刚要发火，车把便被老人给钳住了，让他的车子死死地焊在地上，丝毫动弹不得。"孔队长，我和老孟是一个庄子的，老孟病了上不了班了，求您把这个活给我吧。"

您？多大岁数了？

面对孔队长的惊诧，很老的老人慌忙补充，不是我干，是我儿子干。您要是收了我儿子，我天天宣传您是大好人。很老的老人说到这，钳住孔队长车把的手松开，转过身子从自己自行车车筐里取出一样东西，是面卷起来的小旗子。展开来，红色的小旗子上印有一行字：孔队长是大好人。孔队长见了眼前的阵仗，早用两只肉手捧住大胖肚子笑起来。被屁股整个埋起来的电动车座子，随着一大坨肉的颤动，发出不堪重负的吱吱声。很老的老人见孔队长笑得花枝乱颤，激动得冲着孔队长深深一躬，谢谢孔队长，我就说您是个大好人。随后，将小红旗绑在自行车的车把上，推着车子跑步向前。车子一跑动，热风将小红旗吹起来，"孔队长是大好人"几个字便频频向着路人招手示意。

每经过朝阳路上一个黄马甲，很老的老人都会向人家高声发布，"赶明儿我儿子到这儿上班，您多照顾着点噢！"这么老的一个老人如此精神抖擞，热浪很是不满意，张牙舞爪地扑过来，狠狠地扭住老爷子抽打。不想，老爷子毫不畏惧，加快了奔跑的速度，车把上的小红旗扑啦啦地歌唱。朝阳路上所有黄马甲，都停下来，朝着扑啦啦的小红旗行注目礼。他们被震撼了，从未看过小红旗还会唱歌，而且唱得这么动听。转完了整条朝阳路卫生段后，推着自行车奔跑的很老的老人，回到了出发的原点。孔队长显然被很老的老人给惊到了，依旧一动不动地保持了一条腿支撑在地上，屁股坐在电动车上的姿势。

"再次感谢孔队长，我这就回去把儿子领过来。"说完了，很老的老人调转车头，利索地蹬上自行车凯旋而去。老人上身一件灰色的老头衫背部，泛起的一层白碱十分醒目，那是汗渍蒸发的结果。白碱随着驼背运动的节奏一起一伏，渐渐远去，渐渐模糊。只有车把上飘扬的一抹红，愈发红得热烈。

这肯定是一块活宝。孔队长感叹道。他感叹于一个父亲的不易，就是说，看在伟大父爱的面子上，孔队长默认了由很老的老人儿子，来填补环卫工老孟的空缺。

活宝还没出场，就引来了一片关注。第二天，很老的老人再次出现，真带来了自己的儿子。在朝阳路所有环卫工人目光铺就的红毯上，老人的儿子隆重登场。但见他鼻子上架着一副墨镜，两条腿模仿着男模，走出来的却不是潇洒的模特步。因了两条腿是内八字，所以模特步改成了画圈圈。他只管昂首挺胸地走，至于走出来的是什么效果，好像不是他关心的。

众目惊诧。

老草鸡和两个光棍

朝阳路上有个不成文的规定，每个黄马甲捡拾垃圾不可越界。这里所说的，是诸如塑料瓶，诸如纸箱板等可产生经济效益的垃圾。只许可在自己卫生段的路面、垃圾桶，以及商铺捡拾。其实，这个规定不仅适用于朝阳路，几乎全城的环卫行业都在遵循。因此，黄马甲们都愿意和自己卫生段上的商铺搞好关系，商铺里产生的有点儿价值的垃圾，老板们看不上眼，不值得耗费精力，便让黄马甲帮着收拾了。这是个两全其美的事，一个是老板们省了收拾的力气，一个是黄马甲们付出气力后，得到了些微的收获。付出点力气算个啥呢，自己身上长的，又不用花钱去买。

有价值的垃圾，哪怕一个纸片，黄马甲们都视如珍宝。他们如炬的目光，不只盯着路面上的烟头，树上掉下的落叶，更是寻觅着那些为他们带来价值的东西。能够带来微薄价值的那些东西是火，可以焚毁眼睛里的疲惫，让它们时刻保持明亮。朝阳路上只有一个人例外，她不用目光如炬，时刻保持警醒。这个人就是老草鸡。老草鸡不是不珍爱有价值的垃圾，而是有人替她目光如炬。在餐馆看门的老光棍，清扫完一圈卫生段，便开始挨个翻找段上的垃圾桶。那时刻，他就是一只猎犬，但凡有用的线索，休想逃出他的猎爪。看门的所在的餐馆规模不小，每日产生的有价值垃圾，找个场所积存起来，攒上个一段时间，找个收破烂的上门收购，是一笔不小的收入。自从看门的与老草鸡有瓜葛之后，餐馆里的有价值废品，就源源不断地溜走了。

看门的把纸箱板打成捆儿，易拉罐饮料瓶等装进袋子，提前放进他门口的小屋里。夏天下午将近六点钟，看门的开始站在餐馆门口，进入到给就餐客人调配车位的角色中。将近六点，也就是说还不到六点，离着黄马甲们下班还有几分钟的时间。故事便在这几分钟之内上演了。看门的站在餐馆门口，敬业的眼神依旧一分为二，一部分给工作，一部分给老草鸡。在看门的一个接着一个敬业的瞟中，蹬着环卫车的老草鸡来了。眼看着老草鸡离餐馆越来越近，看门的突然撒丫子就跑，以一颗出了弹匣的子弹的飞翔速度，进了自己守门的小屋子。再出来时，怀里满满的，依旧使用子弹飞翔的速度，奔跑完并不长的一段路。到了马路便道上，刚好与逆行而来的老草鸡相遇。看门的不说话，只将怀抱里的废品丢进三轮车车厢，重新进入到工作状态。同样一句话不说的老草鸡，沿袭了一贯的做派，没有给看门的一个正眼。但为了表示她的满意，一粒红豆大小的酒窝在嘴角闪了闪。然后，调转三轮车，用已经被腰椎间盘连累了的腿蹬着车，沿着来时的路扬长而去。

老草鸡是自信的，她相信她的酒窝甜到了看门的。蹬着三轮车经过新上任的活宝，再经过麻秆儿老郭，就是她自己的路段了。这时，另外一个光棍登场了，朝阳路上的黄马甲管他叫收破烂的。他的确是个收破烂的，每天在各个住宅小区门口转悠，"有破烂的卖"通过小广播循环播放。赶上中午人家正休息，被"有破烂的卖"骚扰到，就有人推开窗子驱赶他，让他滚得远远的。每天傍晚，收破烂的光棍都会到朝阳路上来，与蹬着三轮的老草鸡有一个相遇。

他停下了，她也停下来。不需要言语，亦不需要眼神的对接。他将她三轮车上的破烂搬下来，放到他的板儿车上。放得平稳了，再用绳子束缚住，防止颠簸滑落，他的动作麻利干净。夕阳映照在收破烂的方方正正的，黑与赭红深度融合的大脸上，左眼睛的眼睑低低地垂着，遮盖住了里边的眼仁。右边的眼睛，摇荡着醉人的波光。波光太耀目了，以至于让人忽略掉左眼的缺陷。旁边老草鸡的视线，跟着收破烂人忙碌的双手游走，身上披着一层潋滟的光波。那是源自收破烂人的照耀。收拾妥当了，收破烂的从口袋里掏出来一叠钱，有零有整，他把它们交到老草鸡的手上。他不报数，她也不问。这笔钱是昨天的，今天拉走的卖了，钱要明天再给。

"走喽！"蹬上板儿车，收破烂的迎着夕阳远去之前，看了一眼老草鸡。老草鸡嘴角那粒红豆大小的酒窝，又现了出来。

真是一个完美的链条，看门的负责捡废品，收破烂的负责代卖，老草鸡负责收钱。收破烂的来收取老草鸡的废品，并不是特别遥远的餐馆门口的看门人难道看不见吗？也许他早看见了，但是他从来没有问过。收破烂的人，或者也知道是谁帮老草鸡捡的废品，同样没有过问过。他们只享受老草鸡和自己交集的那部分快乐，所以他们彼此不妒忌，没有悲伤和痛苦。

空着身子的老草鸡，这才下班回家。将腰椎间盘突出的身子费力地提起来，放置在三轮车上，朝家的方向驶去。夕阳在她的背部跳跃，由于背部不平稳，总做出一弯一弯的动作，舞步就碎掉了。

麻秆儿将环卫车里的垃圾倾倒进指定的垃圾池，回到卫生段收拾清扫器具，也准备回家。善于搞小动作的他，乘着自己老伴不备，向着老草鸡的背部撇了撇嘴。过去老孟在的时候，老孟和他一条战线，两个人心照不宣地朝老草鸡背部撇嘴。开始是老孟率先撇嘴，他跟在老孟后边，模仿了老孟的撇嘴。时间久了，就达成了一种默契，同一秒钟内，朝着同一面背影，做同样动作的撇嘴。在他们看来，这是他们送给一个不正经女人的嫌弃之礼。回家的路上，麻秆儿老郭会遭到老伴的责骂，老草鸡要是看见你撇嘴，非得把你臭嘴撕开喽。麻秆儿老郭还挺硬气，老孟也撇嘴了，要撕也得撕老孟。老伴的怒火噌一声窜到了头顶，啥都跟人家老孟比吗？老草鸡不敢惹老孟，你呢，你震唬得了谁？到时候，还不是把脑袋一缩，跟你这辈子，我算是倒了八辈子霉了……麻秆儿会孩子气地接一句，老草鸡看不见，她又没回头瞅。

老孟不在，麻秆儿多少有些不自信了，但他仍然鼓了鼓勇气，保持了这个小动作。撇完了嘴，他会觉得自己特别像一个勇士，敢于向品行不端的人斗争。他是代表了正义的，一种骄傲的情绪便从排骨似的胸膛内滋生出来。瞬时间，自己高大无比，细细的麻秆儿身子，挺得直溜溜的，疲惫感顿觉轻了很多。当然，防止招来老伴的责骂，撇嘴的动作发生前，会拿了眼睛偷偷观察老伴的动静。

活宝呢，注意力也在老草鸡的那面运动不规则的后背上。戴着墨镜的他，可不像麻秆儿老郭那般胆怯，他明目张胆地看，毫无遮拦地看。活宝不满足于看，他还要问。因为，他有太多的疑惑。"那两个是她啥人？"他昂首走着画圈圈的模特步，近了麻秆儿老郭问道。来了几天，这是活宝和麻秆儿说的第一句话。他不是只不和麻秆儿说话，与别的黄马甲也无话。墨镜片刻不离活宝的鼻子，因此看不清他看众人的表情，但是，从墨镜侧漏出来的气象看，他大概是不屑于和大家走近的。由于他和大伙的疏远，即使来了几天，也没有人告诉他朝阳路上的故事。别说故事，连故事中人物基本的雅号都不清楚。

你是问那两个老光棍，是老草鸡啥人？

见活宝和自己说话，麻秆儿老郭很是高兴，借着身上刚刚获得的正义力量，大声反问活宝。哈哈，老草鸡，谁给取的，真是有才的人，别说还真像。你咋知道那两个人是老光棍？

老家伙，你还家走不家走哇！一声怒吼，惊得麻秆儿一哆嗦。那旁，麻秆儿老伴那两颗比麻秆儿大出几倍来的眼睛，燃烧着熊熊烈火。几次递眼神失败后，麻秆儿老伴终于失控了。

活宝与麻秆儿夫妻的纠纷（上）

活宝和麻秆儿夫妻产生纠纷之前，已经成了朝阳路上的知名人物。朝阳路真是神奇，卫生段上的黄马甲个个是人物，让光棍服服帖帖的老草鸡，细麻秆儿一样的老郭和他的外交家老伴。连队长都要比别的路段的队长胖出几圈儿来，胖到屁股可以把电动车座儿埋起来，只剩下一摊白花花的肉在奔跑。活宝来了，也不过是多了一个人物。但是，这块活宝不仅仅是人物，更是传奇人物，因此他的名气很快盖过了其他人。

活宝父亲与众不同的求职，以及活宝戴着墨镜，内八字模特步的出场方式，都给活宝的出名奠定了坚实的基础。然而，要想成为朝阳路上的引军人物，必须出类拔萃，有过人的本事。很快，活宝用事实证明，他具有这个能力。活宝穿上黄马甲的第四天，就演了一出大戏，让人大开眼界。

那天上午，迈着内八字模特步的活宝，极不情愿地清扫完了卫生段，刚想靠在环卫车上休息一会儿，突然发现路段上躺着一包垃圾。垃圾是装在塑料袋里的，塑料袋开了，里边的垃圾就散落了出来。活宝立刻就怒了，大吼道：这是谁搞的破坏！站出来！他的声音从丹田发出来，随着吼声节奏的变化，肚皮从敞开的黄马甲间隙中一鼓一鼓的，像是被一只隐形的鼓槌在猛烈敲击。这时候，麻秆儿老伴刚好走过来，正要经过活宝的卫生段，准备进入到她家麻秆儿的辖区。自从年满六十周岁，可以享受免费乘坐公交车的待遇后，麻秆儿老伴稍稍从容了一些，不用再像过去一样，早上三点多就起床，做好早上和中午的饭，装进皮革大兜子里，坐着麻秆儿的三轮车一起进城。从容了的好处，首先不用大早上跟着麻秆儿出来。伺候麻秆儿上班走了，若是冬天，麻秆儿老伴还可以重新钻回被窝，暖一下冰凉的手脚。等到天稍稍放亮了，收拾了里里外外，然后开始做午饭，做熟了趁着热层层包裹起来。出发前，还有两个细节，一个是把大水杯用热水灌满了，另一个呢，将自己的肠胃充斥充足的水，这样到了卫生段就可以节省一些。虽是一大杯，连麻秆儿喝，带自己吃药，要用大半天的呢。除非特别需要，不得已才去店铺要水喝。

夏天呢，从容的内涵丰富了很多。浇院子里的菜蔬，该采摘的采摘，今天采摘的送给谁，明天采摘的送给谁，心里都要提前编排好。其实，所谓的从容，不过是些微的宽松。麻秆儿老伴不敢让麻秆儿脱离自己的视线时间太久，同时，她心里也惦记着段上有价值的破烂儿。她不在，被别人捡了便宜，完全有可能的。今天，麻秆儿老伴又多了一层心思，从出家门就在想，让麻秆儿跟孔队长请会儿假，到医院去瞅瞅老孟。听说老孟住进了医院，正接受化疗呢。正想着呢，就听见了活宝的叫嚣。麻秆儿老伴有些不高兴，按照活宝所说的，是谁故意给他搞破坏，他家麻秆儿的卫生段和他是邻居，麻秆儿首先就是嫌疑人。麻秆儿不成气候，偶尔给老草鸡搞点小动作是有的，但是搞这样的"大动作"，麻秆儿还没有这个胆量。"你快别骂了，说不定是住户丢到草丛里，让扎纸儿的扔出来的。"扎纸儿的是干什么的？他们是环卫工的一个分支，专门骑着自行车遛马路上的绿化带，发现草丛中有纸片，用手里的铁扦条扎出来，收进自行车上挂着的布袋子。

活宝并没有理睬麻秆儿老伴，继续他的叫嚣。"有胆量搞破坏，没胆量站出来，妈的！"他开始上了脏话。见是个不通气的人，麻秆儿老伴不再浪费口舌，将无声的命令，从眼睑松弛的大眼睛里发射给麻秆儿，让蒙着一层无辜表情看热闹的麻秆儿，远离活宝制造的是非场。果然，接到命令的麻秆儿，听话地投入到了自己卫生段的清扫中。

刚开始，人们还好奇地观望，观望了会子也没见活宝耍出什么结果来，便失去了兴趣。大家显然低估了活宝，见自己的叫板打了水漂，活宝开始下一轮的动作。他拿出手机来，拨通了110的电话，说有人蓄意搞破坏。几分钟后，出警的警车到了活宝的卫生段，警察下来了解情况后，被气笑了。过路的围观者，打听清楚事件的缘由，也都哑然失笑，说活宝怕是脑子有问题吧。飞驰而来的孔队长，忙着向警察道歉，又是作揖又是鞠躬，汗水在肉脖子上恣肆，传出叮叮咚咚的奔流声响。送走了警察，孔队长对着活宝大发雷霆。如果是别的黄马甲，早被孔队长的威严给震慑住了，可他面对的是活宝，威严扫了一地。活宝振振有词，据理力争，把他认为的有人蓄意搞破坏理念坚持到底。他仿佛一个辩论家，把搞破坏的种种可能，滔滔不绝地摆列出来。当他说到其中的某一种可能时，麻秆儿老伴看到孔队长朝她和麻秆儿这边看了一眼。然后就听孔队长插了一句，你净扯淡，根本不可能的事情。麻秆儿老伴并没有动声色，从皮革大兜子里掏出大水杯，一边拧开盖，一边朝麻秆儿走过去。麻秆儿该喝水了。

别废话，赶紧把垃圾捡了！孔队长失去了耐心。

我捡了，就是纵容搞破坏的人！活宝的语气强硬。

孔队长有点儿下不来台了。但见他掏出手机，拨通了一个号码后，对着手机说，您这个儿子太厉害，我惹不起，赶紧领走吧。孔队长打完了电话，把胖身子挪到路边的阴凉地带，等候一个很老的老人上场。附近住宅小区的几个赋闲老人，临近的一些商户，朝阳路段上的黄马甲们，都在期盼着那个很老的老人的到来，他们想看一看，这场有趣的闹剧将如何收场。大略半个小时后，很老的老人骑着自行车来了。很老的老人很醒目，车把上依旧高高飘扬着那面小红旗，红旗上写着"孔队长是大好人"。

很老的老人，几乎是从自行车上扑下来，满脸惶恐地面对着孔队长，接受孔队长对他儿子的指责。他的驼背跟随着孔队长的控诉渐渐地增大弯曲的幅度，几乎快要弯成了一个圆。"孔队长，您别生气，我替他捡……"很老的老人说着，快要弯曲成圆的身子，迅疾地弹向马路上的那包垃圾。他用手将洒落的部分捧起来，装回到塑料袋里。不能捧起来的渣滓，用手指去捏，一粒一粒的，一片一片的，不放过任何肉眼睛能看到的。一声连着一声的叹息，从形状不同的嘴巴里发出来，满含着对很老的老人的同情。同情的背面是鄙弃，"这样的活宝，小时候就应该掐死。"

很老的老人，或许听到了大伙的议论，抬起粘着垃圾碎屑的手背，抹了抹眼睛。一旁的活宝，无视了众人的评说，开始专心地批评很老的老人，你知不知道，你的行为是在纵容坏人，这回你替他收拾了，下回还会继续搞破坏。很老的老人不理会活宝，移动几乎弯成了圆的身子，近了环卫车，将手上的垃圾袋扔进去。

然后调整了方向，奔孔队长而来。还有一个人，也奔了孔队长而来。当很老的老人，用粘了垃圾碎屑的手背擦眼睛的刹那，这个人两泡大眼也含了泪水，泪水的温度不知道高出热辣辣的太阳多少倍，眼窝被狠狠地烫到了。她想起了自己的不容易，几十年来，她正是像很老的老人那样付出，处处呵护永远也长不大的麻秆儿。她觉得他们有着相同的命运，相同命运的人，要互相帮助，互相同情。所以，她决定助力很老的老人。

出现了很感人的一个画面。声援很老的老人的，不光是麻秆儿老伴，楼影阴凉处看热闹的赋闲老者，门脸房里的商家，都在异口同声地说："看在老爷子的分儿上，就让干着吧。""干着吧。""干……"连老草鸡都将自己从假寐状态中拔出来，摇晃着扔过来一句："快让干着吧，担待着点儿。"

胜利啦。胜利后的很老的老人，又玩起了一个人的游行。蹬上和他一样衰老的自行车，小红旗在热风的助推下，扑啦啦地飘摇。他的口中一遍一遍地吆喝道，谢谢朝阳路上的好人们！

传奇的活宝，自此一炮打响。

活宝与麻秆儿夫妻的纠纷（下）

按说麻秆儿老伴也是帮过活宝的，怎么就起了纠纷呢？

导火索是活宝卫生段上那家养老院。养老院的垃圾清扫，不在公共清扫范围之内，孔队长管不着，卫生段上的黄马甲自然也管不着。过去老孟负责养老院的垃圾清理，纯粹是个人与养老院之间的协定。养老院要是专门雇个人清扫卫生，一个月的薪水再低，也得两千块钱左右。找个黄马甲兼职就不一样了，每月只付三百块钱。养老院把钱省了，黄马甲因为是顺手牵羊式的兼职，多几百是赚的。这样一来，双方都满意。孔队长没有出来干涉，一个是老孟没有耽误段上的工作，还有一个原因则比较私密，那就是老孟私下里也给孔队长上了供。养老院不是给他三百么，他把三百中的一百拿出来，直接孝敬了孔队长。

既然是公司和其他黄马甲都干预不到的私活，活宝跳出来就不厚道了。他的理由很充分，养老院在他的卫生段上，自然应该由他来承揽养老院的卫生。见活宝拦住了自己去养老院的路，麻秆儿很生气，而且生了很大的气，瓮声瓮气地骂了一句"你这个白眼狼"，麻秆儿似的纤细四肢，就哆哆嗦嗦抖个不停。幸亏关键时刻，麻秆儿老伴从天而降，否则真不知道不会吵架的麻秆儿，将如何应付活宝。麻秆儿老伴这几天都有一种不好的预感，总觉得活宝又要搞点儿事情出来。活宝墨镜的方向，便是他目光和心思的方向，经常朝着她家麻秆儿晃来晃去。她便有意比往日来得早一些，恐麻秆儿沾上麻烦，对付不了活宝。果真被她料到了。

麻秆儿老伴淡定地走到自家的麻秆儿身边，跟麻秆儿要了老年机，拨通了活宝父亲，那个很老的老人的号码。然后，从身上挎着的皮革大兜子里取出来大水杯，拧开了让麻秆儿喝了几大口的凉白开。等麻秆儿的情绪平复些，便示意他到卫生段上去干活，她自己则踱到一家商铺前，在台阶上坐下来，把肩膀上的皮革大兜子也卸下，放在脚边。皮革大兜子不轻，里边的老来少豆角，是预备了送给赵队长的。按照顺序，该轮到他了。做过支架的身子，负载着沉甸甸的皮革大兜子，大热天的颠簸了十来里地，着实累到了麻秆儿老伴。利用等候很老的老人的间隙，正好可以缓一缓。

对麻秆儿老伴的做法，所有的知情人都赞同。传奇人物活宝，是根擀面杖，不通人间的情和理。你和他讲道理，和他吵架，就是你的不明智了。不明智的结果就是，自己动肝火不说，还动摇了辛辛苦苦建设的人品工程。人品工程，是世上最复杂技术含量最高的工程，而且期限也最长，需要投入一辈子的精力。但要想破坏它，只要一个细节、一个瞬间就足以。麻秆儿老伴才不会这么傻，她要模仿孔队长，把棘手的问题，再次交给那个可怜的很老的老人。可怜之人必有可恨之处，麻秆儿老伴觉得，活宝变成这样，完全是老子纵容的结果。猛然，麻秆儿老伴的心脏不舒服了，赶紧打开皮革大兜子，从里边摸出药瓶来，取了几粒速效救心丸揉进嘴里。用舌头尖把几个小药丸子，一颗一颗地挑到舌根底下，让慢慢沁出来的药效，安抚残破的心。

活宝是很老的老人的痛点，她和麻秆儿养育的两个宝贝，又何尝不是他们的痛点呢？在这点上，他们和很老的老人是同病相怜的。可是，就这样一枪不放地把养老院的差事，拱手让给了活宝，以后还怎么在朝阳路上混。

朝阳路上的黄马甲们，以为接下来会发生这样一幕：很老的老人骑着自行车仓皇而来，像上次扑倒在孔队长脚下，接受孔队长控诉一样，这回依旧会用同样的表情，同样的形体动作，来祈求麻秆儿老伴的谅解。这些不是此次纠纷的亮点，因为大家可以预见得到。引起人兴致的是，纠纷结果的不可辨识性。依照活宝一根筋的性格，他认准的事情不会做出让步，可是他不让步，就得麻秆儿夫妇妥协。麻秆儿老实巴交，麻秆儿老伴温和圆润，并不代表好欺负，这个老伴是个暗藏智慧的主儿。很老的老人，假如求着麻秆儿夫妻把养老院的差事让给活宝，就丧失了做人的原则。把活宝教训一顿，强制活宝改变无理的主张，恐怕也不容易做到。老头子好为难噢。其实，众人考虑的焦点问题，正是麻秆儿老伴的担忧。她不知道这场纠纷，将会有一个什么样的结果。不管怎样，麻秆儿老伴打定了主意，她不会轻易退让。

就在这个节骨眼儿上，事件的进展偏离了大家的预期轨道，向着另外一个方向轰隆隆驶去。负责安装偏离方向运行轨道的，竟然是老草鸡。见麻秆儿夫妻不再理会自己，活宝以为自己胜利在望了。即将赶来的是他父亲的那个老人，根本左右不了他的决定。得意洋洋的活宝，迈着内八字的模特步，经过麻秆儿的卫生段，进入到老草鸡的区域。彼时的老草鸡，正拖着腰椎间盘突出的躯体，在自己的卫生段上摇摇晃晃。老母鸡式的行走，给人一种错觉，那具不年轻的身子随时会失去平衡。然而，人的担心是多余的，它就像坚强的不倒翁，不管如何摇摆，都不会真的倒下去。老草鸡的卫生段干干净净，看门的刚刚离去没有多久，她不过是在象征性地摇晃。

告诉你一个好消息，养老院的活儿要是归了我，回头让给你哈。活宝的声音极其讨好，又极其炫耀。

很突然是不是？的确是。但是，回放他日常的表现，会发现这一刻，是活宝处心积虑蓄谋的结果。活宝是有想法的，当他观察到两条光棍和谐共为老草鸡服务的现状，一颗心便蠢蠢欲动了。他们做的，他也能。一对眼睛躲在墨镜后边，无数次对两条光棍进行扫射，给不明他真实动机的人造成一个假象，认为他不过是好奇罢了。每个临近下班的傍晚，当蹬着三轮车去餐馆拉破烂的老草鸡经过活宝的地段，活宝墨镜的两块镜片，都会发出噼噼啪啪的声音。想必，是他内心的情欲太旺盛了，以眼睛作为出口，嗖嗖地喷发出来，溅在镜片上。活宝居然克制住了自己，他静静地蛰伏着，暗中给老草鸡准备一份大礼。这份大礼，既能俘获老草鸡的芳心，又能把另外两条光棍给比下去。

活宝的大礼物，惊讶到了包括老草鸡在内的所有人。一般情况下，接受礼物的人肯定是拒绝的。但是，老草鸡大家就说不清楚了，她属于"特殊情况"里的人。现在，只要老草鸡轻轻点点头，问题就会变得更加复杂。不管最后活宝的礼物是否送得成，老草鸡都将和麻秆儿夫妇拉仇恨。顷刻间，老草鸡的态度成了新闻的焦点，引来葵葵众目的追踪。

嘿嘿——发出嘿嘿笑声的老草鸡，拿了两束目光罩住活宝。这是怎样的两束目光啊，它们来自两只魅力犹存的眼睛，融汇了女性的风流，历经岁月磨难的沧桑，坚定的抵御。它们不轻易出击，一旦出击必将对方置于"死地"。活宝无法呼吸了，陷于深度痴迷的愣呵呵状态。"谢谢你的好意，但老养院的活儿不是你的，不是你的愣是要了，你不就成了土匪恶霸了么。你说呢？"

有那么严重？

有哇。

那我可不当土匪恶霸。

事情就这样结束了。麻秆儿老伴担忧的麻烦解决了。很老的老人来到后，看到的是，朝阳路上一切井然有序的样子。包括他儿子在内的黄马甲们，目光炯炯地搜寻着自己卫生段上的垃圾。他们那么认真地工作，每一个人都够得上劳动模范。

很老的老人的纠结

麻秆儿老伴怎么也不会想到，老草鸡成功化解了一场纠纷。虽然从某种意义上来讲，老草鸡对活宝礼物的拒绝，不过是坚守了做人的底线。老草鸡不但坚守了底线，还化腐朽为神奇，用眼神把活宝控制得服服帖帖，这不得不让人服气。对路人而言，老草鸡又给他们添加了新的风景：一个老不正经的女人，可以把精神正常的和非正常的光棍群体，游刃有余地玩弄于股掌之中，俯首帖耳地听她指挥，真是比看电视剧还精彩。因此，知道内情的这些路人，只要有时间，就会在朝阳路上站一站，看上几眼本色出演的现实版电视剧。

麻秆儿老伴和路人的想法不一样，她对老草鸡是怀了感恩心的。为了表达谢意，麻秆儿老伴特意选了几根瓜架上又嫩品相又好的黄瓜，用皮革大兜子带了给老草鸡。发生纠纷的那天上午，麻秆儿老伴的皮革大兜子也备了新鲜的菜蔬，那是给赵队长预备的。她完全可以像上一回那样，临时将送给别人的菜蔬，中途转给老草鸡。麻秆儿老伴没有那样做，她觉得那样心不诚。老草鸡是何等的睿智，她一下子便会猜出来，菜蔬不是特意给她带的。等到麻秆儿老伴从皮革大兜子里，取出来送老草鸡的顶花带刺的鲜嫩小黄瓜，老草鸡抿了抿嘴角，露出来那粒红豆大小的酒窝，说了声"谢谢您嘞"。很是客气，没有再发出嘿嘿的那种笑。

麻秆儿老伴心里起了一层微微的涟漪，叫这个谜一样的女人老草鸡，真是远远地低估了她的智慧，应该称呼她老狐狸才恰如其分。说了"该我谢谢您才对"，麻秆儿老伴就离去了。老草鸡没有留下她闲聊的意思，她亦没有停留与老草鸡攀谈家长里短的心意，她们是不同的两个圆。不过是偶尔有点儿小交集罢了。小交集实在是太逼仄了，容不下两个高智商的女人，在里边推心置腹。推心置腹太奢侈，即便寻常的礼貌式交流，也未见得有过几次。老草鸡家里什么情况，几个孩子，孩子多大了，什么工作，麻秆儿老伴从来不主动问及。麻秆儿老伴觉得，老草鸡在刻意和大家保持距离，所以，她不愿意自讨没趣，去打破距离产生的神秘感。也许，神秘感的内核有太多苦涩的成分，当事人不想咬破它，把里边的汁水和烂肉展示给外人。她自己又何尝不是呢？只不过，她和老草鸡守护内核的方式不同而已。彼此什么都不问，什么都不说，麻秆儿老伴怎么知道老草鸡家里没种菜呢？有一次，为了捡拾饮料瓶子，麻秆儿夫妻傍晚下班回家，在城区多绕了几条街。经过一片夹在居民区之间的露天菜市场时，见老草鸡正在和菜贩子讨价还价地买菜。专心致志讨价还价的老草鸡，没有了躲在阴凉里出香汗时的傲慢气，那一时刻的她，黏附着小人物所特有的卑琐与斤斤计较。麻秆儿老伴嘱麻秆儿，以后再也不要从此经过，免得与老草鸡相遇。麻秆儿当时还愤愤地说，老草鸡该再找个专门给她买菜的老光棍。他怎么会理解有着外交家能力的老伴的意图呢。成全别人，就是成全自己，这是麻秆儿老伴外交的方式之一。

还有一个人，从道理上讲，也应该对老草鸡心怀谢意。这个人是活宝的父亲，那个很老的老人。活宝和麻秆儿夫妻的纠纷发生之前，很老的老人隔着一天两天，就骑着自行车到朝阳路上转转，观察一下活宝的动态，维护维护与众黄马甲的关系。他总是以谦恭至极的姿态，把自己低到尘埃里，然后仰望着大家。"您一看就面善，是个大好人，我儿子多亏了您照顾。"相同的客气话，在麻秆儿老伴面前说了一遍又一遍。每说一遍，他都保持着恰如其分的激动，仿佛那些话头一回从他的嘴巴里出炉，保有着绝对的新鲜度。车把上的小红旗暂时停止了飘扬，后车架上多了一只小粗布袋子。它瘪瘪地蛰伏着，像它的主人一样谦卑，绝口不提几分钟或者十几分钟之前，曾经充盈过。将它充盈起来的那些农家产品，被主人巧妙地避开朝阳路上的黄马甲，送给孔队长赵队长王队长他们。

更加频繁地来朝阳路，是在纠纷以后。活宝的改变，让很老的老人忧心忡忡。勤勤恳恳地工作，自然是好现象，然而，好现象的存在，是有巨大内因的。内因的缘起就是帮他化解纠纷的老草鸡，没有老草鸡的相助，他老人家不知道如何收拾儿子摆好的棋局。然而，帮他的老草鸡，也给他带来了无尽的忧虑。你看他的那块活宝，所有的努力，所有的勤恳，都在讨好老草鸡。他鼻子上的墨镜，已经遮掩不了两只眼睛投射的光彩。光彩多么绚丽，将墨黑的镜片衬托得明艳斑斓。被暑热折磨的朝阳路，非常抵抗明亮的色彩，活宝墨镜的斑斓让它愈加烦躁不安。

朝阳路的不安，加重了很老的老人的忧虑。任劳任怨的看门的过来了，预备给老草鸡清扫的他，需要穿越活宝和麻秆儿的卫生段，才能抵达目的地。当看门的身影掠过活宝时，活宝墨镜片上绽放的璀璨瞬时黯淡，被强势起来的妒忌所取代。妒忌是长了牙齿的，它正向着看门的张开大嘴，准备着进行一场撕咬。很老的老人心都提到了嗓子眼，他打开佝偻的怀抱，摆好了奔扑的架势，只要活宝有所动作，他会不顾一切地冲过去。千钧一发之际，老草鸡的目光远远地飘过来，威严地命令活宝，赶快熄灭眼睛里可怕的妒忌，做一个乖乖的宝宝。否则，后果很严重，她会生气的。活宝火力迅猛的妒忌，果然慢慢地萎靡了，重新乖顺起来。

很老的老人长长地舒了一口气。但他不预备感谢老草鸡。虽然老草鸡帮他解决了麻烦，但她给他带来了崭新的难题。他不知道老草鸡用目光遥控活宝，有效期是多久。如果有一天，活宝不再受她控制，很老的老人不敢想象将会发生什么。他想过把活宝带离朝阳路，还想过买瓶农药把活宝药死，然后自己也死去，这样他们一家三口就团聚了。再也不用担心自己死了，活宝如何生存了。可是，哪一个实施起来都不是那么容易。眼下，很老的老人容易操作的，就是大幅度增加看守活宝的时间。为了让自己掌握更充裕的时间，他甚至把家里的几亩田都流转出去了。活宝是不满意身边有人监督的，他斥责很老的老人，老大的岁数了，能不能别跑了？很老的老人赶忙赔笑，说会儿话就走，你干你的。

他果然去和麻秆儿老伴说话，甚至帮麻秆老伴儿归置纸箱板。

开始，活宝还是有些羞涩的，唯恐很老的老人发现自己的秘密，趁着老人不在，或是不注意，才跑到老草鸡的身边，把他捡拾到的塑料瓶、纸箱板之类的废品，交到老草鸡的手上。那时候的老草鸡，不说话也不去看活宝，只在嘴角抿出来一粒红豆大小的酒窝。被甜到的活宝，将胸脯拔得高高的，迈着内八字的模特步，器宇轩昂地回到自己的工作岗位上。渐渐的，见老子并不在意自己的行动，活宝便不再避讳，驱赶很老的老人的频率也少了很多。这是很老的老人的策略，他故意装作看不见，不去限制活宝给老草鸡运送废品。他知道，一旦出手限制了，肯定会激怒活宝。为了彻底让活宝松弛，不剥夺自己监督的权利，很老的老人从来不去触碰活宝卫生段上的可回收废品。他把它们留给活宝。

她的钱花得踏实吗？很老的老人跟麻秆儿老伴悄悄抱怨。

麻秆儿老伴笑了笑。尽管整个朝阳路上的黄马甲都认为，老草鸡是图了活宝给他捡破烂，麻秆儿老伴却不想让这样的话，从自己的嘴巴里说出来。她站了起来，从皮革大兜子里拿出来大水杯，准备去给段上的麻秆儿灌一气水，顺便给他一个警告。麻秆儿老伴发现，麻秆儿又在偷偷搞小动作。看不惯老草鸡的他，同样看不惯被老草鸡掌控了的活宝，清扫到与活宝的搭界处，故意将扫帚扬起来。多日未下雨，马路上黏附的灰尘，高调而又张扬。

是谁揭发了孔队长

每个周一的下午，朝阳路的黄马甲们都会召开会议。主持会议的孔队长，对上一周的环卫工作进行总结。总结主要是挑毛病，看看哪里有问题，谁的路段扣了分，以后如何改进。这个周一的下午，黄马甲们又聚到路边的楼影里，接受孔队长的训导。孔队长太胖了，没说几句话，就热得呼呼喘息。反正面对的都是上了年岁的人，他索性将T恤衫卷起来，一直卷到胸脯，露出来白花花的一大坨肥肉。麻秆儿老伴也在听会，她心里觉得会议纯粹是老生常谈，但是面部表情却是一副恭敬的样子。

白花花的大肥肉，随着孔队长说话的节奏震颤。被撑得浅浅的肚脐，里边未洗净的黑泥垢看得清清楚楚。一撮旺盛的胸毛内部，滚动着亮晶晶汗珠，引诱人的目光深入。麻秆儿老伴的大眼睛，一部分光芒笼在孔队长的面部，代表尊敬与诚意，另一部分光芒在孔队长浓密的胸毛间行走，捕捉游走的汗珠。寻到一颗最大的汗珠，仔细打量，莹亮剔透的液体里竟然有一个人，是她的亲妹妹，此时正躺在医院里。妹妹那么强壮，怎么会生病呢，几年前她被气病了，妹妹还搬了石头去砸两个畜生的锅。她拒绝手术，妹妹不但拿了钱，还掰开揉碎地给她做工作，说你死了是享福去了，丢下个废物姐夫，他往后咋办。妹妹也不是大富大贵的主儿，这一病得需要一大笔钱，作为姐姐的她，无论如何也得表示表示。可是，她的力量太有限了。最大颗的汗珠，承载了太多的内涵，终于支撑不住，滑下孔队长的胸部，碎裂了。汗珠是前仆后继的，一颗空位了，另一颗马上补充过来，进入到麻秆儿老伴眼睛余光的注视点。

新的汗珠同样晶莹剔透，里边没有了妹妹。一起听孔队长讲话的麻秆儿影像，影影绰绰地浮现在新汗珠里。麻秆儿老伴的心一紧，此刻，她恨不得转过身子，狠狠地捶打一顿麻秆儿。她是恨他的，恨他的无能。两个畜生的媳妇，为了谁家的孩子看得多了、谁家的孩子看得少了这类小事，和当婆婆的她公开叫板，麻秆儿缩在一边，别说响屁，连个蔫屁都不敢放一个。跟着他，受了一辈子的委屈。他有啥值得留恋的呢，非要拖着有病的身子，处处维护着他?

"垃圾桶套袋儿,不能影响正常清扫工作,必须在早上五点钟之前套完了。我这也是给大伙谋点儿福利,有不愿意干的及早说话。"孔队长程式化之外的话题立即被麻秆儿老伴的耳朵接收到。我们干!她赶紧替麻秆儿应承下来。

应承下来才知道,给垃圾桶套袋并非是个美差。朝阳路两侧商业门脸的后边,是居民的住宅小区。每个小区都有若干个垃圾桶,黄马甲们要做的就是给垃圾桶,套上黑颜色的塑料袋。套上袋子后,便于垃圾的清运。麻秆儿分到了二十七个垃圾桶的套袋任务,一个垃圾桶平均套袋时间为两分钟,按说一个小时就可以套完。事实上,麻秆儿要用一个半小时。小区里的垃圾桶,不是排在一起等着人挨个套袋子,它们分布在各个角落。套完了所有二十七个垃圾桶,也就等于把小区走了一遍。"并非美差"的关键问题还不在辛苦上,而是报酬太过于瘦弱。一个月只有一百块钱的报酬。套袋的周期至多三天,随着垃圾桶里的垃圾被清空,新一轮的套袋工作开始。这样算来,一个月套袋的次数在十至十二三次之间。"套一个袋,这才合多少钱哪?"麻秆儿一抱怨,老伴就骂他,一百块钱不是钱么,你坐家里大风会给你刮来?骂归骂,每逢套袋的日子,麻秆儿老伴都会坐着三轮车,和麻秆儿一起进城。麻秆儿进小区给垃圾桶套塑料袋,她操起扫帚清扫卫生段。她记得出院时,医生嘱咐道,往后别干重活了。哎——打了个唉声,麻秆儿老伴抱紧了怀里的扫把。肩上的皮革大兜子,挂在环卫三轮车上,隔了一会儿,她便朝它观望一两眼。朦胧中,见它安好,再继续清扫。每完成一下清扫,她都需要用尽全身的气力。

活宝拒绝领套袋任务。老草鸡早上一轮的清扫,一直由看门的替代，套袋的活也落到了看门的头上。和老草鸡没有关系，老草鸡也不在现场的套袋，活宝不感兴趣，既然作为他老子的很老的老人，领了套袋的差使，那就让老头子来做好了。即使是夏天，早上三点多钟，也没到放亮的时间。八十多岁的很老的老人，骑着自行车尖刀一样，插进小区浑浊的灯光里。套完了一只垃圾桶，蹬上自行车，奔赴下一个垃圾桶。他的动作是那么麻利，和年龄一点儿都不相符，简直就是一个二三十岁的小伙子。

整座小城都在睡着。这些套袋的人，丝毫没有惊扰到小城的梦。没有哪扇窗子，为套袋人突然亮起灯光来。

套完了袋，结束了早上第一轮的清扫，大家开始吃东西。离家特别近的，回家去吃，像麻秆儿夫妇这样，离家远一些的，有的吃从家里带的，也有个别的去早点摊上吃豆腐脑油条的。许多的讯息，都是在吃东西的时间里流通起来的。最近几天，一条爆炸性的讯息，让大伙惊讶和愤怒。讯息从这个黄马甲，快速地传递到另一个黄马甲。传递的过程，也是发酵的过程，像一块发酵的面肥，在时间和发酵菌的助力下，迅猛地膨胀。今年的雨水真是少，半个月前一场小雨后，又是一段持续的干旱。三伏天将尽的天气，紧紧地抓住干燥这根鞭子，猛烈地抽打黄马甲们。它真是生气，释放了快一个夏天的潲热，都没能奈何得了这群人。

暑热变本加厉的抽打，惹怒了黄色的马甲。他们借着干燥的风势力，张牙舞爪地与暑热展开一场战斗。身穿黄马甲的那些人，眼神中暗藏着汹涌的怨怒。怨怒与暑热的抽打无关。卫生段相隔的黄马甲，相互交换着眼神，从对方的眼睛里，确认与自己相同的情绪。相同的情绪，是助燃的火，让一对又一对眼睛暗藏的怨怒熊熊燃烧起来。燃烧，加重了身上的燥热感，不马上释放，身体眼看就要承受不住了。但是，他们拼力地咬紧了牙关，堵住所有释放的出口。隐忍，是他们的优良品格，不到万不得已，不会破坏它。麻秆儿老伴，怕没心机的麻秆儿忍不住，一遍一遍地走向麻秆儿，给麻秆儿灌水，用大眼睛发出暗示与警告的信号。很老的老人也在，他的内心惶惶不安。从表面上，活宝在迈着内八字的模特步清扫卫生，然而细端详，就看出与往日的不一样的地方了。墨镜投射出来的，除了绚丽的光彩，还有一股阴郁的躁动。绚丽的光彩源自老草鸡，阴郁的躁动则因周围的气氛而产生。黄马甲集体的怨怒，在朝阳路上汇成一条暗流，澎湃地奔涌。暗流带有启发和挑动性，活宝被它撩拨得燥热难耐。这种来自身体内部的燥热，远远胜过热气兴风作浪的效果。很老的老人不安的是，他清晰地分辨出来，活宝墨镜喷发的躁动，从势头上压过了绚丽的光彩。他要干什么？

好好干活！好好干！

活宝好像没有听到老人的恳求声，依旧迈着内八字模特步，沿着路段搜寻垃圾。很老的老人，危急时刻，决定降低自己的身段。故作轻松地一小阵行走，拉近了与老草鸡的距离后，将求助的目光软软地投过去。这一时刻的老草鸡正习惯性地靠着环卫车假寐，做出一副局外人的姿态，将很老的老人的求助目光，遮挡在她的假寐之外。老草鸡是故意的，她在躲避很老的老人。她也觉出了活宝的异样，用眼神远远地遥控他，安抚他的情绪。却一次次败下阵来，输给强悍的躁动。她大概觉得已经尽了力气，便缩进假寐的壳子里。

"他妈的孔队长，把套袋的钱都昧起来了，上边公司给套袋人一个月六百块钱，他只给一百块钱。一个人克扣五百，这么多人，得多少钱哪！我操，真他妈的黑！"

与暑热最后的疯狂抽打做斗争的橘黄色马甲，戛然停止了。

它们保持着各种奇异的动作，有的正在跃起，有的正在迂回，有的正在翻转。

一动不动。像镜头拍下的尬舞不同动作。

一场大雨终于来了

终结暑热生命的，是一场畅快淋漓的大雨。

雨水一直躲在云层深处，看暑热在人间张狂的表演。它不出击，是因为它觉得时机不成熟，自己的力量还不够强大。于是，它慢慢地积蓄，让自己厚重。当它觉得一招可以使暑热毙命时，便迅猛地扑向大地。

一夜的大雨，直接考验着城市的排水功能。雨停了，街道上仍然是一片汪洋，交通近乎瘫痪。朝阳路是全城最洼地带，积水最深达一米左右。早上上班的人们，拎着鞋子，顺着楼根，一步一步地淌着水，艰难前行。不时有女人，发出尖叫声。停止作业的红绿灯路口，交通警察空前的密集。有的交通警扶老携幼，有的交通警帮助推不怕死却最终死在水里的车子，有的交通警扛着摄像机拍扶老携幼的，以及推熄了火的车子的。从雨水中看到商机的市民，一路寻寻觅觅，寻找被冲掉的车牌子。也有出来玩水的市民，他们坐着橡皮艇，保持了饱满的欢悦，配合路人拍照或是录小视频。

身穿黄马甲的环卫工，此时成了醒目的标志，站在掀开井盖的下水道旁边，警告过往的路人绕行。他们的下半身泡在水里，直挺挺地一动不动。往下水道里排灌的雨水，撒着欢儿，打着旋儿。肩膀上挎着皮革大兜子的麻秆儿老伴，双手紧紧地拽着麻秆儿的黄马甲。打开井盖的下水道，像是一张被施了魔法的大嘴巴，她怕瘦弱的麻秆儿，让大嘴巴给吸了去。麻秆儿老伴万分紧张，注意力都在麻秆儿和脚边的下水道身上，根本无暇关注离去的活宝父子。

朝阳路上的孔队长，站在路边商铺的台阶上，用小广播指挥他的黄马甲们。声嘶力竭，非常卖力气。这段指挥完了，淌水奔赴下一段。大肚子仿若一个球体，在雨水中漂浮，滚动。他经过了很老的老人和活宝，没有给他们一个眼神。如此忘恩负义的人，是不配再得到他的原谅的。很老的老人，看着孔队长的身影，干裂的嘴巴动了动，然后闭拢了。这么深的积水，很老的老人，每走一步都异常艰难。他衰老的腰弯曲了，像一枚问号，画在混沌的水面上。活宝慢慢地尾随着很老的老人，鼻子上的墨镜依旧。雨水太深了，他非常努力，想把内八字的模特步，尽量迈得潇洒些，给老草鸡留下一个好印象。

父子两个马上就要经过老草鸡的卫生段了。即将擦肩而过时，给一处下水道当标杆的老草鸡，叫住了父子两个。见暂时没有要过往的车辆和行人，老草鸡将腰椎间盘突出的躯体，费力地移动向父子俩。从黄马甲的口袋里掏出来一叠钱币，递到很老的老人面前："这是您儿子捡的破烂钱，我替他攒着的。"

钱币面值不等。面值最大的是十块钱，最小的是几枚一毛钱的硬币。

朗读者

　　大渣子是一个人。长相惊悚，一颗头和两颗眼珠大出普通人两倍，绝对不是动画片大头儿子那种可爱类型的。我发誓。

　　这个叫大渣子的人，是我从小学到中学的同学。就是因为他，我的小学和中学都是在恐怖中度过的。

　　我一直奇怪，大渣子在家明明是最小的男孩，不叫小渣子，却叫"大"渣子。渣子，有细小和琐屑的含义。我们村有叫王渣子的，有叫李渣子的，还有叫张渣子的，从名字上就可以判断出来，这些王李张渣子们，基本上在家里都是老小。即便不是最小的，也肯定不是最大的，所以很少在"渣子"前边冠之以"大"这个副词。我是一个喜欢想问题的孩子，想了很多年才想明白，大渣子之所以叫大渣子，八成和他的长相有关系。按照我母亲的说法，孩子都是大人们用粪箕子从野地里背回来的，有一天大渣子父亲早起去拾粪，发现路边有个小婴儿，弯下腰像捡拾一泡马粪那样，将小婴儿捡拾进粪箕子里。背着粪箕子往回走的父亲，隐约瞧见小婴孩裆间的男性器具，心下便有了一个名字给他。前边已经有了一二三四个男丁，粪箕子里的这个就当作是个老儿子，叫小渣子吧。到了家里，等到天色完全放亮了，大渣子父母看清了小婴孩的容貌，着实吓了一跳。作为小婴儿的大渣子，长相上的狰狞已初露端倪。主要器官的硕大，让他的父母对小婴孩的名字做了调整，把小变更成了大。于是，小渣子便成了大渣子。

我和大渣子应该是年纪相仿，读小学一年级的时候，他从天而降。在这之前，我不知道有这个人的存在。我幼年的玩伴里没有他，更没听说过这个人。大渣子的家在村子东头，我家在村子西头，距离上的差距其实也不是主要原因，如此一个特别的人物，小朋友之间完全可以以口口相传等多种方式，让我对他有一个最初的印象。而大渣子明显在我记忆里是干干净净的，没有留下蛛丝马迹，所以，我一点儿心理准备都没有，当他突兀地出现在我面前时，我被他吓到了。

一颗巨大的头颅，两颗巨大的眼珠，这些还不算，大渣子的两条腿也是异常的。它们不能像正常人一样，可以稳稳当当地支撑住身体，让身体该静止时静止，该行走时行走。他好像丧失了静止的功能，给人的感觉，总是想奔跑起来。因此，他静止是奔跑，奔跑也是奔跑。造成这个现象的原因，多半是因为他的头过于沉重了，构架的失衡直接导致两条腿紊乱的后果。模样如此骇人的大渣子，并没有自卑和羞惭之意，从他高调的出场就可以体现出来。入学第一天，在我和同学们一片惊惧中，在教室前边的空场上，奔跑状态中的大渣子，朗朗诵读了一个谜语：

一点一横长，一撇到南阳，十字对十字，日头对月亮。

听上去谜底像是一个汉字，但那时我们连 a、o、e 还都不会，怎么会知道他说的是什么呢。但是，我们没有一个人羡慕他，没有发生窃窃私语的现象，没人讨论他诵读的到底是什么。长成那样的一个人，是不能融入我们的。令人奇怪的是，大渣子诵读的谜语，仿佛并不是准备让我们来猜测的，我们参与与否他一点儿都不感兴趣。当我们表现出漠然时，他表现得更加超脱，甚至都不看我们一眼，顾自沉醉在高亢的诵读声里。

一边在直径不超过五米的范围奔跑，大渣子一边连着把谜语诵读了三遍。表情是大无畏的，空旷的大眼睛看着辽阔的远天。他不求同学的关注，不求谜底的结果，独自沉醉于他的诵读。大渣子声音明亮、清澈、纯净，如果闭上眼睛倾听，绝对是听觉上的一场盛宴。耳朵会蠢蠢欲动，心也会蠢蠢欲动。这样的声音属于大渣子，我们的耳朵集体沉寂了。

后来才知道，大渣子是在外村的姥姥家长大的。在我和小伙伴对事物还来不及形成记忆时，大渣子母亲因病去世，丑陋的他就离开了，怪不得对他没有印象呢。接下来，整个小学阶段，我和他在一个班里上课读书写字。我从来不敢正视他，怕看见他的硕大无比的头颅，以及硕大无比的眼睛。怕我看他时，他的目光刚好从空旷的眼眶里甩出来，朝着我的方向投掷。那样的投掷是恐怖的，不亚于草丛里一条蛇对我的惊吓，我只有想方设法地逃避。我的同学们和我一样，从来都与大渣子保持一定的距离，他们到底是因为惧怕，还是因为不喜欢，我不得而知。私下里，我们从来不谈论他，不屑于以他为主题。

大渣子也从来不走近我们，和我们成为两个阵营。我们玩耍的声音，淹没每一个课间，却淹没不掉大渣子的诵读声。他一个人坐在教室的最后排，诵读我们学过的课文和还没来得及学的课文。有时候，也诵读别的内容，一个一个有趣的故事段子。他诵读的声音好清朗，也好锐利，总是穿越一重又一重的嘈杂，钻进我们的耳朵里。

他的诵读内容好奇妙，里边居然有一条美丽善良的小人鱼。小人鱼救了遇险的王子，令人遗憾的是，王子却误以为是另一位姑娘救了他。小人鱼为了见到思念的王子，长出可以像人类一样行走的两只脚，可是居然又让巫婆收去了她动听的声音。我们多么盼望着王子能娶小人鱼啊，然而在关键时刻，大渣子的诵读却戛然而止了。正在跳房子的我们，无心完成粉笔格子里的跳跃了。正在踢毽子的我们，没有兴趣让毽子骄傲地飞翔了。正在玩老鹰捉小鸡的我们，鸡妈妈丧失了保护鸡娃子的力量了。大家的心里在呐喊，小人鱼到底怎么了，到底怎么了啊？可是，我们没有一个人把心中的焦躁说出口，假装和粉笔房子鸡毛毽子较劲。

在下一个，以及下下一个课间，我们依旧在课间游戏，然而明显心不在游戏上。一片又一片的耳朵张开着，随时准备接收大渣子的诵读，在诵读里寻找小人鱼幸福的结局。无比期待结局的我们，面部堆放的却是一丛丛的无所谓。我们不能让其他同学，尤其是大渣子看出来，我们对故事的进展充满了有所谓。令人气愤的是，大渣子停止了小人鱼故事的续接，转而恶毒王子的诵读。一个恶毒而傲慢的王子，带着火和剑走来，他狂妄地放言，要征服世界上所有的国家。当世界上所有的国王都臣服于他时，恶毒的王子又说要征服上帝。天啊，他要征服上帝。征服上帝要用什么武器呢，大渣子的嘴巴开始制造空中航行的船只，噼噼噼几声唇舌脆响之后，又制造出最无坚不摧的闪电。好了，恶毒王子要带着他最先进的武器出发，要去打败上帝了。这个时候，时间静止了，空气不流转了，我们的呼吸停滞了。

大渣子的诵读再一次戛然而止。

等啊。等啊。船只在空中航行会是什么样子，像偶尔飘过的大飞机，还是像我们吹鼓的气球，摇摇晃晃地在云朵上掠过？无论我们多么焦急，空中航行的小船就是不出现。老师在前边上课，我们的眼睛集体溜号，穿过敞开的破败窗子，用目光在空中搜寻答案。在无数双眼睛的注视下，洁白的云朵先是害羞了，在边际上镶嵌上了红晕。继而，在长久不松懈的注视下，云朵由羞怯转向恼怒，面庞变得乌黑乌黑的。功夫不负有心人，临近放学的时候，终于等来恶毒王子战胜上帝的一枚武器。不过，不是会飞行的小船，而是用最坚固的钢铁制造而成的闪电。闪电劈开乌黑乌黑的云朵，也劈醒了我们最原始的善意，不能让恶毒王子如意，赶快阻止该死的闪电。

从未如此仇恨过闪电，原来它是恶毒王子的武器。顾不上倾盆而下的大雨，我们呼啸着跑向街头，手里执着虚无的棍杖。我们多么希望，闪电是上帝的怒吼声，而不是被恶毒王子所利用。闪电迎着我们的挑战，一道接着一道霹向我们。老师说过，我们是共产主义的接班人，我们是神圣的，也是最厉害的，怎么会怕恶毒王子的闪电呢。我们挥舞着棍杖，脱了鞋子，卷起裤腿，在泥水中奔跑。大渣子也在奔跑，他的奔跑不是惯常的那种，为了支撑硕大的头颅保持平衡的奔跑。此刻，他进入到了拼命状态的奔跑。尽管拼尽了全力，却也不能使得奔跑在直线上，婉转迂回还不算，一个跟头结束，另一个跟头接上来。群情激昂的我们，没有人同情大渣子的跟头。一个把我们推入焦躁的各种期待中的人，值得我们同情吗？

大渣子再一次跌倒，巨大的头深深埋进街上的小水坑里，只露出后脑勺被大雨敲打着。一个中年男人的手臂，从密实的雨帘里探出来，将大渣子从水坑里拉出来。然后中年男人冲着我们的背影叫骂，这帮兔崽子，老师咋教你们的！

到了三年级，大渣子的诵读天分被班主任所赏识，每有需要学生诵读的部分，都会把大渣子从座位上叫起来。甚至，老师还会让大渣子带着我们诵读课文，他读一段，我们跟着读一段。春风得意的大渣子，一只手托着课本，一只手撑住课桌，防止他比例失衡的身子奔跑出去。他念完一段停歇下来，等着我们发出声音。等待的间隙，他两颗巨大的眼珠，依旧不看我们中任何的一个人，从教室的门口转弯，延伸到辽阔的天地间。那种滋味，对我而言，不亚于在伤口上撒一把盐。恐怖加上羞辱。作为普通学生的我尚且如此，班长小强更是不能容忍。我们班的班长小强，可是个非寻常人物，学习好，长相帅，是班里女生的男神。过去带领同学朗诵，可都是小强分内的事情，被一个长相变异的人抢了风头，小强岂能善罢甘休。当又一次大渣子被老师点名诵读课文时，座位靠前的小强，用书本遮挡住面部，回过头来用眼神扫射后边的同学。他的眼神扫到哪里，哪里的女生就应声倒地，无一复活的可能。接下来，大渣子朗朗的领读，遭遇到了最惨烈的局面。

没吃饭？还是哑巴了？

在老师的斥责声中，我们享受了集体罚站的待遇。而且是在暴烈的太阳底下。暴晒下，我们的腰板从未有过的挺直，因为我们坚信，我们是晒不垮的。这次事件过后，谁都以为大渣子会受到挫折，情绪上会流露出沮丧来。事实上，他并没有。仿佛这次集体罢读的事件，根本就没有发生过，他目中无我们的状态保持得异常完好，仍然利用每一个课间，晃动着如斗的头颅，诵读故事段子。只是我们不再焦躁，不再期待故事的结局。他的那些未完的故事，一部分从未来的课本里找到了答案，一部分从小强给我们传阅的课外书中寻到了结果。班长小强的叔叔在北京工作，每次回天津乡下老家，都会带一些课外书回来。原来，大渣子的讲述不是来自《安徒生童话》，就是来自《格林童话》。

就像是时装秀，总是比时代要超前。大渣子的诵读也是，我们刚知道了小人鱼他们的故事，他就开始了《少年维特的烦恼》。反正，总是让我们跟不上他的阅读节奏。

真恼人，这个让我看一眼都起鸡皮疙瘩的同学。

大渣子没有把他的诵读习惯带到中学，所以，中学三年大渣子是沉寂的。知道大渣子底细的曾经的小学同学，也就是包括我在内的一众人，没有人提及过大渣子的诵读优势，因而在他新的同学和老师的印象里，除了惊世骇俗的丑陋外，也就不知道他有什么特长了。大渣子没有和我分在一个班，只是在上学或者放学的路上可以看见他。我们大多骑着自行车上学，只有他奔跑着。斜挎在肩头的军绿色书包，和他一起奔跑，在奔跑中跳跃，在奔跑中风尘仆仆。别的同学书包都是鼓鼓的，只有大渣子的军绿色书包是瘪瘪的，也许是利于奔跑的缘故吧。每奔跑三四步，才能奔跑出正常人一步那么远，为了确保在铃声响起之前进教室，大渣子要拼尽全力地奔跑。他巨大的头颅随着奔跑慌慌张张地摇摆，随时保持要脱离纤细脖颈的态势。若是冬日的大风天气，他纤细的脖颈犹如风筝线，根本无力拉拽住那颗巨大的头颅。巨大的头颅一会儿飘到这里，和路边的树木来一个亲密接触，一会儿飘到那里，羁绊住某一个过往的行人。作为他老同学的我们，作为他新同学的他们，为了不被他羁绊住，将躲避的战线拉得长长的。我们和他无关，他和我们也无关。有时候即使我们想和他有关，他也不领情。小学班长小强到了中学，与我分在一个班，依旧是我的班长。我的班长小强在众目睽睽下，拿出班长的风度，说我用车子驮着你好吧。大渣子俨然一副没有听见班长小强援助声音的模样，继续投入地奔跑。几个男生吹口哨，将自行车的铃铛拨拉得丁零零响，坏坏地起哄。班长小强也是固执了，再次凑近了奔跑的大渣子，猛然刹住车子，用两条漂亮的长腿做支撑，身子和双臂用了蛮力，一下子将大渣子拎起来，放置在自行车的后座上。然后呢，班长小强猛蹬自行车脚蹬子，将车子和车后座上的人滑向前方。出人意料的事情发生了，后座上的大渣子捉住自己的右腿，跨过车后座上的自己，从正坐的坐姿更变成侧坐的坐姿，然后以大无畏的精神，从车座上扑下来。硕大的头先着了地，和柏油马路发出清脆的触碰声。在大家的目瞪口呆中，大渣子晃晃荡荡地从地上爬起来，进入到他的奔跑状态中。不过，不是往学校的方向跑，而是往反方向前进。奔跑到班长小强拉他上车的地方，转还身子再朝着学校奔跑。

后来我想，大渣子之所以沉寂，没有在中学三年的时间发挥诵读的特长，实在是因为他太累了，上学的每一步路都是他亲自奔跑出来的。要完成六七里路的奔跑，他几乎要付出所有的力量。六七里地对正常人来说不算什么，对大渣子却是一项艰巨的工程。中学阶段，大渣子学习成绩平平，没有任何突出的地方，但是他惊心动魄的奔跑，给大家留下了不可磨灭的印象。丑陋的人，用丑陋的姿态，拼命地奔跑。以后提及他，大家都会说，就是那个奔跑的人。大家记住的也仅仅是他的奔跑，除了奔跑，实在想不起其他可供回忆的地方。

中学毕业后，大渣子没有考上高中就辍学了。从此，大渣子彻底淡出了大家的视野。视野里没有大渣子的我们，读高中念大学的，早早打工谋生存的，然后纷纷成家生子。再然后呢，和生活中的各种琐碎纠纠缠缠地过日子。光鲜也罢，平淡也罢，冷暖只有自己知道。一切都在按部就班地进行，规规矩矩地把自己送进了中年的行列。男神小强和我读的同一所大学，我们两个在顺理成章中恋爱，在顺理成章中结婚，又在顺理成章中把生活过成了日子。我们白天各自忙自己的工作，晚上下班回到家，有一搭无一搭的交流中，我很少和小强对视。他眼睛里的漠然，让我惊悚。

我忽然想到了大渣子。曾经，惊悚这个词是他的专属。

想到大渣子，大渣子就真的有了消息。母亲寿辰日，去村里看母亲，在饭桌上母亲说，听说了吗，大渣子结婚了。我们微微有了一个惊讶，大渣子结婚了？然后又接上说，女方怕是有残疾吧。母亲停下筷子，停下咀嚼，郑重其事地说，全须全影，哪儿都正常不说，长得还不赖。母亲的筷子动起来，往嘴里夹了一块杏鲍菇，含混地补充到，那女的比大渣子还小十多岁呢。

大渣子父亲有种瓜的手艺，很多年来，家里所有的开销都是卖瓜所得。老父亲靠着种瓜，给几个儿子盖了房子娶了媳妇。老父亲原本也是对大渣子不抱希望的，和大渣子爷两个住在老房子里，预备了跟废物儿子相守到老。一则是因了给儿子们完成了娶亲的任务，另一则是自己年岁真的大了，依然种瓜的老父亲不像过去那样兢兢业业了，把看瓜的差事交给了无事可做的大渣子。大渣子力气活干不了，打工没人要。身无所长，轻松些的技术工种更别提。从父亲那里谋得了看瓜差事的大渣子，整日躺在瓜棚里，让他唯一的特长重新焕发光彩，对着满地的瓜蛋子朗朗诵读。诵读的内容不再是《安徒生童话》，也不再是《少年维特的烦恼》，而是《钢铁是怎样炼成的》。有生命的瓜蛋子们，虽然和人不是同类，但它们是有感知的。它们从未听过如此动听的诵读，生命的内核激情澎湃。它们不会发声，然而它们有它们的表达和交流方式。在首领的示意下，瓜蛋子们主持召开了常委扩大会议，以投票选举的方式，一致通过一项决议。那就是要发扬和光大诵读里主人公的精神，摈弃被动成长的惰性，拼搏进取努力向上，朝着瓜王的目标奋进。它们甚至起草了具体奖励措施，设置了一二三等奖。美妙的诵读是比肥料更好的肥料，再加上大奖的诱惑，瓜蛋子们拿出了白加黑的精神，昼夜不停歇地生长。长啊，长啊，个个都具备了长成瓜王的潜质。

大渣子成了远近闻名的瓜王。他的瓜不用出去卖，很多贩子都来他的瓜地买瓜。大渣子也不管，全凭了贩子们自己去摘，自己过秤，然后报上一个数目来，再捏出来一沓子面值不等的纸币，放在大渣子的瓜铺子的木板床上。然后装车，驾驶着各种交通工具走人了。大渣子什么都不管，只负责沉溺在他的诵读里。到了傍晚，他的老父亲也或者是他的哪个哥哥，提了一些饭食过来，再顺便收走木板床上的钱。忽然有一天，来买瓜的人里多了一个年轻女子。那女子短发，却留了一缕长发来，编成细弱的小辫子，黑色的小蛇似的软软地趴伏在女子的颈子后边。这就让衣着朴实的女子，兀自生了好几分的俏皮和灵动来。她不是本地人，操持着带口音的普通话，把"什么"读成"绳么"的那种。她的交通工具没有别人的先进，是一只电动三轮车。但是她的车技非常好，别人不敢把车开进瓜地，因为没有掉头的地方。她不是，雄赳赳地开进去，再气势磅礴地倒着开出来。没错，她是倒着开出来，而且车速非常快，和顺着开别无二致，看得人眼珠子都快掉出来了。

把车倒着开到开阔地，女子却不急着走。坐在地头上静静地听大渣子的诵读。女子听得痴痴迷迷，黑灿灿的一张脸的表情，随着诵读内容的起伏而更变，像天上的云，千变万化。每一种变化都让人浮想联翩，可入心，亦可入画。小学时代的我们，一方面享受着诵读，一方面还要做出不屑的假象。而买瓜女子不但没有假装不屑，而且还以如此隆重的方式来倾听。作为诵读人的大渣子，依旧不看听诵读的人。然而，此时的"不看"和少时的"不看"又是有着悬殊和差异的。她不在他的眼界里，却在他的心里。当太阳将毒辣辣的光芒，一盆一盆地泼下来时，他就主动停止了诵读。将敞开的书本扣在脸上，不准备再发出任何声音。

女子就从地上站起来，对着瓜棚嘀咕了一句，明天接着给我读噢。

就开着装满瓜的电三轮车子，风风火火地走了。

转天，女子又来趸瓜。把装好瓜的车放在开阔地，稳稳地坐在地头上。这时，大渣子的诵读开始了。听了头一句，女子脸上便现出浅浅的笑意，因为她已经明白，诵读是续接昨天的。从此，他和她便形成一种默契：她来了，他才开始诵读。他停止了诵读，她就开车去卖瓜。

地里的瓜儿们看出了些眉目，美妙的诵读声不再毫无节制，它们不再是唯一的听众。受众目标发生了转移，只有年轻的女子来时，诵读声才会响起来。瓜儿们的心灵很是脆弱，在没有朗诵可享受的时光里，互相传递着滚圆的忧伤。忧伤的瓜儿们发现，它们的主人比它们还忧伤。他那一颗硕大的头颅，在颈子的努力协助之下，一次一次地朝着瓜棚外探望。明知道是个空，就是控制不住自己。直到天色渐白，探望的空才被希望填补上。这个时候，女子该趸瓜来了。盼来了买瓜的女子，它们的主人安静下来，开始新的一段诵读。

这时的大渣子已经在读《简·爱》了。一天一天地读下去，读到简痛苦地从婚礼上逃走，诵读的大渣子落下泪水来。听诵读的女子也落下泪水来。再一天一天地读，读到简回到庄园，勇敢地向被烧瞎眼的罗切斯特吐露爱情时，诵读的大渣子又落下泪水来。听诵读的女子也不约而同地落下泪水来。那一天的诵读刚好是一本书的结束，女子用手背抹了抹泪水，从地上站起来。像往日那样，风风火火地开着车走了。但这一天与往日又是那么不同，女子拉走的是瓜地里最后一车瓜。

秋天来了，紧跟着冬天也来了。没有了瓜做听众，也没有了觇瓜的女子做听众，大渣子仍住在瓜棚里。老父亲叫，他不回家，哥哥们叫，他也不回家。在寒冷的瓜棚里，大渣子一个人瑟缩在被子里，隔着一会儿，将硕大的头颅探出去，收获了满目的空后收回来。等到天色放亮时，打开他洪亮的嗓音，从头诵读《简·爱》。一日复一日，读到简从婚礼上逃走，读到简爱勇敢地向被烧瞎眼的罗切斯特表达爱情时，他又落下泪水来。只是，再没有了留着俏皮小辫子的女子和他一起哭泣。

村里人都认为大渣子精神出了问题，大渣子的家人也都认为大渣子精神出了问题。

在第 N 次诵读《简·爱》，第 N 次诵读到简去寻找残废的罗切斯特时，大渣子第 N 次地落泪了。这一次他的泪水流得特别多，直到泪腺干涸了，直到再没气力流泪。疲累的他睡着了。下雨了，早春的第一场雨下在大渣子的梦里，下在他面积庞大的脸上。他在梦里想，老天爷下雨是什么意思，在可怜他？在替他悲伤？不，他不可怜，他也不悲伤。自以为是的老天爷，根本就不懂他。梦里的他愤怒了，愤怒惊扰到了睡眠。于是，他便醒了。

睁开眼睛的大渣子，看见一张黑灿灿俏丽的女子的脸，正低头对着他。成双的泪水从女子的眼窝里涌出来。原来，不是下雨了，是他想念的女子在哭泣。这是他和她的第一次对视，第一次如此近距离地面对面。大渣子还以为自己继续在梦幻中，因为根本就不可能发生的场景，只有在梦里才可能出现。他就伸手去擦女子脸上的泪水，也只有在梦里他才可以如此地勇敢。可是，他的手指真切切地触摸到了女子的肌肤，指尖真切切地感受到了泪水的温度。她的泪水是那么烫，他的手指被烫到了，想迅速地收回去，却被她一把攥住。然后，他听到她说：

俄想让你给俄读一辈子简爱，只读给俄一个人。

我和小强开着车特意从大渣子的瓜地经过。听说他们的瓜已经注册了商标，叫"大渣子"牌西瓜，而且和大都市的超市对接，价格比原来翻了一倍。果然看到了瓜铺子，瓜铺子已经由四处漏风的简易棚子，变成了更加坚实的活动房子。房子前堆放着一摊西瓜，从个头到品相都是一等的瓜。和大渣子密切相关的那个女人，我们看到了，和母亲形容的相差无几，黑灿灿的皮肤，短发下一条刚刚破壳的小蛇般的辫子软塌塌地蜿蜒在女子的脖颈上。女子坐在一只小凳上，弯曲着身子，往瓜的身上贴标签。每贴完一只，就将它抱到身边的柳条筐里。抱的动作充满着母性，像是抱着自己的孩子。大渣子坐在离女人不远的一张摇椅上，庞大的头颅靠在椅子背上，手里捧着一本书在诵读。他的诵读是给女人的，往瓜身上贴标签的女人，面部的五官是喜悦的。

老班长，你们两口子回家省亲来了啊？

我们的车子就要滑过去了，大渣子停止诵读，两道目光透过半敞开的车窗，精准地投射在我和老公的脸上。

他在和咱们说话吗？我慌张地抓住了老公握着方向盘的手。他说"你们两口子"，话语的对象当然包括我，然而，几十年来，我和他从未发生过语言上的往来。

老公已经刹了车，隔着车窗回过去一句，你老小子混得不错啊。

老公小强的语气自若且顺畅，调侃的色调中不乏偶遇老同学的惊喜。他的惊喜是夸张的，含着丰润的水分。他的夸张提醒了我，大家都是成年人了，在生活的历练下，学会了隐藏，学会了遮盖。此时，我别无选择地拿出遮掩的本事，向钉在我脸上的两束目光，微笑着点头致意。

我想老公小强是不打算下车的，打完了招呼也就罢了。出人意料的是，大渣子从摇椅上摇摇晃晃地站起来，热情地招呼我和老公下车，说让小嫂子给我们摘几只瓜拉着。我们说不了，那还好意思，他就急了，说是看不起他。从车上下来的我们，沿着小路往瓜棚走，还未到跟前儿，大渣子就急切地将女子介绍给我们，说这是你们小嫂子。并示意小嫂子给我们去摘瓜。小嫂子很懂事，摘瓜前从筐里挑了一只大的，切开来让我们先品尝。然后，开着车去了瓜地。车不再是三轮的电动车，换成了四个轮子的燃油带斗车。车子顺着瓜地之间的小路前进，过了一会儿，承载了几只新鲜的大西瓜后，从小路上倒着跑回来。倒着开车，而且跑起来，车子跑得惊心动魄，跑得轰轰烈烈。女子脖颈上的小辫子，在风中跋扈地飞扬起来，让看客热血满腔。

大渣子的视线一直在女人身上。你没有在现场，不知道它们是多么打动人，是温柔的极致，是怜爱的极致。有着那样目光的大渣子，忽然变得不那么丑陋了。

真的。

我的农民父亲

那就从恨开始吧。我曾经恨过父亲，起码在一段时间内恨过。在那一段时间里，我对父亲的恨和母亲对父亲的恨是有着本质的区别的。它恨得很纯粹。不像母亲，恨里夹杂着无奈、绝望，还有牵挂。

我对父亲纯粹的恨的开始是因为母亲。

在村里人看来，父亲是个少有的老实人。父亲也确实争气，一心一意地扮演着老实人的角色，从来没有出过偏差，丝毫没有往不老实人里发展的迹象。他的两扇厚厚的嘴唇习惯性地紧闭着，所有的话语，所有的思想，都被他关在里边。向人们出示的，是一具老实的皮囊。皮囊当然不会有思想，不会有表达。因为是没有思想不会发怒的皮囊，自然免不了被人摸两下。摸它的那只手有时沾着几片草屑，有时沾着几粒粪便的渣滓。

皮囊回到家里，就变成了我的父亲，就变成了母亲的丈夫。它就不再是皮囊了。被抚摸的耻辱可以在家里得到发泄。母亲的责问，母亲的不满可以排成长长的一队，成为父亲发泄的理由。

吃过午饭，去找同学上学。背着书包和同学经过家门口，许多人围在栅栏门口看热闹。透过人的缝隙，我看见母亲披散着头发坐在院子里哭泣，旁边的父亲正在做着一个动作。他在往脚上套着鞋子。父亲肯定用鞋子抽打了母亲。我无法看清母亲的脸，她像一个刚刚被抽打完的豆荚，孤独而又无助。在迅急猛烈的抽打下，她没有反抗的能力，只有用哭泣来表达她内心和肌体的疼痛。

我美丽的母亲的哭泣方式明显是在模仿着村里其他女人的哭泣方式。村里女人的哭是豪放的，是夸张的。母亲太想让自己融入其他女人当中，包括她的哭。母亲原本是一个默默承受生活的人，她的哭泣方式也该是默默的，可是那样一来，她就脱离了其他女人的队伍。她改变不了父亲，只好改变自己，让自己和村里人有更多相同的地方，这样，她在村里就不会太孤立。我们这个家就不会太孤立。母亲别无选择地用自己不太喜欢的方式来哭泣。它明显地不适合我母亲那样美丽的女人。看上去既蹩脚又做作。

同学说，你爸打你妈了。

我撇下同学，快速地跑走了。脑子里满是父亲穿鞋的动作，满是母亲的哭泣。满是愤怒。满是耻辱。

整整一个下午，我都趴在课桌上。埋起我的脸。埋起我的表情。更是埋起我的愤怒和耻辱。我将它们埋在我的臂弯里，埋在小小的心里，不愿意我的老师和同学看见它们。

老师来扳我的手臂，怎么了？

老师的声音温柔极了，慈爱极了。我真是生气，那么年轻的老师竟会有如此慈爱的问候。在这份慈爱面前，小小臂弯里的愤怒和耻辱化成巨大的委屈。我的委屈就要喷薄而出了。这时，和我一起上学的同学说：

他爸打他妈了！

更可恶的是，我的同学居然来扳我的头。他想在老师的面前有所表现，想证明他的话是对的，以比平时大几倍的力气让我的头离开了我的臂弯。我的一张满是泪痕的脸就那样无遮无拦地呈现在老师和同学的面前。

在那一刻，我的心里充满了仇恨。恨扳起我那颗头的同学。

更恨我的父亲。是他让我蒙受了耻辱和嘲笑。

仇恨的种子就这样埋下了。

在这之前，我对父亲只有一个感觉。怕！

也许，在这个世界上，只有我一个人是怕了父亲的。

父亲并没有打过我，可我还是怕他。我对他的怕是因为距离而产生的。父亲从来没有和我亲近过，他从来没有在我面前表现过他对我的喜爱，甚至连一个温暖慈爱的眼神都没有过。我不知道我在父亲心里是一个什么位置，或者在他心里有没有一个位置给我。一点儿都不知道。在上小学之前，我还不是一个胆子很大的男孩子。村里放电影，我抱着父亲的大腿，求他带我去看电影，父亲说，等我一下，我去趟茅房。我就乖乖地等着父亲，我相信父亲一会儿就会从茅房里出来。可是，等了很久，都没有等来父亲的影子。我想，父亲一定是解不出大便了，就继续耐心地等。等来等去，电影都散场了，也没等来父亲。跑去茅房一看，早没了父亲的踪影。我难过极了。

母亲说过，小时，刚学会说话的我追着父亲喊爸爸，父亲却羞于应答。或许，他还没有做好接受我的准备，我的存在还是他的一个意外。为了拒绝我，他把他自己藏在他的羞涩里，久久地不愿意走出来。他制造了我和他之间的距离。这段距离足以让我望而生畏。有一次，街上来了一个卖桃子的，父亲难得慷慨，买了一竹篓的桃子。父亲把买好的桃子放在门后，就出去了。那篓桃子磁铁一样牢牢地吸住我，让我一步都无法挪动。我的眼睛贪

婪地抚摸着每一个桃子，恨不得连桃毛连盛桃的篓子一起吞下去
才过瘾。我不敢真的去碰一下桃子。父亲临走时没有说过让我吃
的话，尽管我知道父亲买桃子就是吃的。他没说，我就不敢动桃
子，不敢吃桃子。我在等着父亲回家来，等着他发现我没有吃桃
子，等着他下命令让我吃桃子。到那时候，我会一鼓作气地把我
的小肚皮撑破。惧怕也是有高潮的。那个高潮和后来发生的恨在
同一年诞生。

是在夏天。雨水过度泛滥的结果是，坑里的小鱼都游到了街
上。我和小伙伴拿了筛子去捞鱼，捞了一上午，竟捞了一大白碗
的小鱼。我趴在炕沿儿上学着母亲的样子掐着鱼，等着母亲回家
给我熬鱼吃。从地里排涝回来的父亲沾着一身的泥巴躺在炕头，
合着眼。那时父亲睡觉还是不打鼾的，所以我不知道他是否在睡
着。只有让掐鱼的动作轻些，再轻些，怕打扰了父亲。掐着鱼的
我是兴奋的，也是快乐的，我期盼着母亲回来夸我，说她的儿子
好能干。忽然，父亲睁开了眼睛，对我说，别掐了。

我大概是太兴奋了，竟然忽略了父亲的警告，只是更加谨慎
地掐鱼。手里的一条小鱼还没掐完，炕沿儿上盛鱼的大白碗就被
父亲一手举了起来，啪！一声脆响，大白碗在地上粉身碎骨了。

一

我陷在对父亲的恨里。恨，太虚无，太缥缈。我想了很久，
怎样才能把虚无缥缈的恨通过某种方式表现出来，证明它是确实
存在的。

父亲有一个习惯，喜欢喝羊奶。

父亲对羊奶的喜爱是与生俱来的。当年，奶奶产下父亲时，
解开上衣的疙瘩纽，带着几分幸福带着几分羞涩在父亲面前垂下

两只汁水不多的乳房，却遭到了父亲的拒绝。父亲以一个婴儿所不能完成的固执拒绝了奶奶塞进他嘴里的乳头，奶奶将乳头塞进父亲的嘴里，父亲坚决地将乳头吐出来。父亲只是啼哭，从白天哭到夜里，又从夜里哭到天明。奶奶说，这个孩子怕是得了病了，活不成了。请来村里的郎中，郎中看着干核桃一样的父亲，说你们另请高明吧。就颤着一把稀稀拉拉的山羊胡走了。我奶奶一声号啕，我的儿呀，便昏了过去。

我爷爷手里拎着一小领席子，准备着我父亲咽了气好卷了去埋。父亲的小胸脯在竭力地起伏着，把一声比一声衰弱的啼哭艰难地传送出体外。这一声衰弱的啼哭传送出来，我奶奶和我爷爷以为再没有下一次了，谁知，过了一会儿，下一声已经在艰难地酝酿艰难地行走了。这个缓慢的过程把我奶奶的疼痛拉得格外漫长。

窗外的羊圈里，老母羊发出长长的呼唤声——咩——咩，她在招呼她的一双儿女，别光顾着玩耍，该吃饭了，该吃奶了。

我的父亲肯定听到了老母羊的召唤。奇怪的事情发生了，听到老母羊召唤声的父亲停止了过度衰弱的啼哭。我奶奶和我爷爷以为父亲留下最后一声啼哭走了，一大口痰涌上奶奶的喉管，被身边几个婶子大妈的一通捶打，才没有背过气去。那一小领席子在爷爷的手中展开来。父亲的两只小眼睛却在此时睁开了，它们灵动地旋转着，仿佛在寻找着什么东西。两小片干涩涩的唇做吸吮状，左右找寻着。——咩，老母羊的呼唤声又起，父亲的寻找明显地转化成了焦急状态，吸吮的两小片唇呈现极度的渴望，没有目的地突奔。母亲从来都是最了解儿女的，尽管父亲刚刚生下来，还来不及和奶奶交流。奶奶眼睛亮亮的，吩咐爷爷，让爷爷赶快到羊圈里挤些羊奶来。于是，父亲活了下来。

　　喝着羊奶长大的父亲被村里人视为奇人，不光是村里人，就连爷爷和奶奶也认为父亲是个与众不同的人。面对村里人对父亲的刮目相看，爷爷奶奶表面上谦虚着，心里却对父亲充满了期待，充满了自豪。在家里人和家外人的关注下，父亲渐渐地成长起来。父亲越是长大，家里家外的人越是失望。他们发现，父亲除了一生下来就喝羊奶，其他方面实在没有什么过人之处，甚至比一般的人还要平庸。父亲出生那年，天津解放了，所以父亲赶上了好时候，到上学的年龄背着奶奶手缝的粗布书包走进了学堂。父亲的书读得并不比任何人好，不但如此，还经常挨同学的欺负。哪个同学捶了父亲一拳，哪个同学踹了父亲一脚，父亲大多是隐忍着。父亲不敢回家去告状，让父母为自己撑腰做主，打上人家的家门。反而还会招来爷爷的一顿拳脚。一个过分本分、过分窝囊的孩子，爷爷没有颜面为他讨回公道。更何况，父亲还曾经是那样一个被家里家外的人都看好的孩子。爷爷将拳脚强加在父亲的身上，一半是发泄自己的失望，一半是想警醒父亲，希望他有所改变，不再是一头任人宰割的羔羊。

　　父亲就成了村里的一个笑话。一个平庸的人怎么配天天喝羊奶呢？爷爷奶奶给父亲断了羊奶。偏偏，父亲是离不开羊奶的，不吃饭可以，不喝羊奶是万万不行的。羊奶是蛰伏在父亲体内的一种欲望，这个欲望被滋养着，会变成享受。一旦被冷落了，则会魔鬼一样跳起来，让父亲正视它的存在。家里家外的人管那个欲望叫"馋"。父亲只好偷偷地喝羊奶，偷喝羊奶的行为不断受到家里家外人的检举。家外人检举父亲也就罢了，家里人，也就是父亲下边的弟弟妹妹，他们比家外人更凶猛，更强烈地检举父亲。父亲总归是爷爷奶奶的长子，一个曾经寄予了深厚希望的长子，父亲再一无是处，他们对父亲的疼爱之心还是有的。有时候，爷爷奶奶本想睁一只眼闭一只眼的，可是，面对家里家外的检举，爷爷奶奶只好大动肝火。他们恨父亲的不争气，恨不争气的父亲成为村里人的笑柄。如果你是个够出息的孩子，别说喝羊奶，就是喝马奶、喝骆驼奶，别人谁敢看你不顺眼。

下着大雨的一个晚上，奶奶数了数躺在炕上睡觉的孩子，发现少了一个。少的那个正是父亲。正在磨刀石上磨剐猪刀子的爷爷顾不得披上雨披，一头扎进大雨里，去寻找父亲。奶奶靠在门框上，把脖子伸得长长的，眼睛紧紧地盯着眼前的一帘雨。不知过了多久，雨帘掀动了一下，爷爷回来了。爷爷撸了一把脸上的雨水，恨恨地说，不找了，说不定早让大雨给淹死了，妈的，早死早省心。奶奶忽然想起了什么，他爸，你到羊圈里瞅瞅？爷爷一个机灵，我咋没想到呢？

爷爷在羊圈里找到了父亲。

在一铺干草上，父亲和老母羊安详地睡着，嘴角挂着一小滴羊奶。

除了喝羊奶，父亲似乎再没有其他的爱好。我对父亲仇恨的表现不得不从羊的身上开始。

那时，我已经会放羊了。每天放学我都要去放羊。由于经常和羊亲密接触，我明白母羊是如何怀的小羊，母羊不但会产下小羊，还会产下父亲爱喝的羊奶。家里的几只母羊不知疲倦地怀小羊，不知疲倦地产下白花花的奶。母羊们的不知疲倦要归功于家里的那只大公羊，它比母羊们更加不知疲倦，在母羊的身上做着一个永远都不会厌烦的动作。父亲喝的羊奶就在那个动作中开始酝酿了。本来，我是不讨厌那个动作的，不但不讨厌，多少还有一些痴迷的。大公羊那样做时，我的身上会流动着一股说不清的东西，既是躁动的，也是愉悦的。我要给父亲断奶，就必须管住大公羊。只要能成功，我愿意牺牲我个人的享受。或者这需要一个相对漫长的时间，才可以看出效果。有的母羊已在怀孕的过程当中了。究竟是一年，还是两年，我的计划才能有效果呢？我不知道。但是，我决定坚持下去。

我的精力受到了严峻的考验。事情比我想象得要复杂一些。

那只大公羊嘴里发出一种奇怪的声响后，开始向发情的母羊进攻。这个时候，我手里的羊鞭子便啸啸叫着飞过来了，毫不留情地落在大公羊的身上，雪白的羊毛如柳絮般飘散开去，弥漫了一小片天空。大公羊很是给我面子，在最初的几个回合里让我占了上风。在我一而再，再而三的阻隔之下，大公羊到底还是被激怒了。在这之前，我从来不知道羊还可以打人。它迅速地接近我，让我的鞭子无法发挥效力，然后，人一样站起来，用头对准我的肚子。那真是杀气腾腾的一顶呀。

该死的大公羊。不怕，还有第二个回合，第无数个回合。晚上，羊进圈时，我就守在羊圈边上，只要它一接近母羊，我就把手里的长棍子捅向它，让它的好事做不成。大公羊对我的行为无可奈何，我们中间隔着栅栏，它再也不可能气势汹汹地把我撞翻在地上。对着粗木棍围成的栅栏发了一通威后，大公羊竟然和我耍起了心眼，卧在地上假寐。家里少有人注意到我的行为，也许注意到了，只是实在没有精气神来理会我。爷爷病了有一段时间了，而且没有丝毫好转的迹象。睡眠很快袭击了年少的我。在我睡去的时间里，那羊该是为所欲为的了。

我醒来时，已经在屋里的炕上了。大概是家里的哪个人发觉了我，把我搬到屋里的。很是沮丧。我的计划这么容易就受到了挫折。看来，我是要另想办法来对付大公羊了。这时偏偏横生枝节，病了很久的爷爷突然逝去了。

我给父亲断奶的计划才刚刚开始，就草草结束了。

二

说一个人操心，心都操碎了，爷爷就暗合了这句话。我爷爷的心肯定是操碎了，一张嘴大口大口地往外吐心的碎片。我从爷爷那里印证了人的心是鲜红的。那个红，比我看到的任何一种红都要红。红得让人胆战，红得让人心跟着疼痛，也有要碎裂的感觉。往往看着那红，我都要捂住胸口，唯恐自己的心也碎了，从嘴里喷出来。奶奶一边帮爷爷擦拭嘴角，一边拿眼睛盯父亲。那不是盯，是怨恨。仿佛因为父亲，爷爷的心才碎了的。父亲垂着一颗哀伤的头，回避着奶奶的怨恨。父亲的回避，是另外一种形式的默认，也就是说，父亲承认爷爷的心是因了他而碎的。此时，我那美丽的母亲是焦急万分的，既为爷爷的病焦急，也为父亲的状态焦急。母亲多么希望她的男人在别人面前能够坚硬一些，稍稍强大一些，再稍稍勇于承担一些。而不是把所有的强硬只对自己一个人释放。那样，母亲将是自豪的，也将是幸福的。

爷爷觉察到了生命的期限。我的一家人，包括嫁出去的姑姑，都守在爷爷的身边。就等着爷爷咽下最后一口气。

奶奶握着爷爷的手，走吧，到那边享福去吧。走吧，谁也不用你惦记着。走吧。

爷爷点了点头，又摇了摇头。

还有啥让你不放心的，你这个老东西！

爷爷不能走，他还有一件重要的事情没有办完。这件事情办不成，他会死不瞑目的。然而，爷爷又一时想不起来，这件重要的事情究竟是怎样一件事情。爷爷艰难地守住最后那口气，努力地思索，努力地寻找。它该和父亲有关。

自从那个大雨之夜，在羊圈里寻到父亲之后，爷爷就再也没因为父亲喝羊奶而责打过父亲。爷爷说，父亲前世怕就是个小羊羔呢。羊奶之于父亲，绝不仅仅是解馋那么简单，否则父亲不会一生下来就寻羊奶。羊奶是父亲的命根子。给父亲断了命根子，父亲的小命也怕是不在了。还有，父亲的性格也和羊的性格相当吻合，绵软至极，对外界完全一副没有抗争能力的样子。爷爷如此的一番理论，给父亲喝羊奶开了绿灯。与此同时，一个计划也在爷爷的大脑中形成了。一个性格越来越绵羊的父亲，注定要成长为一个男人，是男人就要撑住一片天，就要养家糊口。起码你要有一技之长。爷爷自叹自己一生没有其他的本事，除了劁猪劁羊，身无所长。

爷爷便有意识地把自己唯一的本事传给父亲，村里谁家的猪羊该劁了，只要父亲那时是在视线里的，定会带上父亲一起去。而父亲呢，爷爷劁猪会跟了去，劁羊是不会去的。就算爷爷把他的屁股踢肿了，父亲也要坚持自己的原则。久而久之，爷爷拧不过父亲，也就遂了父亲的愿。想必是父亲和羊的感情过于深厚，不忍看在羊的身上动刀呢。爷爷劁猪的时候，让父亲在一边看着，他先让父亲感受一下气氛。眼睛看得多了，等有一天真的动起手来，也会容易很多。父亲一脸恐惧地远远地观望着。看着爷爷熟练地一抢，就把要劁的猪崽放躺在地上，然后一只脚迅速地踏上去，使猪崽动弹不得。猪崽的屁股完全地展现在爷爷的眼里了。惊恐的猪崽在爷爷的脚下发出尖利的号叫声，那叫声的尖利如一把刚磨好的匕首，刺出去，令我的父亲心惊胆寒。

劁完一窝猪崽，爷爷的鼻尖上微微渗出了汗，将劁猪刀子收进皮套里，领着父亲回家。这时，劁猪的那家人刚好做熟了午饭，客气地对爷爷说吃了饭再走吧。爷爷当然是不吃人家饭的。可是，爷爷带了父亲，父亲毕竟还是个孩子。劁猪的人家就追着赶着往父亲的手里塞一些吃的东西。在爷爷的许可下，父亲举着手里吃的东西，一路举回家，把它们分给妹妹和弟弟们。不是父亲懂事，是父亲怕他们联合起来揍他。父亲可以继续喝羊奶，已经让妹妹弟弟不舒服了，如今，父亲又经常被爷爷带在身边，真是太过分了。假如父亲独吞了人家给的吃食，回到家里让嗅觉异常灵敏的他们闻出来，不止是罪上加罪，而且是罪不可恕。他们会背着爷爷奶奶想方设法地折磨父亲。尤其是我的姑姑。比父亲小不到两岁的姑姑，她十指上养的指甲可不是吃素的，偶尔会想有些人肉吃。父亲脸上浅浅的疤痕全是小时候姑姑的杰作。虽然作品不是很漂亮，岁月却是无力将它抹去。

父亲再大一些时，爷爷便让父亲打下手，让父亲给他递递酒精什么的。仅此而已。父亲的手不敢去握爷爷递过来的劁猪刀，在父亲看来，那柄被爷爷磨得锃亮的刀子绝非是他的细手臂所能把持得住的，他没有勇气，没有信心去握住它。爷爷为了叫父亲真正地掌握劁猪的本事，也是下了血本的。自家买了一头小母猪秧子，小母猪秧子渐渐地长成了可以下崽的成熟母猪，很随爷爷心意地产下一窝小猪崽。小猪崽长到该劁的时候，爷爷挑了一只让父亲来练手。父亲当然是拒绝的。爷爷一步一步把父亲逼到墙角，手里举着劁猪刀子，喊了一声父亲的乳名，今儿个，这个猪你要是不劁，我就劁了你，让你彻底变成一个废物！

爷爷的气势吓住了父亲。父亲抖抖擞擞地学着爷爷的样子，一只脚踏住小猪崽，手里的劁猪刀同样抖抖擞擞地朝着小猪崽屁股底下垂着的两粒光溜溜的小蛋子割去。嗷——小猪崽一声哀号，身子猛烈地一抽，从父亲的脚下逃走了。再也没有回来。

嗷——爷爷听到了，没错，是小猪崽的叫声。是数年前从父亲脚下逃走的小猪崽在叫。爷爷清晰地听到了。

天哪，这么重要的一件事情居然差点儿忘了。其实，爷爷不是把如此重要的事情给忘了，他不会忘，更不敢忘。相反，由于它太重要，爷爷故意把它给忽略了。只是爷爷自己不知道。爷爷为他记忆的复苏兴奋着，人立刻有了精神，两只滞涩的眼球竟然有了几分的灵动。奶奶说，爷爷这是回光返照。

爷爷不但叫人请来了村长，还请来了村长家里的一头小猪崽。村里的人不知道爷爷葫芦里卖的什么药，全跑来看热闹。

爷爷让人偎着，两根僵硬的食指和中指费力地蜷起来，在炕沿儿上轻轻地叩击着。村长忙着上前，老爷子，您这是干啥，有啥话您尽管吩咐！

爷爷的眼神里现出浅浅的满意，他知道村长读懂了他的手势。他的两根手指，岂止是爷爷的两根手指，它们在代表爷爷给村长行跪拜大礼！它们的寓意是丰富的，既有求助，又有感激。

在一片期待的目光中，父亲从皮套里缓缓地抽出那一柄爷爷挚爱的宝贝，一道光芒在人们的眼前划过，照亮了父亲沉重而又坚实的脚步。

父亲听到了脚步发出的铿锵之声。墙壁在摇晃，大地在摇晃，周围的人在摇晃。只有他是不可动摇的。不可动摇的他朝着一个伟大的改变前进。支撑父亲的是一股巨大的置之死地而后生的豪迈感。他是别无选择的。

父亲的一只脚坚定地踏住小猪崽，为了显示他的力量的足够，父亲松开了之前捆住小猪崽四条腿的绳子。接着，手里的劁猪刀子带起的寒光一闪，小猪崽的两粒小蛋子已被割开。人们来不及眨一下眼睛，刀柄早衔在了父亲的嘴里，腾出的两只手利索地挤出了小蛋子里的那根性腺。脚下的小猪崽刚一觉到疼痛，欲做垂死的一搏，父亲那里已经在用酒精消毒了。动作快得像打闪认针。

活儿不难，够漂亮！

在人们的惊叹中，爷爷停止了呼吸。爷爷带着他的满足，带着满足赋予他的安详走了。

一大片哭号声铺天盖地地响起来。

在一片哭声中，有两个女人的哭是与众不同的。或者说，她们哭泣的内涵不仅仅是由于悲痛。一个是我姑姑。一个是我母亲。

姑姑的哭声里有着明显的怨愤。她想，再怎么着，爷爷临走也是有话要跟她说的。即便不说什么，给她一个眼神也好。她需要从爷爷那里读到她想看到的歉意。她是爷爷亲手制造的一个牺牲品，她的下场和我的母亲一样。她们本该属于更优秀一些的男人。爷爷居然吝啬到连一个她想要的歉意都不给她。天哪——姑姑的泪水成串地流。

母亲不像姑姑那样一腔的委屈，委屈她大概是有的。但此刻，母亲心里的自豪感占了上风。这是母亲想要的，父亲刚才给了她这感觉。自从嫁给父亲，母亲第一次因为父亲而自豪。所以，母亲哭得有些幸福的味道。她是多么希望幸福的时刻长些，再长些。母亲陷在自豪和幸福的哭泣里，太投入，太专注。一点儿也没觉察到村长对她意味深长的长久盯视。

三

我有些怪母亲了。怪她的太容易满足。爷爷死时，母亲夹在亲友群里幸福的哭泣，是无法逃过我的眼睛的。当然也包括村长对母亲长久的意味深长的盯视。我习惯了对生活细节的在意。也许，母亲自从嫁给父亲，从来就没有过满足，没有过幸福的心理体验。母亲一直都是忧愁的，一直都是不快乐的，也一直都是殚精竭虑的。母亲小心翼翼地把生活给她的失意，用她特有的隐忍承担起来，一路走得跌跌撞撞。所以。是的，所以。所以母亲才充分地享受难得的幸福，哪怕它是瞬间的，因为它来得太艰难，母亲才要更好地珍视它。享用它。

我可没母亲那么容易满足。目睹了父亲的劁猪表演，我承认，它确实是精彩的。然而，我以为那样的精彩应该出现得更早一些。有点儿像一个智障者，某一天突然独自做成了一件事，而这件事是连几岁的小孩子都可以做好的。大人们还是给予了智障者热情的肯定和热情的鼓励。就因为他是个智障者。我不仅不自豪，相反，还对父亲多了一层蔑视，在原有的惧怕和怨恨的基础上。

给父亲断奶的计划也不全是因了爷爷的死而搁浅，我不过是给自己找了一个这样的借口。这个计划完成起来实在是有一定的难度。在我一筹莫展之际，家里不断出现的死亡事件，把我的注意力全部转移走了。

我家里的羊莫名其妙地一只接着一只地死去。

村长家的猪都被父亲利索地劁了，况且活儿做得那么漂亮，村里其他的人没有理由不再相信父亲的劁猪技术。谁家的猪羊该劁了，自然而然地就找到父亲。父亲呢，自从有了一个漂亮的开始，接下来的每一件活儿都做得不比那个漂亮的开始逊色。父亲一脸谦卑地出了门，带着他特有的绵羊的温顺，奔赴劁猪的战场。我觉得这样的说法并不过分。对父亲而言，那的确是一个战场。也可以说，那个战场是父亲假想出来的。在那个战场上，父亲是威风凛凛的，是杀气腾腾的，是不可阻挡的。父亲是征服者。父亲劁猪的做派，劁猪时脸上垂挂的沉沉骄傲，不由得让我倒吸了一口凉气。那样的表情好熟悉。过去，它只有在母亲的面前才露出面目来。平常的日子里，它深深地隐在父亲绵羊性格的最深处，绝不轻易地探出头脑。躲在暗处看父亲劁猪的我，眼睛逐渐地迷离了，分不清在父亲脚下的究竟是小猪崽，还是我那美丽纤弱的母亲。

小猪崽劁完了，父亲从他的战场走下来。带着他绵羊般的性格。刚才的威风凛凛烟消云散了。父亲一边往皮套里放那柄爷爷传下来的劁猪刀子，一边低垂着眉毛低垂着眼睛，等候主人家的检查。主人家挑来挑去，实在挑不出一丝丝的毛病，就说，毒消得不够好，算了吧，下回注意点儿就行了。

父亲才敢夹着他那条看不见的绵羊尾巴走出主人家的门。

风波从羊身上而来。起因是父亲除了劁猪，拒绝给村里人劁羊。如绵羊的他，顽强地坚守着他一贯的立场。建立在极度绵软之上的顽强，看起来分外醒目，也是分外刺目。

——羊是你妈呀。

——羊是你亲爹呀。

——羊是你祖宗啊。

持续顽强的结果是，该劁却没被劁的羊，潇潇洒洒地都长成了大公羊。

猪和羊的道理是差不多的。猪劁过了，才可以一心一意地只做成长之梦，一心一意地为主人家增添财富。羊劁过了，才可以安安静静地吃草，才能真切地体会色即是空的真谛。原本，村里的大公羊是屈指可数的。大多数的人家是不养公羊的。家里的母羊发情了，就牵着去养公羊的人家里，借人家的公羊一用。公羊是不能白用的。也算是一举两得吧。那种事公羊自然是乐得做的，而且，主人家还或多或少地得到一些酬劳。如今，养羊的人家里几乎都有了公羊，自然不用再牵着自家的母羊带着礼物去借种了。雄性代表着进攻，代表着夺取，代表着勇猛。有的人家里甚至有了两只三只公羊，于是，躁动和争夺不可避免地发生了。惊心动魄的血战每时每刻都有发生的可能。罪恶的根源无疑就是父亲。

家里的第一头羊死去时，家里人并没有因此而警觉，以为不过是一头可能突然生了病的羊。这样的事情以往也是有过的。我还为啃上了羊骨头而欢欣鼓舞。欢欣鼓舞的情绪膨胀着我，使我淡薄了其他。上学时，一股浓烈的羊膻欢乐地从我的每一根汗毛孔里往外散发。我身上的羊膻气息为我赢得了许多嫉妒的眼球。在食物贫乏的年代，有羊骨头啃是多么奢侈的一件事情。没有羊骨头啃的同学因为嫉妒，联合起来孤立我，仿佛那样，他们就会啃到羊骨头。他们耍的伎俩被我看得透透的，我一点儿也不在乎被孤立。既然他们要嫉妒，我索性让他们嫉妒得发疯好了。每天上学之前，我会从堂屋吊挂在房檩上的篮子里拿出一块羊油，在嘴唇上仔细地抹过，直到闪着油亮亮的光为止。为了让嘴唇保持油亮亮的效果，我谨慎地管制好自己的舌头，以免一个不小心舔走了唇上的那一层油。所有的嘴唇都是干涩的，缺少油水的。在几十片干涩嘴唇的衬托下，我那两片油嘴唇骄傲得忘乎所以了。

我的骄傲，我的极大的快乐，没有能够持续很久。随着羊只的不断死去，我家里笼罩上一层厚厚的阴云。阴云有越积越厚的趋势，如一口黑锅，把我家牢固地扣住。

母亲垂着眼泪为我们几个孩子煮羊骨头吃。母亲流的是绝望的眼泪，她的幸福和自豪像吹起的肥皂泡一样，在太阳下一闪就不见了。蓬勃而起的是更深重的绝望。父亲整夜守在羊圈里，他以为他那样的守候就会阻止羊的继续死去。结果羊还是一只接着一只地死在父亲的怀里。父亲搂着死去的羊，宛如搂着他生命的全部。比羊的尸体更加僵硬的，是父亲鼻子下那一串长长的鼻水，在冬日的早晨，发出清脆的断裂声。

羊不光是父亲的命脉，也是我们全家人的命脉。几亩薄田扣除掉春夏两季的公粮，勉强够得上全家人一年的口粮。我们几个孩子读书的学费，平日的油盐酱醋茶，大大小小的花费，都是每一只羊换来的结果。表面上是羊在死去，其实是我们的生活在死去。

一直在努力改变自己，试图使自己和村里人有更多相同之处的母亲，擦了擦眼角的泪水，决意采取一些行动了。

母亲挨家挨户地拜访村里的人，人未进门，陈旧的眼泪还在脸上挂着，新鲜的眼泪又覆盖上来。母亲说，求您了，放过我们吧。

绝望的泪水，真诚的话语。我母亲是那样一个美丽的纤细的女人，绝望的泪水从她的眼睛里流出来，更显得绝望，真诚的话语从她的嘴里说出来，更显得无助。许多人家的男人默不作声，许多人家的女人陪着母亲流泪。最后的答案却只有一个。男人和女人们说，对天发誓，真的和我们没有关系。他们话语里的情绪无辜极了。

把眼泪流尽，把好话说尽的母亲只得徒劳而返。母亲站在羊圈门口对父亲说，你，去求求村长吧。

母亲的话是命令式的，没有丝毫商量的余地。

父亲缓慢地转动着两只滞涩的眼睛，很吃力地把视线投向母亲。

四

我美丽的母亲在灯下等着父亲回来。今晚的母亲异常冷静，异常坚毅。也是异常美丽。一盏十五瓦的灯泡，一改懒散的昏黄色，惊诧地打量着我不同寻常的母亲。

这个灯下的美丽的女人竟然是我母亲，是我母亲的这个美丽女人竟然是我父亲的女人。

许多年后，我总结出一句话：优秀的女人背后都站着一个不优秀的男人。

岁月，尤其是母亲经历过的岁月，是无比锋利的。无比锋利的岁月太想在母亲的脸上，母亲的身上留下深刻的印痕。然而，除了一双愈来愈忧伤的眼睛，母亲的美丽一点儿也没因岁月的雕琢而受损。不仅如此，独属于母亲的忧伤，把母亲的美丽推向一个更高的层次。

如此的一个女人，偏偏是我父亲的女人。

这份成果要归功于我的爷爷。

不会忘记爷爷死时姑姑充满怨愤的哭泣。说过，本该像母亲和姑姑那样的女人，有一个更好一些的婚姻才适合。爷爷让本该的适合变成了不适合。就为了父亲的婚事，不，确切地说，还有我母亲的弟弟，我那个瘸着一条腿的舅舅。为了这两个不优秀的男人，牺牲了两个优秀的女人。母亲嫁进了我家的门，姑姑嫁进了母亲的娘家。她们是换亲换来的媳妇。两个家庭失去了一个好女子，又换来一个好女子，是多么平等的一桩交易。我不知道母亲有过怎样的抗争，有了抗争，抗争的激烈程度又是如何。母亲从未讲起过。也或者，母亲只是把委屈掩在心里，并不曾抗争过。为着她的瘸腿弟弟，她愿意做出个人牺牲也是说不定的。姑姑是抗争过的。后来，人们一提起姑姑就说，咋就不记得呢，就是那个要跳井的。我的姑姑义无反顾地往井边跑，爷爷义无反顾地朝井边追。跑到井边，姑姑的两只脚半担在井沿儿上，回头问爷爷，爸呀，您真舍得我吗？爷爷说，净是傻话，爸咋会呢？姑姑说，爸呀，那咱就不这样？爷爷说，咱非得这样做，谁让你哥是个废物人哪！说完，爷爷泪水纵横。

母亲和姑姑同时嫁出去，父亲和舅舅同时迎娶。

我家里又是娶媳妇，又是嫁闺女的，难得的一个巴结村长的机会。实际上，也不是巴结，村里谁家有喜事，都会请上村长的。请村长是再正常不过的事情，不请才是不正常的。无论在哪一方面，我家都在努力做到正常，在这件事上，当然也不会例外。

在父亲的婚礼上，村长第一次见到我的母亲时，牢牢地被我母亲独特的美好吸引了。四十岁才出头的村长是个长相英武之人，举着母亲敬的酒，村长浮想联翩。他想，眼前的女人该是他的女人，只有他的英武，他的干练，他的做派，才会配得上这个女人。只有他，才会给这个女人带来幸福。只有他，才有资格享受这个女人的美好。所以，村长就喝醉了。在父亲的婚礼上，还有一个男人醉了。是我父亲。

绵羊一样的父亲不得不醉。他暂时找不到一个更好的办法，只好醉了。他不敢面对美丽的母亲。母亲的美好对父亲是一个沉重的打击，母亲的美丽让父亲无所适从，让父亲慌乱不安。一切都是不真实的，一切都是在梦中。那就醉了吧。醉可以帮助父亲完成暂时的逃避。直到后来，父亲找到了一个面对母亲的方法。

从父亲颤抖着打了母亲第一个巴掌开始，父亲就找了面对母亲的方法。母亲哀怨的眼神，母亲柔弱的哭泣，让父亲真实地体味出母亲是他的女人。在他的女人面前，父亲的萎靡遁去了。父亲变成了一个顶天立地的男人。他的顶天立地只在母亲一个人的面前展现。父亲乐此不疲地高高举着手臂，朝着母亲挥去，持续着他顶天立地的感觉。在这种感觉中，寻找着母亲是他女人的真实性。

从村长家回来的父亲沉默着走进家门，灯下的母亲转过头，以同样的沉默给了父亲几秒钟的回应。

他让去一个会说话的。妈的，我不会说话吗，我不是人吗？

父亲气急败坏了。

你是羊，不是人。

然后，母亲站起来，用手拢起耳边垂落的一绺头发，准备往外走。

母亲居然敢使用那样的话语，父亲越发气急败坏了。他拦住母亲的去路，你去干啥？

他不是要一个会说话的么，我就是他要的会说话的人。

绝望使今晚的母亲无比绚丽，父亲被母亲身上散发的绚丽逼得后退了两步。

捯饬这么漂亮，是想去他跟前放骚吧。

母亲，我那个在父亲施与她的强硬面前，习惯了承受的母亲，突然变脸了。母亲不光是美丽的，还是聪明的，她看得出父亲以往的强硬，其实是虚张声势的，在掩盖内心的弱小和自卑。她对父亲满怀了同情，不动声色地成全着父亲。母亲可以忍受父亲虚假的强大，可以忍受肉体的摧残，绝不可以容许父亲对她人格的侮辱。尽管在母亲的内心深处也希望她的男人，能像村长那样，不仅仅是英武的，还是真正强悍的，有力量的。她嫁给了父亲，就要对父亲负责，就要对和父亲派生出来的一些事物负责。比如他们共同的孩子。那是母亲的骄傲。村长那样的男人只是她的一个梦，一个想象。

母亲直盯盯瞪着父亲，你把刚才的话再说一遍！

父亲说了。太不了解母亲的父亲又重复了一遍自己说的话。

母亲浑身在剧烈地颤抖。缩在被窝里的我害怕极了，唯恐颤抖把母亲分裂开来，变成一堆细小的物质。猛的，母亲的颤抖在瞬间停止了。母亲的手摸向腰间，嗖的一声，从腰里抽出一把剪刀来。腰间的剪刀原本是给村长准备的，他不答应母亲的请求，母亲就预备和他拼命的。没想到，这把剪刀被提前使用了。

父亲的手去夺母亲手里的剪刀，剪刀一偏，闪过母亲的胸膛，扎在母亲的左手臂上。扑——鲜红的血飞溅出来……

我如一粒弹球那样从被窝里迅疾地弹出来，抄起门后的一根棍子，拦腰朝父亲托去。十多年的怨恨全在那迅猛的一托中得以释放。

这个夜晚，我不敢睡去。已经包扎好伤口的母亲安静地躺着，不知睡着了还是醒着。父亲也安静地躺着，不知睡着了还是醒着。他们的安静把我陷入深深的恐惧当中。

安静在以往也是频繁发生过的。挨了父亲欺负的母亲拥着她的忧伤静静地躺着。有几次，母亲在归于安静之前，用她那只对生活失去信心的手，轻轻地在我的额头上抚过。我感觉得到那只手的绝望和牵挂。母亲的泪水一颗一颗地摔在我的脸上，把我一颗年少的心砸得疼疼的。我紧紧地闭着眼睛，拼命地压抑着自己汹涌的气息。每一次，都是牵挂战胜了绝望。由牵挂而繁衍出来的巨大的不舍，巨大的不忍唤起母亲活下去的信心。这份信心给了母亲安静的心境。我因为不放心母亲，也曾经很努力地让自己不睡去。就像我很努力地守在羊圈门口不睡去一样，结果，总是稀里糊涂就睡了过去。第二天早上，我还在睡梦中，就听见母亲和父亲在商量着一些事情。我想，在我睡去的时间里，父亲和母亲肯定发生了什么。发生的事情把母亲从安静的状态里拉出来，和父亲重修旧好，打起精神操持困顿家庭的每一个细节，打起精神做好迎接父亲下一顿发泄的准备。父亲究竟对母亲做了什么，究竟发生了什么事情。我太想知道，而我却无从知道。它神秘地诱惑着我。

母亲持续着她的安静。父亲也持续着他的安静。

母亲没有像往日那样，用她绝望和牵挂的手抚摸我的额头。我希望她那样做。那样做了，我才放心。

鲜血，过度的安静，兴奋着我的神经。使我惊恐异常。睡眠远远地离去了。

那个神秘的诱惑。你，出现吧。救救我吧。

鸡叫头遍时，我昏沉沉地睡着了。睡眠是浅浅的，时刻警觉着。因而，当屋子里有窸窸窣窣的声音响起时，我在第一时间睁开了眼睛。

天蒙蒙亮，是母亲在穿衣服，她要去给一家老小做早饭。穿衣的母亲依旧是安静的，面部没有任何表情。看不出绝望，也看不出绝望以外的情绪。

父亲躺着，安静地看着母亲穿衣，下地。他想做些什么，想说些什么。又一副不知道该做些什么，该说些什么的样子。眼神是局促不安的。在他局促不安的注视下，母亲出了屋子。于是，父亲的局促不安被拉长了。

被拉长的局促不安紧紧地尾随着母亲。

五

母亲的安静是投在家人头上的一抹阴影。它如一面照妖镜，在它的笼罩下，我们各自的焦虑，各自的紧张和担忧，原形毕露。尤其是父亲。对母亲专用的强悍像丧失了水分的果皮，蔫蔫儿的，昔日的风采早已不见踪影。

同时，父亲也在慌乱中突围着。他想寻找一个突破口，顺着这个突破口，找到一条打破母亲可怕的安静的路径。父亲突然就苍老了。

是个周日的下午。父亲在磨刀石上磨着他的劁猪刀子。他反反复复地磨着。磨了一会儿，就用手试试刀刃的锋利程度，再接着磨。不知磨了多久，试了多少次，终于达到了父亲的满意后，父亲拿上他的劁猪刀子出了家门。母亲坐在炕沿儿上纳着鞋底子，纳鞋的细绳穿过鞋底子，发出哧哧的呻吟声。在母亲安静的映衬下，哧哧的呻吟声无比巨大。连日来，安静的母亲在疯狂地做着家里大大小小的活计。不停地做着，好像为某一天突然的不做准备着。我在炕桌上假装埋头写作业，一颗心吊在母亲身上，唯恐一个不注意母亲就不存在了。

母亲的一只鞋底子还没纳完，父亲回来了。

父亲的脚步是踉跄的，脸是红扑扑的，一只手高高地举在胸前。手里是那柄劁猪刀。心形的刀刃上含着一抹鲜艳的血渍。父亲的一只脚还在门外，就激动地对着纳鞋底子的母亲喊，他妈，他妈呀，你知道我干啥去了呀？

母亲的眉梢突地颤动了一下，眼睛离开手里的活计，扫了一眼父亲，又让眼神回到手里的活计上。她在拼命地用安静压制着自己的情绪。然而，母亲已经不能安静了。手轻轻地颤抖着去拔嵌在鞋底子上的银针，拔了几次，都没拔出来。

父亲继续着他的激动，见没有等来母亲的问询，就自己抢着回答刚才的提问。

他妈，你以为我劁猪去了吧？没有哇，我没有劁猪，我去劁羊了。不信，你瞧这刀子上的血！哈哈，我去劁羊了呀！

父亲说完，蹲在地上，将脸埋进母亲垂在炕沿上的两膝之间。嘤嘤地哭了。

没衲完的鞋底子从母亲的手里滑落。两只温暖的手掌轻抚着那颗埋在她膝间的头。母亲笑了，笑得泪眼婆娑。

六

父亲有点儿像一只正在蜕皮的蝉的幼虫，在艰难的蜕变之后，他会长出两只翅膀来吗？尽管父亲那个下午的举动确实出乎我的意料，给我带来了震惊感，在我的内心，还是对父亲充满了狐疑。我期待父亲那对翅膀的出现。期待绵羊般的父亲不再是我怨恨的对象，不再是我的耻辱。

父亲正朝着我期待的方向发展着。我在他的腋下看见了羽翅的雏形。

首先是父亲断了羊奶。母亲说，家里的羊都死光了，就剩一只羊羔了，这些日子你可没羊奶喝了，可不好熬呢。

父亲说，打住，快别提羊奶，一提羊奶我就恶心。

一阵干呕也真的随之而来了。父亲和母亲这才知道，父亲这回是断了羊奶了。那与生俱来的依赖彻底地抛弃了父亲，从父亲拿劁猪刀割开所依赖的皮肉开始，抛弃就从天降临了。

父亲的另一个变化才是我最想看到的。在母亲面前惯有的建立在虚弱之上的强势逐渐地土崩瓦解。虽然父亲还不太会表现对母亲的疼爱，不知道用怎样的一种形式来表现对母亲的珍惜。他的那只抽向母亲的手臂已很少抬起来了。许多流泪的时间就被母亲腾了出来，用在清贫之家的操持上。父亲的这一变化从根本上削弱了我对他的仇恨。

很长的一段时间里，我们家过着平静的生活。

父亲经常奔走在乡里，认真地劁着每一头猪、每一头羊。出门前，父亲什么都不用说，我们就会知道父亲要劁的是猪还是羊。答案就在父亲新形成的习惯里。

若是父亲长久地磨着他的劁猪刀，一磨，再磨，唯恐刀刃的锋利度是欠缺了一丝一毫的。那父亲要去劁的肯定是羊。他是想让刀快到几乎不在羊的身上留下疼痛。它的疼痛也是他的疼痛。

生我养我的这个小村，由羊刮起的风波也在父亲的蜕变中平息了。我家里最后的一只小羊羔保住了。母亲对这只仅存的小羊羔满怀美好的憧憬，它会由一只变成两只三只，两只三只又会变成四只八只。母亲在她的憧憬中，看到了一个咩咩叫的庞大羊群。看到了我们家的未来。

谁也不会想到平静只是一个表面现象。更大的波涛汹涌而来。

风波的平息很是让村长沮丧，或者说平息的方式很是让村长恼火。这场风波无论如何都该由他来平息的。他太明白我家的羊为什么一只接着一只地死去，他甚至想都不用想，就能猜到死去的羊和谁有着紧密的关系。他早做好了平息事件的准备。就等着那个人的出现。只要那个人一开口，一求他，哪怕不开口不求他，只要在他面前一出现，流一滴哀怜的泪水。他立马就会揪出置羊于死地的凶手。为了那个人，他愿意得罪村里的任何一个人。

村长等待出现的那个人当然是我的母亲。我那美丽的母亲。

对母亲，村长使用了他不常用的爱字。也就是说，村长是爱我母亲的。从在父亲的婚礼上见到母亲那一刻起，村长就知道，他对母亲的爱开始了。只有母亲那样的女人才配做他的女人，母亲就是他等待了几十年的那个女人。如今，她终于来了。

在爱上母亲之前，村长从未沾染过村里的哪个女人。那些女人是粗糙的、平庸的。在他面前，女人们极尽可能地巴结他，讨好他，也挑逗他。他接受女人们的巴结，接受女人们的讨好，也接受女人们的挑逗。却从未对哪一个女人动了真格的。对哪一个女人动真格的，他都是有能力，有资格的。在心里，村长是深深蔑视这些女人的。他的违心的接受，不过是在给他的权利的施展营造一个良好的氛围。其他方面暂不评论，村长在村里村外落了一个洁身自好的美名。村长夫人偷着乐，村里的女人们恨不得把偷着乐的女人给掐死了。

母亲姗姗而来。尽管母亲想方设法地想融入到其他女人的行列里，其他女人的那个行列，对母亲是犹抱琵琶半遮面，永远不会完全地把母亲接纳进来。就因为母亲是那样特别的一个美丽女人。她不会和她们站在一起去巴结谁，讨好谁，挑逗谁。更不会和她们混在一起蜚短流长。最让女人们生气的是村长看母亲的眼神，那样的眼神，是她们盼一辈子也不会盼来的。

那就是爱的眼神呦。村长将母亲含在眼睛里，新婚不久的母亲肩上担着一根长扁担在村长的眼睛里幽雅地行走。不断遗漏的水在冬天的井台上结下厚厚的一层冰，母亲提着气，谨慎地接近井口。忽然，一只宽大的手掌捉住了母亲肩上的扁担。

我来吧，这活儿不是你干的。

母亲想拒绝，可那手掌是真诚的和固执的，它不容你拒绝。母亲一时找不到拒绝的方法，就松了肩上的扁担。看着村长利索地把水桶挂在扁担勾上顺进井里，左一摇右一摆，一桶水就满了。心怀感激的母亲担上村长给她打好的水，准备走了。

真是委屈你了。

准备走了的母亲听到了村长的这句话。在这句话之前，母亲是被略微地打动和感动了的。也许，母亲想过，自己该怎样做，才不至于被打动和感动得太深，那，将是还不起的一笔债。村长说了这句话，母亲暗自长出了一口气。她知道自己以后再也不会被这个男人打动和感动了。那样的话语是对自己绵羊一样的男人的无限蔑视，和对自己嫁给绵羊一样男人的无限怜悯。母亲咬了咬牙，担着水幽雅地走远了。

母亲对村长来说，太像一只刺猬，让村长没有下嘴的地方。这对村长的骄傲是一个沉重的打击。村里的女人，只有母亲敢对村长使用主动式的淡漠。村里的女人，也只有母亲让村长无可奈何。村长对母亲无可奈何，对别的女人是有可奈何的。村长想给母亲一个证明，证明他对女人的征服能力。于是，村长开始对母亲周边的女人有可奈何。只要让母亲有所动容，村长宁愿自毁清誉，宁愿降低自己的品格，宁愿降低自己的审美情趣。暂时的与粗俗平庸为伍。哪怕母亲为他动的是愤怒也好。

村长一招手，早有一个又一个的女人扑进村长的怀里。投进村长怀里的女人享用着村长的英武，享用着村长的霸气。享用着因权利而轻易得来的好处。同时，这些村长怀里的女人也享受着非村长怀里女人的最肮脏的谩骂，直到自己也成了村长怀里的女人，她们的谩骂才告一段落。前途一片渺茫，看不到黎明曙光的女人们，则会将最肮脏的谩骂进行到底。村长怀里女人的男人们、家人们，对自家女人的不耻行为，或是装聋作哑，或是敢怒不敢言。他们对村长的权利和家族的势力，充满了绝对的畏惧。村长一共弟兄八个，这八个如狼似虎的弟兄，是村里一面攻不破的屏障。何况村长还行使着村长的权利呢。那些不得不装聋作哑，不得不敢怒不敢言的人，却也是在心安理得地、理所当然地享受着女人带来的种种好处。比如，他们可以不用交电费。比如，他们可以不用交公粮。他们身上的种种亏欠，巧妙地被分摊到其他村民的头上。

村长心不在焉地搂着那些女人，把深切的目光投向我的母亲。他不在母亲的视线之内，无法在母亲的脸上看到和他有关的表情。爷爷死前，村长是看在母亲的面子上，才无偿地献出家里的小猪崽作为父亲的实验品。他想从母亲那里看到感激。感激是走向深入的开端。村长看到的是母亲幸福的哭泣。幸福的哭泣因父亲而来，和他没有丝毫关系。

村长听到了牙齿在自己口腔里的碎裂之声。他无限深情地爱着母亲。无限深情地恼恨着母亲。

七

聪明如村长那样的男人，他当然知道和他相对立的一股势力在逐渐地强盛起来。他之所以还是村长，还能够随心所欲，是由于那股势力还远远不足以推翻他。他才是强势的。可他的强势偏偏就无法为他赢得心爱的女人。

尤其是这次羊的风波。村长以为一切都可以峰回路转了，没有料到会是那样一个结局。

村长恼羞成怒了。

转年的夏天，村里开始收购夏季公粮。

这一年，除去口粮，我家是没有多余的公粮可交的。几亩薄地，本来产量就低，再加上春天浇返青水时，肥量减了一半。收割时，一镰割下来，手里的麦穗子轻得都能飘走了。减少肥量也是父亲母亲的无奈之举，他们比谁都清楚土地是万万糊弄不得的。用村里人的话说，钱不该班儿，那就没辙了。母亲幻想里的羊群还没有出现的迹象，还只是一只正在长大的小羊，它还不能为我家换来其他的物质。羊风波之后的父亲凭借着干练的劁猪劁羊本领，大可以取代母亲幻想中的羊群，但是，好景不长。随即，"我们家很长一段时间的平静生活"结束了。

乡里新成立了一家兽医站，村长八个弟兄其中的一个弟兄当上了兽医站站长。从此，村里谁家的猪羊该劁了，都要去站上请兽医。父亲和他的那柄劁猪刀便闲了下来。没有猪羊可劁的父亲沉默着，用大量的时间在磨刀石上磨着刀刃呈心形的劁猪刀。站里的兽医劁一头猪一只羊，收一份钱，劁完了，还要加收一份出诊费。如此一来，劁猪羊的费用高出了父亲许多。有时候，猪或者羊感染了，弄不好就要丢掉性命。即便如此，村里人也都去请站里的兽医。他们绕着父亲。父亲磨刀时，更加沉默了。

公粮催得越来越紧，村长每天都在广播里念着没交公粮人家的名单。名单上的名字一天一天地少下去。

母亲把全家人发动起来，一齐到地里拔草。父亲架着三轮车，把一车一车的草拉回家，晒干，准备卖干草。卖干草的钱用来抵公粮。一家人为着共同的目标日夜奋战着，眼见着草垛越来越丰满，越来越庞大。离一家人的希望越来越近。我们的心花就要怒放了。它已经在含苞了。

风把广播的声音送到正在拔草的一家人的耳朵里。我们听见，村长在反反复复念着父亲的名字。父亲的名字刺激着我们的神经，每个人都奋力地挥动着两只拔草的手。挥动着。把两只手变成无数只手。

明天我们就可以去卖干草了。在明天之前的夜晚，就让我们好好地睡上一觉吧。夜里，我听见了心花怒放的声音，它以最美丽动人的姿态打开着。打开时，发出一串悦耳的哔剥声。

着火啦！着火啦！快救火呀！

第一个冲出屋子的是母亲。打开门，一袭灼人的热浪卷过来，逼得母亲后退了好几步。

一朵巨型的花朵在母亲的眼睛里热烈地开放，母亲浑身的血液被燃烧的激情灼烤着，发出吱吱的声音。母亲微笑了。在微笑中，母亲发觉自己变成了巨型花朵的花蕊。轻颤着。绚烂着。

母亲昏睡了三天三夜。沉睡的世界里，肯定有一个瑰丽的梦境，让母亲流连忘返。为了那个梦境，母亲不愿醒来。

父亲陪在母亲身边，不知疲倦地磨着他那柄心形的劁猪刀子。父亲表情里的坚毅不断地增进。仿佛，磨刀石上正在打磨的，不是一把铁质钢刃的器具，而是父亲自己。

母亲昏睡的第三天晚上，父亲终于停止了对劁猪刀子和对自己的打磨。父亲把刀子收进皮套里，对母亲说：

我一会儿就回来。等我。

这是父亲三天里说的唯一一句话。

父亲凛然地出了家门。在我的眼里，那个晚上父亲的背影从未有过的高大，从未有过的威猛。他完全像我理想中父亲的样子。

后来很多年，一个漂亮的画面经常在我的脑海里回映。

父亲把村长从被窝里像掏一枚鸟蛋一样轻巧地掏出来，优美地一甩，村长便在父亲的脚下了。村长还没来得及弄明白是怎一回事，父亲那柄劁猪刀已经出鞘了。一道银光闪过，父亲的活儿就做完了。

这是父亲一生做的最完美无缺的一个活儿。

父亲回到家里时，母亲忽然睁开了眼睛，对父亲说，我做了一个梦，梦见你劁了一头特大的猪。

父亲说，那不是梦。

八

母亲连夜做了一顿团圆饭。一锅白米粥，一碟老咸菜，一碗煮鸡蛋。

一家人围坐在桌子上，谁也不动筷子。母亲把鸡蛋均匀地分到我们每个人的面前，吃吧，吃完了好送送你爸爸。

完好无损的鸡蛋又被送回到空着的白碗里。母亲挨个摸了摸她孩子的头，把碗里的鸡蛋放进一个装着父亲衣服的布包里。父亲阻止了母亲。他大概是想把鸡蛋留给我们的，可他依旧是不会用语言来表达的。只做了一个阻止的动作。

然后，我们一家人离开没有动一筷子的饭桌。父亲深深地望了一眼他的劁猪刀。

没事儿的时候，替我磨一下。

嗯。不管判几年，我们都等着你，你回来还干你的老本行。

父亲走在前边，之后是母亲，再就是我们几个孩子。

我们一个个英姿飒爽，士气高昂。像是去送上战场的英雄。父亲就是英雄，是母亲是我们一家人眼里的大英雄。

村里的狗狂吠起来。黑暗着的窗一扇一扇地亮了。从睡梦里醒来的人们探出头来好奇地观望着我们这一家人。在人们的注视下，我们高高地挺起骄傲的脖子。朝着派出所进军。

他们还不知道发生了什么事情。哼，看着吧，用不了多长时间，他们就会知道父亲做了一件多么了不起的事情。到那时，村里肯定会热闹得像一锅炒熟了的豆子。说不定，还会掀起一场暴风雨。

那么，就让暴风雨来得更猛烈一些吧！

我可以和你做朋友吗

一

那是一个陌生女子的目光。柔软到了极致，甚至超越了柔软的底线。很无力，很衰弱。

当我的眼睛透过防弹玻璃窗撞到女人目光的时候，它们慌得厉害，好像怕被我捉住似的，惊惶地逃走了。是我的目光太过坚硬了吗，是我的目光太过锋利了吗？防止女人目光再次惊慌地逃跑，我所能做的只有将鲜艳的微笑挂在脸上，向她表示我的诚意。

"您办什么业务？"话筒将我的声音传递给陌生女子。

听见我的问话，陌生女子将逃走的目光拉拽回来，迟迟疑疑地再次投向我。过了片刻，女子大概有了一个判断，我的微笑是真实的，并且的确是为她而绽开的。于是，她眼睛里含着的柔软发生了变化，在无力和衰弱的底色上，坚定了一些。

"我想取点钱。"细弱的声音像一只小蜻蜓，嘤嘤地朝着我飞过来。女子是谁？她从窗口递过来的活期存折上，印着一个名字：某某珍。"取多少？"我继续微笑着问女子。女子开启两片唇，又放出来一支嘤嘤的小蜻蜓，让小蜻蜓来回答我的问题。接下来的程序，比如我说"请您输入密码"，女子就按照我的指令，取了

149

右手的一根食指，轻轻地按下六位阿拉伯数字。我说"您还有什么业务要办吗"，女子轻轻地摇摇头，示意我她的业务已终结。我说："请您拿好存折和现金，慢走。"女子轻轻地从椅子上站起来，准备离去。就要转身了，女子抿着的两片唇打开，放出来第三只小蜻蜓。第三只小蜻蜓唱着嘤嘤的歌子，对我说"谢谢您"。

前台柜员生涯中，我听了太多的"谢谢您"，但那都是礼节性的，不深入。她的"谢谢您"却不是，湿漉漉的，浸着饱饱的感激。感激闪着粼粼的光泽，耀目而又华美。为什么要感谢我，我做了什么？不过是给她提供了服务而已，准确地说，是微笑服务。可微笑服务是我工作的基本素养，如果非要说有什么不同，给她的服务去了几分职业性，多了几分真诚而已。因为，她是那么柔软，和别人那么不一样。她的"谢谢您"，让我的心微微疼了一下。她是一个很美丽很美丽的女子。她的美就像海天酱油那样，原豆经过一百八十天的晾晒，才锻造出无与伦比的醇香气质。那样的醇有阳光和岁月的味道，沉甸甸的，不轻薄。这样一个女子，即便不高傲，也不应该柔软到衰弱，更不应该卑微才对。她到底经历了什么呢？

女子推开大厅的玻璃门离去。我看着女子推门的动作，第一次感觉两扇门如此沉重。女子推开它们，显得很吃力。其时，大厅里等候办业务的客户稀稀落落，胖墩墩的大堂引导员远远没有到忙得不可开交的地步，他完全可以帮女子推开门。可他却无视了她。

女子刚出玻璃门，一个小男孩就跑过来，抱住了女子的大腿，大声地嚷嚷着什么。从小男孩的口型看，仿佛在说："妈妈，我饿了。"我们营业网点在镇上最热闹的主街上，那个小男孩应该是在一边玩耍的，玩着玩着，就玩饿了，玩饿了的小男孩便跑过来找他的妈妈了。小男孩怀抱里有一只皮球，他一抱女子，皮球就趁机顽皮地溜走了。女子扬起一只手，为小男孩扑打着身上的尘土，她的扑打也是轻轻的。扑打时的"轻轻"与刚才在窗口前的"轻轻"不太相同，前者充满了母性的魅力，后者则是过度的谨慎，唯恐惊扰到了这个世界。一边轻轻地扑打，女子一边说着什么。我想，她一定在说，看看，你都淘成啥样子了。扑打时的女子，脸上挂着微微的嗔怪。

一个陌生的女子，让我的心情跟着跳转。我猜想，女子住的地方离我们的营业网点不会太远，她的家就是镇上其中的某一户。

追逐的一道风景消失了，我做了一个下意识的动作，将脸扭了一下，朝着我的同事。算上我，前台柜员一共三个人。我和另外一个女同事的窗口对外服务，第三个处理内部业务的窗口，由一名男同事值岗。就在我扭转脸的刹那，我惊异地发现，一男一女两个同事，正用诡异的眼神盯着我。两个人的诡异是不约而同的，商量好了一样，就在等着我的那个回眸。我确定自己吓了一跳，身上的毛孔都张开了，沁出了一层细汗。调到这个地处潮白河下梢的镇子才十来天，十天的时间，我和新同事们还没来得及打成一片，自然也没来得及产生矛盾。此刻，一男一女两个同事竟用了这副面孔对着我，所为哪般呢？我一声不发，用狐疑的眼神和他们对峙。

恰好办业务的顾客刚离去，下一波还未接续上来，在这样一个空档期，两个阵营的三对目光纠缠在一起。可能对方急于表达的缘故，女同事率先忍不住了，对峙的目光撤退下来，扫了扫大厅里的引导员，见他正背对服务窗口，赶紧将上半身从椅子上长长地伸出来，努力地把嘴巴送到距离我耳朵最近的位置。

低八度的声音，拨弄着我耳道里细细的绒毛："下次那个女的再来，别给她好脸儿，不是什么好东西。"

说到这里，女同事的嘴巴闭合了，转头望了一下我们共同的男同事。她和他的眼神交汇，迅速达成某种统一性。从统一性中获取了认同感的女同事，再次朝着我耳朵的方向打开了嘴巴——

"那个女人扒她公公的灰儿。"

"扒灰儿？她的公公有灰儿让她扒吗？"

"你真笨，就是和她公公有一腿，她是个大破鞋，刚才你看见的那个孩子就是和她公公有的。孩子跟爷爷简直一个模子里刻出来的，头顶上的两个旋儿都是一样的呢。"低八度的声音里，夹杂着的唾沫星子，喷溅到我的脸上。

"臭了大街的人，你看谁理她啊。"女同事及时捕捉到了我面部浮现的嫌恶，以为是她低八度的悄悄话起了作用，很是有成就感。在缩回身子的时候，她复又转头和男同事发生了一次眼神的交融。她的眼神背对着我，但我从男同事的眼睛里，看到了女同事的镜像。她和他再次一致了。他们俨然是胜利者，说服我站到了他们的队伍里，与叫某某珍的柔软而又美丽女子划清界限。

二

后来我知道，某某珍叫珍儿。某某珍是学名，珍儿是乳名。我的男女同事，以及镇上的人，背地里管珍儿叫大破鞋。

我们的营业网点，是某著名国有银行设立在基层的二级支行。这样的网点，遍布各个乡镇和正在蓬勃兴起的工业开发区。网点距城里有四十多里地，而网点的七八个人，除了安保人员，全是城里的家。考虑到路途比较远，晚上会提前半个小时下班。下班时间是五点，四点半开始就要结账，等待押运车来接款箱。银行有规定，不论是傍晚押运车接款箱，还是早上送款箱，都需要银行工作人员双人值岗。双人值岗，是为了发挥监管作用。保安公司派遣的保安，不在我们双人值岗之列，是必须得在场的。如果是大的网点，会安排专门接送款箱的值岗人员，像我们这样不足十个人的小网点，接送款箱的任务一般都由柜员或其他岗位的人兼职。晚上等押运车接款箱的人比较固定，是一个三人小组，两两轮着值守。三人小组中，其中就有我。另外两个人，是我的男女同事。也就是说，我们三个人是"一体"的。

我调过来，是因为另外一个人通过关系，调回了城里的支行。之前，我也是在一个镇上的二级支行，离城的距离和这个网点差不多。对于我来说，除了重新适应陌生的同事和环境，其他层面并没有什么变化。十几年前，像我们这样离家远的，通勤方式首先考虑的就是班车。然而，调过来的第一天，我就接到了女同事热情的邀请。她邀请我和她一起拼车，拼的是男同事的车。她说，才调走的同事也是和他们一起拼车的，正好我住的地方和他们顺方向，拼起来非常方便。她还说，我和他们拼了车，晚上值班的模式便不会打破了，可以组成新的"一体"。我是初来乍到者，最初的拒绝可能会影响以后的融入，更何况我也觉得这是一个回家的便捷方式呢。

新"一体"值班，承袭了老"一体"值班模板。其中的两个人轮值，剩下的一个等待。等着押运车取走了款箱，再结伴打道回府。通勤路上的几十分钟，我坐在后排，可以听驾驶座上的男同事和副驾驶座上女同事热络地聊天，也可以闭着眼睛假寐，或是真寐。女同事有晕车的毛病，需要坐在副驾驶位缓解。看来，副驾驶是个好位置，我们一起通勤的十来天里，女同事一次车都没有晕过。我家在城东，是"一体"里最先卸载的那个，客气地道了别，黑色的普桑奔向卸载女同事的方向。今早上班的路上，我还在想，十来天的"一体"，怎么就没有拉近我们之间的关系呢，我对他们客客气气的，他们对我也客客气气的。

这个傍晚，轮到男同事和女同事值班交接款箱。我靠在黑色的普桑车门上等他们，脑子里和珍儿有关的细胞，高频次地游弋。柔软到衰弱的眼神，嘤嘤飞翔的小蜻蜓，连一粒灰尘都不愿意惊扰的"轻"。还有她动人的拍打，哪一样都令我不忍和"大破鞋"连接起来。

我面前的这条街这般悠长，街道两旁店铺林立，各家的招牌擦着马路边缘张挂。虽是傍晚时分，摆地摊的小贩依旧抱着满满的期待，从往来的行人身上搜寻希望。以往发生的等待，我会到处转转，买些时令的菜蔬和水果之类的东西，毕竟这里的物品价位相比城里有很大优势。一浪一浪的嘈杂声，饿狼般朝我扑过来，企图吞噬我脑子里的杂念。比嘈杂更有杀伤力的，是袅袅飘过来的烤肉串的香味。"杨记肉串""王记肉串"们将摊子支到了店铺外，胳膊上有着刺青的师傅，把炭火拨得旺旺的，炙烤之下，架子上的肉串发出吱吱吱的呻吟。呻吟越是大声，刺青的师傅越是亢奋，吆喝着"三号桌烤好了！"长方形的餐桌上，一层擦不净油污，但一点儿也不影响吃肉串人的心情。肉串的标配是啤酒，啤酒的打开方式一定要豪放，哪里用得上开酒器，必须得用牙齿磕。

"您下班了？"

在污浊的喧闹中，珍儿牵着儿子，正从我身边经过。未牵儿子的左手，举着一大把烤好的肉串。小男孩忙得不可开交，小嘴巴努力地撕扯着签子上的肉串儿。我知道，接下来该对珍儿的问候做出回应了。然而，我自己都没有想到的是，竟然回了一下头，朝着营业所看了看，看门口有没有男女同事的身影。没有，他们还未结束交接工作。门口只有押运车，以及手持武器的安保人员。

"小朋友，肉串儿香不香啊？"我放心地在脸上堆积出微笑，和珍儿母子打招呼。打招呼的时候，特别注意了小男孩的头顶，的确是两个旋儿。

"阿姨问你话呢。"珍儿抖动了一下牵着小男孩的那只手。只顾着歼灭肉串儿的小男孩，哪里有工夫在意妈妈的提示呢。珍儿并没有斥责小男孩，给我送过来一个谦卑的笑意，便轻轻地远去了。在我面前，脚步都没停留一下。

"大破鞋买那多肉串儿，爷们儿和公公挣了钱都给她，咋不撒着欢儿地造呢。"离我不远的摆地摊儿的白头发老婆子，皲裂的手指一边揪去韭菜的黄稍儿，一边跟相邻的摊贩说珍儿的坏话。说着说着，老婆子做了一个动作，侧过头瞟了瞟我站立的位置。那个"瞟"发生得很迅疾，不注意根本就捕捉不到。我的直觉告诉我，老婆子要议论我了，两只耳朵不自觉地集中了精神。"……新来的……肯定不知道……大破鞋……要是知道了……谁理她……"断断续续的话，从老婆子凑近相邻摊贩的那张缺了门牙的嘴里蠕动出来。

三

我开始有意回避珍儿。回避，是一个最好的办法，既可以不公开得罪同事，又不至于伤到珍儿。老实讲，我不愿意在各方都在场的情况下，公然站到男女同事的那一个队列，是由于我对他们的不喜欢。我当着他们的面，对珍儿施以淡漠，一对男女将会多么得意。因为在他们的鼓动下，我才加入了对抗珍儿的队列。女同事伸长的身子，低八度的悄悄话，腥臜的口气，与男同事眼神的大面积交融，这些元素就像一粒粒种子，耕种在我的心里，孕育出一排排叫作厌烦的植物。因此，我必须尽量回避公开站队的事情发生，否则男女同事胜利的姿态，必将催生厌烦植物的成长。

然而，我们三个是"一体"的。一个新来的人，怎么可以轻易破坏它的完整性呢。

再轮到男女同事一起值班交接款箱，我便到男同事的黑普桑里等，以免撞上牵着孩子的珍儿。每隔三天，我就有一次单独等待男女同事的机会。在街上与珍儿相遇的三天后，是个周日，那个傍晚的我将身子藏在了驾驶座后边，像一个犯了错的小学生，唯恐触碰到老师斥责的眼神。在车膜的掩护下，我的眼神穿越车窗，向左向右巡视，看看有没有珍儿牵着儿子的踪迹。如果有，我会提前闭上眼睛，防止珍儿从没有贴膜的挡风玻璃的某个角度，看到我的面部表情。她看到我时，我在闭着眼睛休息不是吗？闭着的眼睛，是不会露出刻意回避的破绽的。

忽然，头顶上有两个旋儿，小嘴儿正与一只手上的肉串博弈的小男孩，被我搜寻的眼睛捕获到了。小男孩的另一只手被人牵着，能牵他手的还能有谁，肯定是珍儿。我居然有了不易察觉的慌乱，眼皮赶紧做好了覆盖的准备。眼皮在彻底合拢前，我有了意外的发现，牵小男孩手的人，并不是珍儿。是一个大概有五十多岁的男人。男人身上的岁月感，不仅没让男人显得苍老，反倒是将他的儒雅气质映衬得愈发鲜明。忽然感觉到，整条街因为这个儒雅男人，纹理竟然不那么粗糙了。男人的细腻，修正了它。我承认，男人的儒雅先发制人，让我差点忽略了非常重要的信息。好在，重要的信息随后便提醒了我：儒雅男和他手上牵着的小男孩那么相像，小男孩简直就是缩小版的他。差异性在于，小男孩还来不及历经时光的洗礼。

难道他是？

同样举着一大束肉串的他，停了下来。停在卖菜的白发老婆子菜摊儿前，和善地对着把一捆韭菜托到他面前的老婆子笑。他在向老婆子说着什么，然后老婆子就把韭菜装进了塑料袋。再然后，他就接过塑料袋并且付钱。不小心，一张纸币掉落在地上，弯腰捡拾的工夫，我清楚地看到了他头顶上的两个发旋儿。看来，就是他了。没有珍儿在旁侧，一老一小沿着街道西行。那个方向，也是珍儿的。老的举着肉串儿的那只手的手腕上，套着装了菜蔬的塑料袋。另一只手，牢牢地牵着小的。

"远处牵着小孩的那个，就是大破鞋的公公。"女同事刚一打开车门，屁股还未来得及在座位上放稳，就急火火地向我指认越走越远的一大一小两个身影。指认完了，又忙不迭地吆喝男同事赶紧发动车子追上去。

车子离着目标越来越近，近到可以清晰地辨识一老一少头顶上相同的发旋儿了。车子从一老一少身边滑过的点，通向一条胡同。就在车子即将滑过时，站在那个点上的儒雅男人，仿佛发现了什么，拉着小男孩朝着胡同深处小跑。他大概怕肉串的签子扎到小男孩，一边小跑一边低头看小男孩。"大破鞋疯子婆婆又上房揭瓦了。"车子真是懂得主人的心意，速度慢下来，打算要看一场热闹。在一老一少奔跑的同时，通向胡同的点上，又出现一个人。这个人是从一辆农用三马车上卸载下来的。突突突的电三马上，并没有因了卸载下一个人而显得松快些，车厢里挤挤挨挨的一堆灰头土脸的头颅，也顺着一老一少奔跑的方向，发现了房上揭瓦的人。"你他妈的还愣着干啥，再不快点，老太太从房上摔下来了。"被卸载的人，在骂声中，尾随了一老一少，往胡同深处飞奔。飞奔中，身上甩掉的尘土，在淡淡的暮色中飞舞。

飞奔的男人肯定与房上揭瓦的人有着亲密的关系，那么，他是珍儿的什么人？就像珍儿不是普通的女人，珍儿的公公不是普通的男人，飞奔的也不是一个普通的人。在他被卸载的一瞬间，他便以他的丑陋吸引了我。我所掌握的关于丑陋的词汇，统统拒绝对这个男人进行描述。

"看见这个丑八怪了吧，是大破鞋的亲男人。"

我一字不发，沉默着。突突突的农用三马车，载着一车厢灰蒙蒙的头颅，与我们的黑色普桑相向而过。像一个吃撑了的人，去寻找一个呕吐的点。

四

我承认，后来我和珍儿成了 QQ 好友，动机不是特别纯粹。有怜惜的因素在里边，但是还有一部分是探查。我想知道她的故事。

成为 QQ 好友，是珍儿提出来的。"轻轻的"活在人世间的珍儿，怎么就有勇气向我发出这个邀请了呢？我想，这是我公开对她友善的结果。曾经在很长一段时间，为了避免公开站队的局面发生，我千方百计地躲避着珍儿。除了把自己藏在黑色普桑里等候男女同事，在前台值守的时候，眼神如一个深闺女子，不迈出大厅玻璃门半步。恐出了玻璃门，刚好碰上牵着小男孩经过的珍儿。

我最大的担忧，万一哪天珍儿走进玻璃门办业务，取款或是存款，我该如何呢？那将是一个把我逼到角落，再无处可躲藏，也无路可逃窜的时刻。只能默默地祈祷，但愿那个时刻晚一些到来。万万没有想到，我的男女同事帮我解了围。脱离困境的我，不再担忧破坏"一体"的完整性，公然站到了"一体"的对立面。

　　事情发生在一个中午。每个中午,我们会有半个小时吃饭的时间。吃饭的时候,前台需要留一个人值班。那天中午,该我在窗口值班。就在这半个小时的时间里,我的身体出了突发状况。银行前台柜员有严格的要求,不允许擅自离岗,由于特殊情况,哪怕离岗片刻也要关闭窗口,摆放上"暂停服务"的告知牌。我麻利地做完离岗的处置,十万火急地奔赴网点的内部卫生间。就要拐进卫生间了,我忽然看到一个场景:刚走出男卫生间的男同事,与刚走出女卫生间的女同事,在卫生间的公共区域相遇了。两个人的眼神迅捷地搭上,大面积交融的同时,男同事的手伸出来,在女同事的屁股上重重地捏了一下。我惊骇得赶紧后退,再后退。然后,装作什么也没看见的样子,勾着身子急匆匆地冲向卫生间。"坏肚子了吧?"与出来的他们迎面相撞,女同事关切地问我。我假装什么也没看见,演了一出顾不上回答她的问题,一个"嗯"字说不定也会让我松了劲儿,坚持不到脱下裤子的那一刻的戏码。

　　他们是有问题的。有问题的他们,居然高调嘲笑别人是大破鞋。再次从卫生间出来的我,一身轻松,既解决了坏掉的肚子,又排泄掉了破坏"一体"的忧虑。明明已经觉得被挤到墙角,不想就峰回路转,前面是一片开阔地了。想想之前的忧虑,是多么不值得噢。于是,在每一个等待男女同事的傍晚,我不再把自己掩藏在黑色普桑里。前台值守的时候,目光也不再忌惮那扇玻璃门,坦然地穿越它。这样持续了一段时间,在这段时间里,大概和珍儿有四五次的相遇。有时是在街上,她牵着小男孩买吃的买菜蔬。有时是在营业厅里,珍儿去办业务。办理业务,她只到我的窗口,享受我的微笑服务,放出第一只小蜻蜓回答我的"请问您办什么业务",放出第二只小蜻蜓回答我的"存多少"或是"取多少"。办完业务，轻轻地站起来，放飞第三只"谢谢您"的小蜻蜓。一个柔弱的女子，仿佛身上的气力只够放飞三只小蜻蜓。

"我可以和你做朋友么，如果可以的话，请加我这个QQ号码。"有了之前的四五次相遇，珍儿再一次到我的窗口办业务，放飞第二只小蜻蜓后，将存折和一沓现金递进窗口。我打开折子，就看到了夹在里边的这张小纸条。小纸条上边的字很清雅，而且有几分娇羞和不安，生怕遭到我拒绝的模样。"您还有什么业务要办吗？"办完了业务，问珍儿这句话的时候，我将回复她纸条的答案写在眼睛里，向她报以深微笑的同时，还不动声色地眨了一下眼。我想，她肯定是懂了，放飞的第三只"谢谢您"的小蜻蜓，嘤嘤声有些许激动的颤抖。

我不听女同事"下次那个女的再来，别给她好脸儿"的劝谏，没有和他们保持一致性，女同事的心里肯定不舒服。不过，女同事并没有把对我的不满，很明显地表现出来。在外人看来，我们依然是和谐的"一体"，其中两个值班交接款箱，另一个等候，然后乘着一辆车子回家。在车上，女同事和男同事神聊，也许他们聊得太投入了，彻底忽略了坐在后排的我，不再如原来那样冷不丁回头冒出一句"晚上到家，老公又把饭给做好了吧？"我知道，女同事在用这种方式，给我一个小警告。我并没有恐慌于他们的忽略，相反，彻底放松自己，沉浸到香甜的小睡中。

五

我加了珍儿字条上的QQ号码，和她成了QQ好友。

意想不到的是，珍儿的网名叫"老舅"，头像也很"老舅"，是个粗眉毛大胡子的卡通脸。开始我以为输错了号码，再不就是珍儿给我的号码有误。翻看QQ个人空间，方方面面，角角落落，全部很"老舅"，充满雄性的粗粝气韵。粗粝的气韵如刀，收割了一群"舅妈"们。珍儿大概猜出了我的疑虑，让大胡子头晃动起来，"没错儿，就是我。珍儿。"真的很错位，生活中的珍儿，在虚拟的网络中居然是大胡子老舅。在备注里，我把"老舅"改成了"珍儿。"结果还是很拧巴，"珍儿"一和我说话，大胡子头就晃啊晃的。我便恢复了原来的样子，让大胡子头又成了"老舅"。老舅和我聊天，使用着老舅的口气，讲述一个叫珍儿的女人故事。老舅主动性的讲述，流畅中带有某种霸气。

那种霸气，让我想起了严厉的父亲。小时候犯了错，或是他以为我们犯了错，密不透风的训斥，让我们根本就没有悔过和申辩的机会。珍儿要的不是朋友间的互相交流，而是一个合格的倾听者。你不需要插嘴，间或发出"嗯嗯""噢噢"的回应，表示你在听就可以了。加珍儿好友时，我还在担忧，我们之间的交流会不太顺畅。珍儿肯定是被动的、迟疑的，我需要引导、鼓舞，甚至是引诱她，一步步走向信任我的征途。然后，打开闭锁的心扉，用她特有的"轻"讲述一个跌宕起伏的故事。我怎么也不会想到，预先准备好的鼓舞之类的策略，全部派不上用场了。

珍儿是主角的这个故事，有点长。最初，主讲人老舅的讲述，是我们双方都在线的场景下。那样的推进有些缓慢，因为我们同时在线的时间并不多。老舅要确保讲述环境的安全和安静，身边没有偷窥者，也没有小朋友的干扰。我这边回家才能上网，除去料理日常各种琐屑花费的时间，再除去床上的睡眠时间，所剩下的真是不多。慢慢的，进入讲述情境里的老舅，不能自拔了，迫不及待了。我不在线的情况下，老舅深夜独自敲击键盘，让每一个字符，都背负起珍儿命运的起转承合。

等我抽时间急切地登录 QQ，珍儿的故事便汹涌而来。

161

六

先从珍儿的恋爱开始。

那时，高二三班的珍儿真是傲得不得了。每天，珍儿带着她出水芙蓉般的清丽款款地走进教室，款款地走过班里的每一个男生，然后款款地坐在自己的位子上。她在每一个男生眼里，每一个男生却不在她眼里。班里的男生就有一股集体失恋的感觉。好在感觉是平等的，所有的男生都在一个起跑线上，谁也不用妒忌谁，谁也不用攻击谁。只有体委曹国勇例外，他不在"所有"里。为了叙述方便，就叫他勇吧。勇对珍儿的漠然，使珍儿有了挫败感。珍儿把勇给她带来的挫败感深深地藏在心里，用比勇更深的漠然来和勇对抗。直到那次，一个让珍儿和勇的对抗解体的机会，一路小跑着来了。

珍儿是班里的语文科代表，每天负责收作业，再将老师批改好的作业发下来。那天的珍儿像往日那样发着作业，认认真真，一丝不苟。下一个作业本是勇的，珍儿朝勇的位子看了看，勇正在低头写作业。再走几步就到勇的跟前了，偏偏几个男生堵住了去路，他们充分地利用下课的时间，聚在一起嘻嘻哈哈地玩闹。珍儿可以选择让几个男生闪开，也可以从讲桌那端绕过去。两个路径珍儿都放弃了，她高高地举起了手里的本子。咻的一声，本子朝着勇飞了过去。在本子飞过去的一瞬间，珍儿有了一丝报复的快感。本子准确无误地落在了勇的课桌上，显然，勇被突来的飞行物吓了一跳，一句难听的国骂从他的口中野狗似的蹿出来，蹿出来的尖牙咬在珍儿的心上。珍儿就僵在原地，眼里含了委屈的泪花花。此时的勇有点不知所措了，脸涨成了晚霞红。

勇的漠然就这样被撕了一条口子，再也不完整了。道歉的小纸条儿，一张，两张，三张，扭捏着走进珍儿的桌斗，珍儿故意不去理会。她想，勇写够了十张，才会原谅他。可勇就写了三张。珍儿的期待落空了，便在心里怨了勇，并且把怨表现在行动上，借故头疼不去上体育课。珍儿不上体育课，表明了和勇过不去。矛盾在某一节体育课上引爆，也在某一节体育上化解。上课后，勇把队伍带到了操场，跑步返回了教室，喘嘘嘘地站在门口对珍儿说，去上课！珍儿恼了，几步跨到勇的鼻尖底下，你凭什么命令我？勇的眼底跳跃着蓝盈盈的火苗儿：就凭我喜欢你！

男同学在宿舍讨论的话题离不开女生，其实，女同学也一样。女孩子成熟了会有月经，书上说男孩子成熟了会有遗精现象，可是男孩子的精子是什么颜色的呢？在悄悄讨论这个话题时，有的女生说是红色的。听到这话的珍儿，小脸儿红了，因为她知道是什么颜色的。便摸黑儿爬进上铺最好的女友品儿的被窝里，趴在品儿的耳朵边，告诉品儿说，男孩子的那个东西是乳白色的。品儿问她，你见过？珍儿的小脸红得透透的，嗔怪品儿，你才见过呢，我是在书上看到的。品儿说，我不信，再不老实交代，我可要——她做出了抓珍儿身上痒痒肉的动作。手还没抓到，珍儿便投降了。其实，珍儿钻进品儿的被窝儿，就是预备了和品儿分享她的秘密的。制造点小曲折，是小女生惯用的伎俩。和勇恋爱的珍儿，太甜蜜了，如果不和好朋友分享一下，蜜汁儿恐怕会流淌得到处都是。在女生里，品儿是珍儿最好的朋友，又是上下铺住着，自然成了珍儿分享甜蜜的对象。勇写了几张道歉的纸条，纸条的具体内容，包括用了几个逗号和句号来分割，又是如何喊出那句"就凭我喜欢你"，珍儿都偷偷把它们装在盘子里，端给品儿品尝。

果然，精子颜色的信息来源，又和珍儿甜蜜的恋爱有关系。

是勇亲口告诉珍儿的。勇不但告诉了珍儿男生的私密，并且还吻了珍儿。事情就发生在上个周末，住宿的女同学都回家了，珍儿却没有走。珍儿和品儿两个人的村子就隔了一条马路，每个周末两个人都相约着一起走。那个不回家的周末，珍儿给品儿的理由是，妈妈去了北京郊区的姨家，既然家里没有妈妈在，回去就没有意思了。珍儿没有告诉品儿，她留下来是赴勇的约会。珍儿之所以没有告诉品儿，是因为约会还未发生。蜜只有采了，饮下去了，甜才会从毛孔里往外流溢。流溢出来的时候，让友情去舔舐，那才是珍儿喜欢的感觉。留校的那个晚上，珍儿和勇溜出了校门。校外是一片田野。这是珍儿的初次约会，也是勇的初次约会，刚开始两个人都有些拘谨，保持了一段距离坐在田埂上，说着一些细细碎碎的事情。就是很细碎，没有章法，没有次序。因为，心儿根本不在状态，噗噗噗地跳动，直跳得呼吸都乱了方寸。夜风有点凉了，珍儿捂了捂肚子。肚子不舒服？勇问。珍儿嗯了一声，说没事儿。"可能地上太凉了。"勇说着将腿叉开，又打开手臂，来，坐到这里来。

这个位置，永远给你留着，永远属于你。

真的有永远么，永远有多远？

你在，就是永远。

之后是沉默。珍儿紧贴在勇的胸膛上，她听到坚实的胸膛里，有一面小鼓，在咚咚咚地敲着她的后背。愈是沉默，鼓点敲得越急。他和她想用语言啄破沉默，小鼓敲得人心慌意乱，可刚才满脑子的细细碎碎全部不见了。好难挨的沉默噢。

肚子还是有点疼。终于，珍儿用力啄破了沉默。勇问，要不要回去？珍儿说，没事儿，可能是来那个的关系吧。勇问，哪个？珍儿说，就是那个，女孩子长大了都有的那个，知道？勇说，知道。珍儿问，听说男孩子大了会遗精，是吗？勇说，是。珍儿问，那，它是什么颜色的，也是红的吗？勇说，不，和白色差不多。珍儿问，这么说，你也有过遗精了？勇不再回答，而是一把扳过珍儿的头，将自己两片热热的唇贴在珍儿两片热热的唇上。

七

一个返回学校的日子。就像周末一起回家，返校时，珍儿和品儿也是成双成对的。下午四点，珍儿在通向两个村子的路口上等品儿。等了一会儿，品儿没来。又等了一会，品儿还是没有出现。珍儿看了看表，再等下去，怕是赶不上学校食堂的晚饭了。珍儿想去品儿家里找品儿，但是并不知道品儿住在哪里。在珍儿面前，品儿很少谈到她家里的情况，珍儿只知道品儿的父亲是在城里上班。空气中的热度在悄悄地撤退，像一个淘气的孩子，要够了，折腾够了，要回家了。品儿说不定已经去学校了，珍儿又看了看腕子上的表，终于蹬上自行车，匆匆地赶近一个小时的返校路了。

通往学校的路有两条，一条是大路，一条是小路。小路要比大路节省差不多一刻钟的时间，因此不论是回家还是返校，珍儿和品儿都习惯走小路。将近秋收的季节，小路的两边是一眼望不穿的青纱帐，吐穗的玉米正在灌浆，籽粒逐渐饱满的高粱头垂得越来越低。在秋收来临前，农家人难得地略略休整，因此，这个时节的青纱帐里少了劳作的喘息声，多了几分幽静和神秘。偶有一棵两棵的高粱秆不堪成长的重负，疲惫地将身子弯向小路，珍儿只得放缓速度，用手去拨开它们。当又一棵高粱秆探过头来时，珍儿一手捏了车闸，一手去拨。这一回，却拨不动。不但拨不动，那根明显粗了很多的高粱秆却反过来拨珍儿了……

珍儿听到了庄稼成长的呻吟声。它们把成长的痛传递给了珍儿。痛啊，成长怎么这样痛，痛入了骨髓，痛入了魂灵。而且，痛的源头从下体而来。奶奶的，真过瘾！一个粗嘎嘎的，裹挟着臭大蒜气味的声音。

珍儿费力地睁开眼，想去寻找刚才的声音。却什么都没有。她努力地想了想，自己刚才不是在骑自行车，要去学校的么。奇怪的是，怎么会躺在庄稼地里呢？再努力地想了一会儿，珍儿明白了，问题出在那根拨她的高粱秆身上。它根本不是高粱秆。不是高粱秆，那它到底是什么？从下体向四处发散的疼痛，再次席卷而来。珍儿的手伸向痛的发射点，黏糊糊的。是血，鲜红的血。疼痛——鲜血——粗嘎嘎的声音——臭大蒜的味道，珍儿把它们连接起来，得出的结论如晴天霹雳：她是被人打晕了，然后，又被人……这个结论惊得珍儿险些再次晕厥，它的力量不次于伸向她的那根棍子。珍儿咬着牙告诉自己，不要昏过去，不能昏过去，她还要去上学。是的，她还要去上学。

"报警啊。"这段讲述，终于让我止于"嗯嗯""噢噢"的回应，手指激动地在键盘上怒吼。老舅却无视了我的激动，继续沉浸在讲述中。我有些气愤，老舅难道不该挺身而出，为一个遭受坏人践踏的女孩子做点什么吗？看了看时间，才发现是我错怪了老舅。这段讲述是昨天半夜完成的，那时的我，根本不在现场。更大的一个错误是，我忘了老舅就是珍儿。以下的讲述依旧是昨晚的延续，作为唯一听众的我，尽管用毛毯将自己裹紧了，依然抵御不了阵阵寒意的侵袭。那一刻，我有些责怪老舅，不该选择我当听众。

熬到夜色降临了，珍儿才从青纱帐深处蹒跚着走出来。等待夜色的这段时间，任何人都不可能感同身受，一个女孩子把自己从冰清玉洁的云端拉下来，重新定义自己之后的那份心灰意冷。她不敢走进洒满阳光的世界，害怕阳光会剥去她的衣服，把身体内部的绝望和恐惧暴露在光天化日之下。所以，她要等夜色。夜色有遮盖的功能。一手推着自行车，一手紧紧地护在胸前，珍儿保持着这个动作，在夜色里踽踽而行。

回到宿舍，同学们都去教室上晚自习了。珍儿把自己化作一块面包，让饥饿的被子吞噬了她。从头到脚，连一根发丝儿都没剩。疼痛——鲜血——粗嘎嘎的声音——臭大蒜的味道，它们变成一个个具象的分子，排着队列使劲地往被子里钻。珍儿拼命地抓着被角，以一己之力拼命抵御坏分子们的侵入。坏分子们依仗了势力大，兵分几路与珍儿博弈。它们身上贴着珍儿的标签，珍儿想抛弃和遗忘，行为简直太可恶了。它们一定要打败珍儿，附着在珍儿的记忆里，时刻提醒她和它们的紧密关系。被窝里的溽热见珍儿四面楚歌，也趁势落井下石。珍儿的呼吸越来越艰涩，冷汗滋儿滋儿喷涌。但是，珍儿不认输，拼力坚守阵地。渐渐的，珍儿的意识开始变得模糊。

下晚自习的铃声突然响起来。接着，嘈杂声，脚步声，推门声，洗漱声，说笑声，强盗一样霸住珍儿混沌的大脑屏幕。由于画面不清晰，这些声音像是在跳着鬼魅的舞。鬼魅的舞影中，仿佛也有品儿的，品儿大概在说："珍儿，我咋没等到你呢，你干啥去了，没事吧？"珍儿不语，假装睡着了。她多么害怕品儿来掀被子，成为与她博弈的坏分子们的帮凶。珍儿的担忧没有发生。品儿轻着手脚爬到了上铺，兀自休息了。

夜深人静，轻鼾联袂磨牙声与梦呓声，共同绘制出一幅女生宿舍安恬的镜像。只有珍儿和品儿的床铺例外。间或，一两声微弱的吱嘎声，会从品儿的床铺上传出来。那是品儿翻动身体的声音。

第二天，珍儿出现在班里。从班里走过，眼睛不去看任何一个人，任何一个人都不在她的视线里。"任何一个人"里也包括勇。初始，男生集体狂欢，他们以为珍儿和勇分手了。后来，他们发觉珍儿不但总是发错本子，上课的注意力也不集中，老师点到她的名字回答问题，她却一点儿反应都没有，愣呵呵的不知道在想什么。肯定是勇伤害了珍儿，男生为他们心目中的女神打抱不平。你他妈的不就是个破体委么，有啥可牛逼的？我他妈的就牛逼了，把老子咋地吧？雄性的交锋利剑一般刺破了夜半校园的宁静。

勇早就想发泄一下了。他什么都没有做，无端地承受了众人的指责。是珍儿变的脸，这个脸变得太突然，他一点儿心理准备都没有。珍儿，你咋了？珍儿，是我哪里做得不好吗？珍儿，你回个话啊。珍儿，我快憋疯了。珍儿，我去老地方等你，你不来，我不走。一张又一张的纸条，一次又一次的邀约，珍儿全部置之不理。勇甚至"曲线救国"，暗中给品儿递纸条，探寻珍儿突变的原因。品儿反问勇，是不是你做下了伤珍儿心的事情？连品儿都发出了这样的质疑，勇曲线救国的策略失败了。这个只肯对珍儿低下头的傲慢男生，胸中的郁结迅速膨胀，只等一个炸裂的时机。

炸裂吧。那个夜晚，校园里经历了从未有过的重大暴力事件。结局是，勇被打伤住院，五个男生受了处分。典型的一怒为红颜，珍儿成了校园网红。当然，那个时候还没有网红这个热词。舆论风暴刮起来，足足有十二级，在校园里到处漫卷。谁都会以为，风暴中心的珍儿，会被刮得跌跌撞撞，踉踉跄跄。令人大跌眼镜的是，珍儿不慌不乱，从从容容，风暴根本没有奈何得了她。

风暴气喘吁吁地刮到了下一个周末。女生们抱着课本，回宿舍收拾东西准备回家。大家发现珍儿，已经先于她们在宿舍里了。她的床铺上堆了大包小包的东西，被子也被塞进了一只旅行袋。没人知道珍儿要干嘛，也没人问一句她想干嘛。她们是有怨气的，一方面珍儿的表现让她们失望，另一方面，因为距离风暴中心太近，她们自觉受到了牵连。因此，她们谁都不发声。作为好朋友的品儿，一条腿也跨到了正义的队伍里，剩下的一条腿迟疑着，权衡要不要还和珍儿结伴儿回家。品儿看上去充满了担忧，她怕珍儿突然打破沉默，对她说"咱们回家吧"。假若那样，她将会多么为难噢。然而，珍儿并没有向品儿发出结伴儿回家的邀约，在众目睽睽之下，她一趟一趟地把大包小包运到自行车上，大件绑在后车架上，小件挂在车把上。然后，淡定地推着自行车，一步一步地消失在众人的视线中。

这一走，就再没回来。

八

怎么这么冷，身上裹的毯子并不足以温暖我。超越季节的寒意，侵入我的每一寸肌肤和骨骼。"珍儿就这样退学了是吗？""她怎么跟家人交代？""会不会有一场更大的风暴等着她？"我有许多问题要问老舅，恰巧这一时刻老舅就在讲和述的现场。可我不敢开口，甚至不敢大声出气，做出一副不在现场的假象，恐不小心弄出来动静，惊扰到故事里的人。

我以为，我所有的疑问，都会在随后故事的进展里找到答案。为了抵御故事里有可能到来的新风暴，我给自己又添加了一床毯子。珍儿，接下来会怎样呢？这时的老舅，像我小时候看过的说书先生，忽然来了个"花开两朵，各表一枝"，暂且按下珍儿不表，说起一个叫建国的人来。建国是谁？好陌生的一个名字。但是，我清楚，他肯定是和珍儿有关联的。

珍儿的故事从初恋开始，建国的故事于结婚当日拉开帷幕。

新娘坐在炕头。建国坐在炕尾，一动不动，看情势准备拿屁股把炕坐穿。极寒的一个冬天，而那天又是整个冬天最冷的。坐得久了，男人的两只脚都冻木了，可他依然一动不动。新娘实在忍不住了，说，坐过来吧，炕头儿热。男人盯着自己的鞋尖儿回，不冷，你先睡吧。新娘就过来拉他，把他的两只脚抬上炕，拽过一床被子捂上。然后新娘坐他的身边，陪着他。两支就要燃尽的红烛，流下成串成串的泪，不知它们因何悲伤。

新娘说，你是不是嫌我长得寒碜？

新娘说，我会好好和你过日子的。

新娘说，我会把你伺候得好好的。

新娘说，我会把你爸妈伺候得好好的。

新娘说，我会把你家里的每个人都伺候得好好的。

新娘说，……

叫建国的男人，眉梢微微有了一个跳动。

在这个男人的心里，对自己的父亲和母亲有着深深的埋怨。从他懂事起，父母就开始向他灌输，他们一家之所以活下来，是因为另外一家人的帮忙。那家人是他们的大恩人，让他长大了一定要报答人家。他们家到底如何落魄过，落魄到什么程度，恩人又是如何帮了他们，这些问题长了脚似的一遍又一遍地踩踏着建国的记忆。记忆由最初的完整，逐渐地支离破碎了，直至成了齑粉。飞扬的粉尘中，有一个信念日渐坚定，日渐葱茏。建国发誓将来要做一个优秀的人，一个有能力的人，一个不需别人施恩的人。自己的父母太累了，他们用一生来背负恩情。父母在恩人面前，腰杆儿弯曲出的卑微弧度，压迫得他喘不过气来。他不要做他们那样的人。

恩人家里有三个男孩，一个女孩。女孩最小，年龄和建国差不多。三个男孩生得端端正正，偏偏最小的女孩子，是个丑丫头。丑丫头小时，村里人都叫她丑小丫。慢慢长大了，知道美了，丑小丫就不让人喊她丑小丫了，谁喊和谁急眼。让丑小丫最尴尬的场景是，当她和哥哥们站在一起，被父母亲向外人介绍时，外人看看她，再看看她的哥哥们，会异口同声地问，闺女是你们亲生的吗？他们不直接说丑小丫丑，这种委婉的评价，简直比直接说丑恶毒一千倍。一个雷雨的傍晚，丑小丫在家里对着一面镜子照。左照右照，前照后照，变换着不同的角度照。妈叫她，吃饭了。丑小丫不应。妈提高了声音又叫，吃饭了。连着叫了几遍，照镜子照得出神的丑小丫，根本就无动于衷。父亲恼了，说吃咱的，全吃了，别给她剩。丑小丫这回有反应了，高高举起手里的镜子，狠狠地摔在爸妈面前。摔完了，用手指头戳向他们，发出比滚雷还要响的怒吼，我恨你们两个，是你们把我生得这么难看！带着怒吼的余韵，丑小丫出了屋子，一头扎进雷雨里。

那晚的响雷，一个跟着一个地滚。有人在村头的一棵老树下发现了丑小丫。丑小丫趴在雨水里，头侧着，两只鼻孔刚好浮出污浊的水面儿。丑小丫能捡回一条命，纯粹是上天的庇护。老树被雷从中间劈开，趴在地上的丑小丫显然也是被雷给击倒的，背部的衣服让雷爪撕扯得一条一缕的。但她不过是暂时的晕厥，而且皮肉也是完好无损的，如果不是上天的呵护，这个现象谁能解释得了呢？

命是保住了，丑小丫从此却变得神经异常了。神经异常的丑小丫不吵不闹，像传说中的大侠那样飞檐走壁，一眨眼就上了自家的房顶。一块一块地揭开房顶的瓦片，焦急地在找寻着什么东西。问她在找什么，她说是找一个人。真是疯人疯语，瓦片底下怎么可能藏着人呢。丑小丫家的房瓦倒了霉，不断地被丑小丫揭开，又不断地被丑小丫的家人修补上。

直到建国出现。在外地求学的建国放假回家，在街上遇到了丑小丫。丑小丫一见建国，眼珠便凝固在眼眶里，不会转动了。她跑回家对父母说，爸呀，妈呀，我找到那个人了。父母问她，那个人是谁呀？丑小丫回，那个人是建国呀。

丑小丫的父母不作声了，权当疯女儿在说疯话。

丑小丫的父母没有想到，疯女儿会是这般固执。他们要是不答应把她嫁给建国，便以死相威胁。连着几天，不吃一粒米，不喝一口水，顽强地向父母要她想要的人。小丫的父母注意到一个细节，在丑女儿不吃不喝、全心全意想把理想变成现实期间，她是异常安静的，不再飞檐走壁去上房揭瓦。她说她找到了要找的人，说不定满足了她的要求，疯病可真能治愈了。

可女儿想要的建国，不是一般的建国，小伙子相貌堂堂，学业优秀，可谓前途无量。而且，让他们为难的是，他们曾救助过小伙子的家庭。开口吧，让人家怎么拒绝？不开口吧，女儿命悬一线。丑小丫的父母到底经历了怎样的思想斗争，旁人不得而知，最终的结果是，他们的天平倾斜向女儿，托媒人到建国家里提亲了。

建国一走就是几年。催他回来的，是老父亲的一封血书。

丑小丫除了丑，却绝对是个贤妻良母。建国在城里上班，她一个人带着两个孩子在家里，拳打脚踢，把小日子打理得井井有条。全部心力都扑在大人孩子身上的丑小丫，再也没有犯过病。老人们常说，丑妻近地家中宝，丑小丫用实际行动释义了这句乡间俗语。先出生的儿子，在全部继承丑小丫丑的基础上，还将丑发扬光大，丑出了新高度。丑儿子不仅丑，从小就知道坏。七八岁时把一个小女孩堵在胡同里，非让小女孩脱了裤子，想看看小女孩撒尿的地方长得什么样子。建国从未抱过丑儿子，他甚至不愿意丑儿子喊他爸爸。丑儿子的一声"爸爸"，好像在提醒他，把这样一个儿子带到人世间，是他对儿子的亏欠。后来女儿的出生，建国才有了做父亲的感觉。他给女儿取名叫品儿，品儿虽说不上十分漂亮，却也不难看。

在丑儿子定亲以前，建国的心就是无风的湖面。没有波澜，没有起伏，连个小涟漪都没有。那天，丑小丫对他说，咱儿子要相亲，正好是星期六，你能看见呢。

不学无术的丑儿子居然也相亲了，谁家的姑娘会嫁给他呢？见到珍儿，建国一点儿心理准备都没有。珍儿的美，珍儿的绝望，化成飓风，在他死静的心湖上翻卷起巨浪。巨浪顷刻间吞噬了他，他不能呼与吸了。是她，真的是她吗？那个夜晚，他口袋里揣着父母催他成婚的血书，对她说，我们分手吧。她说，为什么？他的眼睛望向夜的深处，从齿缝中挤出几个字，我早就订婚了。她惊诧了，怎么没听你说过？她惊诧的目光如刀，将他的心宰割成薄片儿。他忍着痛，依旧不看她，又从齿缝中挤压出一句话，是我对不起你。

一句对不起就算完了？她由惊诧转向愤怒，转向无望。愤怒和无望合力进攻，跟他讨要一个说法。他的牙齿扣得紧紧的，一个字都休想钻出来。身子一动不动，目光继续朝着夜的深处掘进。它们不能停下来，必须义无反顾，停下就意味着崩溃，意味着前功尽弃。

狠狠地抽他嘴巴，然后骂他骗子，他希望她这样做。可是她没有。他听见她转身了，开始脚步趔趄地奔跑了。她奔跑的方向，与他目光在黑暗中掘进的方向背道而驰。

眼前的珍儿，与她的容貌相似，与她的无望也相似。是她吗，是她来了吗？

九

老舅讲到这里，我已经明白，建国就是那个牵着小男孩的儒雅男人。他是珍儿的公公，也是品儿的父亲。珍儿怎么嫁给建国丑儿子的？是否和品儿有关系？此刻的我，就像一个痴迷的追剧者，等待着剧情的更新。可是，QQ 上没了动静。等了等，依然没有动静。我忘记了自己假装不在现场的状态，在键盘上敲打出了我的疑问。"睡觉吧，你明天还要上班。"老舅命令我。然后，亮着的大胡子头就暗了。

QQ 显示离线了。

夜里熬夜，白天上班整个人便少了精气神儿，强撑着向顾客提供微笑服务。女同事及时捕捉到了我的萎靡，暗中向男同事使眼色。意思是，这个女人说不定家里出了事儿。我确定，她要表达的就是这个意思。而且，我还可以确定，她眼色里一定闪烁着幸灾乐祸的光辉。

她明明可以直接问我，比如"你夜里没有休息好？""没事儿吧？"她的不问，是故意的。因为她对我的表现不满了，我没有听她的劝诫，对珍儿这样的大破鞋，展现了不该有的热情。从车上对我采取的警告式忽略，到现在的幸灾乐祸，女同事在挑战我的忍耐力。也许，是时候使出杀手锏，该震慑一下她了。

趁着暂时没有人办理业务，我的头探向女同事，就要投掷杀手铐了。这时，大厅的玻璃门被推开。是珍儿，她径直朝着我的窗口而来。这是我和珍儿成为 QQ 好友后的首次线下相遇，我一边收起准备投掷给女同事的杀手铜，一边在脸上堆积起灿烂的笑容，将"珍儿，办啥业务"这句话噙在舌尖儿上。我公开叫她"珍儿"，既体现了我和珍儿之间的熟识度，又是对男女同事的悍然挑衅。

"我存点钱。"

珍儿主动放出的第一只小蜻蜓，飞过来抢了我舌尖儿上的话。然后轻轻坐下来，将一张存折和一叠钱从窗口递过来。"存两千。"她又主动放出了第二只小蜻蜓。两只小蜻蜓嘤嘤嗡嗡地飞翔，娇弱的样子惹人怜惜。眼前的这个珍儿，是 QQ 好友上的那个珍儿吗？她和她一点儿都不像，前者的她万般柔弱，后者的她霸气侧漏。老舅，对，老舅。后者的她是老舅。

"您还有什么业务要办？"我微笑着问我的客户。

客户珍儿轻轻摇摇头。

"请您拿好您的存折，慢走。"

在我微笑的注视下，客户珍儿轻轻地从椅子上站起来。我知道，接下来她该放飞第三只小蜻蜓了。果然，在转身的动作完成前，挂着谦卑笑意的珍儿，启动两片红唇，唱着"谢谢您"歌子的小蜻蜓便震动翅膀，向我飞过来。

"大破鞋又存钱来了，两个男人给赚钱，多美啊。"女同事低低地自语。

我的眼睛分外呇嗇，连余光都不肯给女同事。刚才假借珍儿的挑衅没有成功，我反倒不着急向一对男女投掷杀手铜了。今天正好轮到男女同事一起交接款箱，按照以往，该我在外边等候他们，然后"一体化"地回家。我准备来个突然袭击，暂时的隐忍不发，是为了制造更强的杀伤效果。

办完自己柜台的交接手续，我便招呼其他几个同事，说要加入他们，和他们一起坐班车回城。往外走了，才告诉"一体"的男女同事，家里有事儿，我必须先走了。不是商量的口吻，是告知。而且，不等男女同事有所反应，我已经出了营业网点。他们会不悦，更重要的是心慌。心慌，是由于心虚。一对关系不正常的人，多么迫切地需要"护身符"，向世人呈现他们正常的假象。"护身符"的缺席，令他们不安。而且，从"护身符"缺席的态势上，他们闻出了某种味道。今后的"一体"，受到了威胁。

一种复仇后的快感，在我心里疯长。

十

事实上，复仇后快感的生命力非常短促，很快被老舅接下来的讲述给扼杀了。

老舅就像现在的网络作家，一边讲述一边"挖坑"。晚上打开电脑，发现老舅把珍儿为什么嫁给建国丑儿子的坑填上了。填坑的时间一点儿也不连贯，看来又是采取了见缝插针的战略。这段故事从珍儿母亲的震惊开始。

为啥要退学？为啥啊？

母亲的眼珠儿，几乎要从眼眶里弹出来。珍儿不去看母亲，面无表情地回，在学校搞对象，被开除了。"搞对象，被学校开除了？"母亲机械地重复着珍儿的话。作为母亲，多么担忧女儿的出色，会给女儿带来灾难。看着小水葱般的女儿，她的焦虑远比骄傲多。于是，母亲不但从思想上给女儿灌输，搞对象对考大学的害处，还从生活的细节着手。在流行脚蹬裤的时代，她拒绝女儿跟风。母亲太知道，穿上脚蹬裤的女儿，大长腿会有多么美。

现在不是美的时候，到了大学想咋美就咋美。这是一个没有多少文化，饱受生活的揉搓，想通过女儿上大学来扬眉吐气的母亲，最朴素也是最坚定的执念。女儿打着铺盖卷回家的一个举动，就轻而易举威胁到了母亲的执念。你以为母亲的执念是瓷器烧制的，一摔就碎裂的吗？母亲不干了，连身干净的衣服都顾不上换，蹬上自行车就准备杀到女儿的学校去。只要让女儿继续读书，不管是撒泼打滚，还是给校长下跪，为母亲的不惜一切代价。

蹬上车子的母亲，刚走出几十米远，便被几个陌生妇人迎住了。"你是某某珍的家长？"面对质问，满腹疑惑的母亲点了点头。母亲不会想到，一场让她颜面扫地的纠纷，就从她点头这一刻开始了。来的几个陌生妇人，是勇的妈妈和打伤勇的几个同学的妈妈。其时的勇，还住在医院里。虽然医药费由打伤勇的几个同学家长分摊了，但家长们都咽不下这口气。为一个女同学打架，受伤的受伤，挨处分的挨处分，大家倒要看看这个女同学是何方妖孽，可以搅起如此恶劣的校园暴力风波。

好几张妈妈的嘴巴，以各自的脸为阵地，朝着珍儿和珍儿的母亲开炮。刹那间炮声隆隆，轰炸得村里鸡飞狗跳，满街筒子站的都是看热闹的村民。一个家族的，以及关系不错的村民，危难时刻是要出手相助的。而面对一群骂战的老娘们儿，哪怕动了人家一根手指头，说不定就会撒泼打滚地讹上你。因此，也只能以嘴还嘴。愈是劝解，攻击一方的战斗力愈是勇猛，发射出的炮弹，真是穷尽了对一个花季女孩的羞辱之词。弥漫的硝烟中，珍儿母亲啪啪啪地狂抽自己的嘴巴子，最后跪下来，用头砰砰砰地撞击坚硬的土地，来回叨念着一句"我有罪。"一场骂战，这才偃旗息鼓。

那是一场带有摧毁性的骂战。摧毁了珍儿母亲去学校为珍儿争取复读的执念。亦摧毁了珍儿的名誉，珍儿从此被贴上"疯"的标签。这个"疯"，不是指精神异常，而是说一个女孩子品行不好。"疯"的女孩子，会直接影响找婆家。"往远处找，远远的。"母亲的意思是，"远远的"地方不了解珍儿，不知道珍儿粘贴的标签。说不定，"远远的"会有一个好人家接纳珍儿。珍儿对母亲的安排，对"远远的"充满了抗拒。"远远的"对她来说，不是距离的长度，而是一种来自亲人的嫌弃。

她早就嫌弃自己了，不是么。亲人的嫌弃，加剧了她的自暴自弃。所以，她不想"远远的"。

总不能臭在家里吧，你到底想找啥样的？母亲迎着珍儿一次次的抗拒，责问珍儿。珍儿回母亲，哪个最丑，就找哪个。精神一直被女儿带来的耻辱感压迫着的母亲，再次爆发了，向外公开宣称，让大家帮忙，哪个村子有最丑的未婚男，介绍给她家的珍儿。偏偏就有爱开玩笑的人，说珍儿妈快别说气话了，咱邻村丑小子那样的，你真舍得把闺女给他？这个玩笑要是开在街上，说不定也就罢了，但是开在了珍儿家的堂屋，而且还被里屋的珍儿听到了。还未等母亲做出回应，珍儿一步跨出来，对开玩笑的人说，托您去说说吧，定个相亲的日子。

珍儿母亲气坏了，她决心给女儿点颜色瞧瞧，恳请开玩笑的人，去和丑男人那头说说。开玩笑的人开始不敢应承，见珍儿母亲朝她眨眼睛，知道是做母亲的要吓吓女儿。珍儿的母亲如果想到，她的女儿早就准备好了放弃自己，怎么也不会出此恫吓女儿的下策。一个放弃自己的人，恫吓是不起作用的。母亲败给了女儿。在母亲看来，是女儿扒开母亲耻辱的伤口，往伤口里撒了一大把盐。定亲不久，便是中秋节。这是一个隆重的节日，准女婿们要提前带着礼物去丈人家拜访，然后把未过门的媳妇接到自己家里来，欢欢喜喜地团圆。丑男人也去接珍儿，结局是，珍儿的母亲将丑男人、礼品以及珍儿一并扔了出来。

看到这里，我再次有了一种预感，这个或许只有丑男人和他母亲丑小丫高兴的团圆，进行得不会那么顺利。说不定，建国会像珍儿的母亲扔他的丑儿子一样，也把珍儿给扔出来。他的扔是善意的，不想让自己的丑儿子践踏了美好。拯救珍儿，也是救赎自己。老舅接下来的讲述，印证了我的预感。可惜，不是我想象的那样。在丑男人家团圆的桌子上，珍儿见到了品儿和勇。直到那一时刻，珍儿才知道品儿是丑男人的哥哥。品儿也非常惊讶，和哥哥定亲的女子竟然是珍儿。

那时，中秋节还没有成为法定假日，但那年的中秋节和国庆节同框了。即便如此，在几百里之外一座城市读大学的品儿，也没打算回家团圆。就那么几天假，来来回回的太匆忙了。但是，前些天丑哥哥定亲，母亲丑小丫特意把电话打到品儿的宿舍，向品儿报喜。并强烈要求品儿中秋节回家，亲眼看看她哥哥定下了一个什么样的媳妇儿。如果单是为了看一眼丑哥哥定下的媳妇儿，品儿也不会特意跑一趟。谈了几年的男朋友，和她来自同一所高中，又在同一所大学就读。两个人的恋爱是奔着婚姻而去的，在明年毕业的方向上取得了一致性。既然如此，何不趁着这个中秋节，把男朋友带回家，在家人面前亮个相呢。

这样的相遇，勇多尴尬啊。我敲击出一行字。

是吗？老舅是在线的。

在线的老舅敲出了一句"从那以后，品儿和勇再也没回来过"便不作声了。哥哥结婚，品儿也没回来吗？老舅那边继续沉寂。过了一小会儿，老舅的大胡子头像暗下来，QQ 显示离线了。是我的插话影响到了老舅讲述的情绪，还是老舅真的有事离开了？我有些责怪自己，像昨天深夜一样，乖乖地做个听众不好么。QQ 有隐身功能，也许老舅根本就没有下线，只是懒得张嘴说话了。在 QQ 上，说是好友，可主动权都由老舅掌握着。

十一

连着两天，QQ 上老舅的大胡子头像都一动不动。"老舅，在吗？"我谨慎的呼唤，也没能让老舅的大胡子头像晃起来。可是，我分明感知到了老舅的气息。它渐渐地雄浑，渐渐地激越，渐渐地悲壮。所有的"渐渐"，叠加在一起，咆哮着朝我不可知的高峰攀越。越来越有力量的咆哮，在我耳边轰鸣，我走到哪里，它就跟到哪里。

轰鸣声搅得我心神不定。在前台值班，眼神儿不断地往玻璃门外飘，唯恐错过那个牵着小男孩掠过的身影。那个身影在，才证明珍儿无恙。珍儿无恙，老舅自然也无恙。飘到门口的眼神儿，总是空落落的，一无所获。我动过一个念头，趁着中午吃饭的半个小时，去街上打探珍儿的住址。这样冒失，老舅会不会不高兴？这个问题突然跳出来，拦住了我西行的脚步。

但我并没有立即转回来，而是拐进了路边的一家网吧。在网吧里的一台机子上登录 QQ，探望老舅的信息。从开机到关机，再到付费出来，超不过五分钟的时间。老舅依然没有现身，可耳边的轰鸣声却在渐渐加强。绝对不是幻觉，它是真实的存在。渐渐加强的轰鸣声，牢牢地占据了我，以至于无暇顾及身边的男女同事。"一会儿坐班车走，还是等我们？"女同事这样问我，我才想起来，这个傍晚又是我轮空。令我不舒服的是，女同事和我说话的语气，听上去不管是我选择班车，还是与他们一起，她都无所谓。我自认为的杀手锏，没有起到预期的杀伤效果。

180

人家没有心慌，反倒是我的不淡定说不定被他们看了个透彻。我为什么而焦灼，他们依旧看破不说破，故意冷落我。我投的杀手锏虽然失灵了，但怎么可能让他们看我的笑话呢。"最近家里事儿多，我想和行长申请一下，让我值早班吧。"我绝地反击了。每一天，押运车会来网点两趟，傍晚是接款箱，早上是送款箱。款箱要赶在上班前送到，因此必须安排值班的人，先一步到网点，候着押运车。我说向行长申请值早班，等于正式宣布脱离和男女同事共建的"一体"。

然后，又是不等男女同事做出反应，就出了营业网点。那个凛然的转身，我觉得帅极了。

在班车上，大概是大堂引导员讲了一件好笑的事情，别人还没笑，他自己抢着笑了起来。看引导员笑得脸上的赘肉乱颤，眼泪都挤出来了，大家认为那样子比笑话好笑多了，也都跟在后边笑。奇怪的是，我只看见大家张开的嘴巴，却听不见任何声音。随着车子西行，离家距离的缩短，我耳边的轰鸣，呈指数级裂变，吞没了外界其他任何的音响。老舅站在终于抵达的峰巅上，向我大声召唤，快点儿，再快一点儿啊。

老舅，等我。等我啊。

等我气喘如牛地打开 QQ，果真看到老舅在等我。大胡子头像晃啊晃，我用鼠标一点，喷薄出来的是珍儿新婚的大红喜字。

和大红喜字形成鲜明对比的，是珍儿的麻木。被自己放弃了，被原生态的家庭放弃了，对生活不再怀有任何希望的人，连绝望都没有了。一个麻木的人，任由丑男人随便怎么摆布。"奶奶的，真过瘾！"粗嘎嘎的声音，似曾相识的脏话，似曾相识的发声。臭大蒜的味道——疼痛——鲜血。想起来了，珍儿想起来了。突然唤起的记忆像揉进了发酵粉，迅速地、无极限地膨胀。珍儿有

181

限的脑容量，无法承载了。爆炸前的胀痛，蛮横的叫嚣。趁着丑男人睡着了，珍儿立即行动起来，在自己被炸得灰飞烟灭前，她必须做点什么。

厨房里大范围的黑，将建国指上燃着的那一星烟火衬得分外孤寂。比一星烟火更孤寂的，是建国的心。在这个夜晚，他想好好地流一通眼泪，可眼睛异常干涩，一点也不配合。二十几年来，流泪对眼睛来说太陌生了。连一滴眼泪都流不出的他，就那样呆坐着，把自己交给孤独。不能阻止丑儿子的婚姻，他有一种负罪感，那么此刻，就让孤独来对他做出审判吧。忽然，他听到了什么动静。一个人的脚步声，如此地怒不可遏，如此地凌乱不堪。一星烟火受了惊吓，从他指间滑落。

是珍儿摸进了厨房。她的双手不停地摸索，又不停地放弃。最后，终于摸到了想要的，她不再放弃，把摸到的东西牢牢地抓在手里。那是一把切菜刀，刀刃寒光一闪，就切掉了一大块暗黑。切菜刀如此锋利，骇得大范围的黑节节退让。持刀人欲转身离去时，持刀的手突然被什么东西钳住了。

为什么？建国在黑暗中熠熠生辉的眼神，坚定地逼住珍儿。他在向珍儿要一个答案，而这个答案珍儿必须要给他。

"我要杀你儿子，我要杀你的闺女。你报警吧，让警察把我抓起来。"

"到底为什么？"建国逼住珍儿的那双眼睛，火星飞溅。

是啊，为什么。这一波的胀痛，更加猛烈。头迅速增大，大到厨房都快装不下了。珍儿的两只手弃了刀柄，紧紧地箍住那颗巨大的头，试图阻止它继续膨胀。

"快告诉我，他们到底怎么欺负你了？"

"你会帮我？"

从珍儿的颅腔内发出一个细微的声音。

"我会帮你。"

"你看上去，是个好人。"珍儿的声音更细微了。像一只误入寒冬的小蜻蜓，在被冻僵之前发出了微弱的呼救。

那一声微弱的呼救，耗尽了小蜻蜓所有的力量。小身子晃了几晃，终于跌落下去。男人打开怀抱，接住了跌落的小身子。他拥紧怀里的小身子，尽可能地多给她一些热量。小身子是那么冰冷，他恨不得扒开自己的胸膛，把她放进去。用自己的热血，暖着她。

"给我一个活着的理由——"暖过来的她，在他怀里衰弱地说。

"为了爱你的人，不可以吗？"

"还有人会爱我吗？"她问他，更像是在问命运。

"有，肯定会有的。"

滚烫滚烫的泪珠儿从男人干涩的眼眶里滚出来，滴在女人的小脸上。一颗一颗，都碎了。

一束亮光，突然野蛮地闯进来，将男人和怀抱里的小身子笼罩住。男人眯起眼，逆着光束而上。已经变老的丑小丫，正举着手电筒站在厨房门口。

丑小丫又疯了。

像少女时那样，依旧不吵不闹，烦躁了就去上房揭瓦，翻找着什么东西。与少女时代不同的是，除了上房揭瓦，丑小丫还经常问人一个问题，"你说公公抱着儿媳妇，他们会干啥呢？"人逗她，你看见谁家的公公抱着儿媳妇啦？丑小丫也不回，又问下一个人，"你说公公抱着儿媳妇，他们会干啥呢？"

有时候，在饭桌上吃着饭，她也会问珍儿，问丑儿子，问建国，你们说公公抱着儿媳妇，他们会干啥呢？

夜里睡觉，丑男人问珍儿，谁家的公公抱儿媳妇了？丑男人眼里藏着腾腾的杀气。珍儿回，你妈不是看见了么，问你妈去。珍儿翻转过身子，迎着丑男人的杀气说，有一件事我隐瞒了你，结婚前并不是处女，读高二那年的秋天，被坏人强奸过。现在，警察和我都在找那个坏人，你也帮我找找。好歹你也是我男人，找到了先替我报仇，把坏蛋给千刀万剐了。

丑男人眼底的杀气，慢慢地萎缩。

十二

第一眼看到儿子，珍儿就疯狂地爱上了他。他是那么漂亮可爱的一个小东西。小东西的身上没有一点丑男人的影子，她白白地担心了九个多月。珍儿生产的妇幼医院，离建国的单位很近。建国去医院看望珍儿和孩子，珍儿说，小东西长得像爷爷呢。

看着粉嘟嘟的小婴儿，建国对珍儿说，孩子长得像爷爷，以后你的日子会更不好过了。

老舅的讲述戛然而止。我耳边的轰鸣声也戛然而止。

十三

戛然而止后的大面积留白，让我的心空空荡荡。

老舅……轻唤了一声，却发现我已经不再是老舅的好友。讲完了故事的老舅，把我删了。连道别都没有。

从一开始，老舅就没有当我是朋友。我的定位是听众。老舅需要有一个人知道珍儿的故事，了解故事里真实的珍儿。我的疑问是，老舅怎么就认定我是听故事的最佳人选？我们彼此并不了解，约等于陌生人，凭借什么信赖我呢。这样一想，老舅的信赖充满了冒险。万一，我不值得呢。

整个夜晚，我都陷在珍儿的故事情境里。陷在老舅留下的迷惑里。故事里的珍儿，比现实的珍儿，形象更立体。她的柔软摸上去很劲道，像一锅煮得够火候的杂粮粥。自我的放弃，对施暴者的仇怨，母性的光辉，一份纯粹爱情同时诞下的甜与涩，以及背负的污名，如不同品相的粮食，被装在一口锅里烧煮了若干年。既熬出了粮食里的魂儿，又让它们彼此难分。

作为听众的我，理解了故事里的珍儿，意义何在呢？老舅，你是怕我向你提出所有的疑问，才匆匆逃跑的吗？

新的一天，太阳照常升起来，我照常在前台值班。

"行长叫你去一下。"肚腩快要把制服撑破的大堂引导员，敲了敲我的窗口，弯腰把嘴对着话筒，以便我听清他的话。难道我和行长说值早班的事儿，有结果了不成？不对，我好像还没来得及跟行长申请。我用了几秒钟仔细地回忆，确定自己从早上上班到现在，没有离开过岗位一步。那行长突然找我，会有什么事儿呢？难不成行长是算命先生，知道我要找他？关闭窗口，摆放上"暂停服务"的牌子，去往行长办公室。尽管刻意不去在意男女同事，完成转身的那个五分之一秒，眼睛的余光又发挥了作用，他们仿佛没有听到引导员敲击我的窗口声，整个身心都投入到了工作当中。投入工作的他们，精神气儿爆棚，简直可以成为行业代言人了。这种表现是两个人目光大面积交融的升级版，他们在用心与心进行欢畅的碰撞。快要爆棚的精神气儿，就是欢畅的外在呈现。

这是不祥的征兆。

行长是和颜悦色的，他问了我一些诸如来多久了，感觉怎么样啊，对这里的工作环境还满意吗之类的问题。每一个问题都饱含着上司对下属的关切，我的热血上涌，想调换接送款箱岗位的申请马上就要脱口而出了。这时行长提到了一个人的名字，他说心理学家希罗姆，知道吧？希罗姆研究发现，与同事保持紧密联系，意味着一个人社会融合度好。建立积极和谐的人际关系，有利于身心健康，从这个角度来讲，尽量要和同事和睦相处……行长这是话里有话，和颜悦色不过是芒果肉，把果肉啃干净了，露出来的大核儿才是他表达的重点。他在批评我，这么短的时间里，就和同事闹不和谐了，要好好检讨一下自己。怪不得人家提前狂欢了呢，原来暗中给我摆了一道。

让他们狂欢去吧，得意去吧。一直到下班前，我都在默念这句话，抚慰糟糕的心情，防止糟糕恶化，做出破坏积极和谐同事关系的举动。这个傍晚，我被逼到了岔路口。直走，是继续和男女同事"一体"的路。转弯，则是和"一体"分道扬镳。本来，我把转弯的希望寄托在了行长身上，上午的一席谈话让希望变得十万分的渺茫。去找行长，编造出一个实际困难，提出值早班的要求，强行转这个弯？网点的实际情况是，款箱接走了，未必等于所有的工作都结束了。开会或者处理其他事务，都可能导致内部班车比黑普桑走得还要晚。也就是说，我是为了早回家，撤离"一体"的理由不是特别充分。在各种不利因素组团的情况下，我不得不承认，向前直走是我唯一也是最好的选择。看上去很博学的行长，怎么就没再给我讲讲办公室"忍"的哲学呢。

我从未有过的希望，让枯燥的柜员工作慢一点儿结束。"慢一点儿"真是弄懂了我的心思，本来像蜗牛般爬行的它，竟然小跑起来。于是，很快到了网点上上下下为下班做准备工作的时间。自己柜台的账款、账实核对无误后入库，将现金装进小款包里，然后去做交接手续。我和女同事将所有的小款包装进款箱，再编辑好号码，在大厅里和安保人员一起等着押运车。我面向玻璃门外的大街，听女同事和年轻的保安尬聊。夸张的笑声，把我的后背当成战鼓，通通通地敲击出欢快的韵律。我听出来，欢乐的韵律里夹杂着虚张声势。之所以虚张声势，不仅仅因为背后告了别人黑状，还因为不敢问我"你跟行长申请值早班了吗？"告黑状的目的，就是为了保住我这枚护身符，她怎么可能再步步紧逼呢。万一翻脸了，功课岂不是都白做了么。

珍儿。我看到了珍儿，她和头顶上长着两个旋儿的儿子一起，从西向东而行。香香的肉串太诱人了，小朋友的脚下好像装了风火轮，拉扯着妈妈一路疾驰。珍儿跌跌撞撞地紧随，单薄的身子将烟火缭绕的小镇劈开一条通道。

款箱被接走了，我和女同事从网点出来。男同事的黑色普桑静静地候着，女同事绕过车头，开了副驾驶的车门，坐到了专座上。车子开始发动，车身原地颤抖着，等我归位。那不是一扇普通的车门，打开，还是不打开？

我正在做思想斗争的时候，买完肉串的珍儿牵着小朋友转回来了。一大束烤好的肉串，举在珍儿的左手上，右手牵着头顶长两个旋儿的漂亮儿子。吃上肉串的小家伙，脚下的风火轮卸载了，专心致志地享受人间美味。母子就要走到卖韭菜的白发老婆子身边了，老婆子苍老的头正朝着他们抬起来。忽然，我被一股奇异的力量分割了，变成了两个部分。一个我拉开黑色普桑的车门，坐到了后排座位，和男女同事合成了"一体。"

另外一个我，几个大步跨到珍儿面前，拦住她的去路。朗朗地问珍儿：

珍儿，我可以和你做朋友吗？

医神

一

梦城唯一一家公立中医医院有一位姓华的医生。八年前，当身边年龄相仿的同事大多成了副主任医师或是主任医师时，已经四十五岁的华医生还是一名普通的主治医师。但就是这位职称只比住院医师高一级的华医生，却被梦城人奉为医神。

华医生成为医神，得从八年前之前的很多年说起。某一天，有患者给年轻的华医生送来一面锦旗，锦旗上书"妙手回春"四个烫金大字。华医生瞟了一眼锦旗上的几个字，对送锦旗的患者说，我建议您把"妙手回春"换成"医神"。患者愣了几愣，才缓过神儿来，说好的好的，再重新做一个"神医"的锦旗，给您送过来。华医生更正道，不是神医，是医神，神医和医神是两个完全不同的概念。患者做洗耳恭听状，想听华医生接下来的解释，神医和医神究竟有什么不同。华医生却没有解释的意思，见患者还棍子似的戳在原地，又提出一个建设性意见。"重新做一个还得花几十块钱，我建议您还是省省吧。那就这样？"领了建议和逐客令的患者，将锦旗卷起来，夹在腋下出了诊室。站在诊室门口，该患者并未离去，而是对着华医生说了一通话，"几十块钱不算啥，赶明儿我就把改好的锦旗给您送过来。您不知道，为了这个病，北京天津的各大医院，都跑遍了。大偏方小偏方的，也用了不计其数。我们家有个亲戚跟我说，咱梦城中医院有个姓华的中医艺儿不赖，让我过来瞧瞧。说实在的，来的时候我根本没抱啥希望。老百姓有话，死马当成活马医。谁能想到呢，大医院专家都治不好的病，让一个年纪轻轻的大夫，用几副草药给收拾了。您真是神医，噢不，医神。我回去天天给您宣传，中医院有个医神。"

"中医院有个医神！中医院有个医神！中医院有个医神！"五十多岁的男性患者，穿越幽深幽深的走廊，走向电梯。一路走，一路激昂地振臂吆喝。候在各个诊室门口的患者，将异样的目光刷刷地投向吆喝的人。谁也不敢吱声，唯恐那只高高举起的拳头，会砸向自己。等到吆喝消失在电梯间里，大家才发出"那人精神受刺激了吧"的疑问。最淡定的是华医生，送锦旗的患者站在诊室门口，发表一通感恩词时，他的目光就已经收回了。食指中指无名指按压在新患者的手腕桡动脉上，凝神把脉。那是三根功夫在身的手指，它们会探查，会感知，会分辨。然后把消息传递给主人的大脑，让脑司令做最终的汇总。"气郁。"结束诊脉的华医生，开始给新患者开方子。他在标有类似 R 符号的处方笺上，写下柴胡几克，枸杞几克之际，喊着号子的送锦旗患者已经随着电梯渐渐滑向一楼了。送锦旗患者说了什么，吆喝了什么，华医生浑然不觉。

第二天，送锦旗的患者果然又来了。患者站在华医生面前，呼啦啦展开手里的锦旗，锦旗上盘子大的"医神"二字放射出的光芒，将诊室映照得金碧辉煌。见华医生不再挑剔，虎虎生风的患者，从随身携带的布袋里掏出一只小铁锤，又摸出一枚小铁钉。在靠近华医生座位的墙壁上，叮当敲打了几下，把小铁钉固定在墙体的某个位置。然后，露在外边的一截钉子，撑起了写有医神字样的锦旗。"您倒是不客气。"华医生说着，撩起白大褂，从裤兜里掏出一张面值五十元的纸币，递向查看锦旗是否端正的患者，这个钱是您多花出来的，要是不收，把锦旗摘走。患者来不及反应，华医生的另一只手已经朝锦旗伸过去，做出一副不收钱便拒收锦旗的架势。

哎呀。患者觉得华医生实在小看了他，"哎呀"完了，去推那只捏着纸币的手。怎奈，捏着纸币的手无比坚定，人间的力量根本就推不动。"这事儿闹的，我收了还不行么。回去后我用大喇叭广播，让庄里的人都知道咱梦城有个医神。跟您说，我也是有身份的人，在村里当了二十年的书记，我要是一喊大喇叭，一村人都得把耳朵支棱起来。您就等我好消息吧，用不了两天，找您瞧病的准排到大马路上去。光瞧病还不行，一人送您一面大锦旗，上边都写上医神。"自称村书记的患者接了钱，转身离去。幽深幽深的走廊里，又响起"中医院有个医神"的激昂号子。

二

和华医生同诊室的，是个比华医生还年轻的医生，叫圆。目睹锦旗上墙的整个过程，圆医生一语未发。换成别的医生，哪怕妒忌得肝儿颤，恨得牙长二尺，面子上的工程也要做一做的。"您厉害啊""您真牛""以后向您学习"，哪一样都是不错的选项。面对华医生，这些就全免了罢。无论你选了哪一项，都未必如华医生的意，说不定还会招来他的奚落。

圆医生入职梦城这家中医医院的第一天，便成了和华医生同诊室的同事。进门的圆医生热情地说，您好。坐在办公桌里侧的华医生，正在一本敞开的医学书里徜徉。大概徜徉到了一定境界，好像没有听到圆医生的问候，目光依旧浸在书本里。本着不好意思打扰的初衷，圆医生悄悄在靠近诊室门口的椅子上坐下来。过了会子，徜徉累了的华医生，抬起头来，打量了打量对面的圆医生，从喉管里发出一声"嗯"。原来，圆医生的问候，华医生听到了。比迟迟的回复，更令圆医生不爽的，是华医生打量他的眼神。它们从近视镜镜片后散发出来，由于不是平视的角度，视觉效果带着鲜明的傲慢。那种傲慢，很扎心，很伤人，第一时间便破坏掉了还未建立起来的和睦友好的同事关系。

华医生不跟圆医生友好，反过来呢，他也不介意圆医生不和他友好。圆医生高兴了，跟他打个招呼，不高兴了，就不跟他打招呼。打招呼华医生无所谓，不打招呼华医生也没变得有所谓。虽说是中医院，但中医越来越没落，兴旺的都是西医科室。限量版的中医门诊，冬天冷冷清清，夏天清清冷冷。八年前之前的很多年，中医院挂号程序还很简单粗暴，患者拿了中医科的号，可以站在诊室门口选择看诊的医生。在患者的认知里，老中医一定是香艳的。可是看来看去，诊室里只有两名年轻的医生。细看，里边的略显长几岁。走向略显年长的医生，不料却被拒诊了。"下午把脉不准，您要是非得让我看，那就明天上午再来。"

居然还有这样的医生，真是见识了。凭什么非你不可呢？赌气的患者，选择了对面医生就诊。第一次见这阵势，圆医生也被惊到了。姓华的医生，果然有性格。圆医生给患者诊脉，用眼睛余下来的光，观察华医生的表情。患者赌气改弦更张，让他诊脉，他没有任何推辞，也没有对患者退而求其次的做法表现出不满。因此，他想看看华医生的表情，是生气，还是漠然？结果，圆医生很失望，华医生早鱼儿一样，游到了浩瀚的医书海洋里。浸泡在海洋里的身和心，是全神贯注的，哪里还有多余的表情给身边的人。仿佛刚才，他不曾拒绝过患者。

华医生的傲慢的确讨厌，但和华医生同诊室，也不是没有优势。圆医生不用装，不用端着，想怎样就怎样，可以彻底放松。你傲慢你的，我放飞我的。"大爷，坐这儿来，哪里不舒服？"圆医生还可以借着靠近门口的优势，拦截上门的患者。而且，在和其他科室同事建立良好的关系时，必定要讲讲华医生的。讲华医生最安全，因为他和谁关系都不好。和谁关系都不好是前提条件，更主要的是华医生有料儿。料儿好比相声的包袱，在欢笑中，巧妙地拉近了与同事的距离。

<h1 style="text-align:center">三</h1>

渐渐的，圆医生感觉不妙。

开始有人特意为华医生而来。"原来，您这么年轻啊。"发出感叹的患者，即使被华医生以"下午不把脉"为由拒诊，也无所谓。他们会打道回府，第二天上午重新出现在华医生面前。这部分人不再退而求其次，让与华医生同诊室的圆医生诊脉。"气郁。"诊脉结束的华医生，在标有类似 R 符号处方笺上笔走龙蛇。药方一气呵成，中间没有停顿，没有思考。同一个"气郁"概念下，不同的草药，不同的剂量巧安排。

那段时间的华医生，只是温温吞吞地小火着，没有过于出彩之处。嚼来嚼去的，尽是些老料儿，院里的上上下下都有了疲惫感。直到那面医神的锦旗，挂到了华医生背后的墙上。写有医神的锦旗，就是一剂猛料，别说咀嚼，闻着就过瘾。"真够不要脸的，自封医神。"同诊室的圆医生这样说，非同诊室的同事也这样说。赵主任，下回患者再给您送锦旗，锦旗上不写医神的，不能收哇。钱主任，您是咱医院的一把刀，屋子里没有几面医神的锦旗，不符合您的身份噢。猛料就是不一般，作为习惯了吃微辣的北方人，被呛得眼泪鼻涕都出来了。即使这样，没有一个人愿意放弃咀嚼。这样的咀嚼，太他妈的酸爽了。我的嘴巴，加上你的嘴巴，一起咀嚼。在涕泗横流中，咀嚼出咀嚼界的天花板。

华医生自掏腰包，要求患者为他送锦旗，而且还指定锦旗上写"医神"。经过无数张嘴巴咀嚼过的猛料儿，飘进医院高层办公室，已不再是最初的模样了。这也不难理解，嘴巴具有咀嚼功能的同时，还有加工的效果。"就是那个华医生么，年纪轻轻的，就搞这一套。"高层终归是高层，在一次会议上，不指名地警示医护人员，时刻恪守医德，严禁向患者索要荣誉。索要荣誉的行为，是从医者的耻辱。高层话音未落，华医生腾一下站起来，大大方方地承认，高层暗指的那个向患者索要荣誉的人就是他。接着话锋一转，说他没有向患者索要荣誉，只不过是让患者把送他锦旗上的字更换了一下。为什么把"妙手回春"换成"医神"，华医生将手里的一张处方笺，高高地举起来。

"我手里拿的处方笺，大家都认识。处方笺左上角这个类似R形符号的含义，我愿意相信大家都明白是什么含义。为什么说愿意呢，一个学医的，最基本的常识都不懂，那他就不是一个合格的医生。这个符号来源于古埃及神话，代表医神的眼睛。在古埃及所敬奉的诸神中，有一个鹰头神，名叫荷拉斯。据说荷拉斯童年时代，在与恶魔塞斯的争斗中，眼睛受了重伤。荷拉斯的母亲生育女神艾希斯，向医神索斯求助，希望医神治好儿子的眼睛。索斯用神力治好了荷拉斯的眼伤，使他恢复了视力。从此，在埃及人的心目中，荷拉斯的眼睛就成了一种神力的标志，以及驱魔辟邪的护符。这双眼睛被描画或者镌刻在墙上，门额上，远航的船只，或是出征的战车上。后来，荷拉斯也成了另一位医神。被用作护符的荷拉斯眼睛形状，逐渐衍变，到了公元二世纪，古罗马大医学家盖伦将它作为处方笺的专用标志。在座的各位，每当拿起处方笺，看到处方笺上医神的眼睛在注视着我们，内心是不是有一种庄重感？我让患者把锦旗上的字改成医神，就是想接受另一种形式的医神眼睛的注视，当一名好医生。一个人认为我好笑，两个人认为我好笑，全院的人都认为我好笑。往往笑别人的人，才是最可笑的。"

华医生用平静的语气讲完了这通话，拂袖而去。也许，拂袖的动作有些大，勾在耳朵上的一条眼镜腿滑脱了。华医生没有伸手去扶，高傲的鼻梁架着歪斜的眼镜，消失在会议室的门口。

四

华医生的诊室，有了第一面医神的锦旗后，很快有了第二面，第三面，第 N 面。它们一面挨着一面地排在华医生身边的墙壁上。整面墙排满了，转了个弯，排到相邻的墙。相邻的墙排满了，新锦旗就覆在旧锦旗上。患者之间也有模仿的，当其他诊室的患者，把写有医神的锦旗，送给医治自己的医生时，遭到了该医生激烈的抵制。说自己不配医神的称号，挂上这样一面锦旗会内心不安。该医生不会提醒患者，他会更喜欢"妙手回春"。那样的蠢事，也只有华医生会做得出来。喜欢"妙手回春"的医生，未必不喜欢"医神"。只不过，他们不想和华医生同流。想想华医生当众普及医神眼睛来历的情景，简直是对他们的羞辱。被羞辱了，还要向羞辱他们的人看齐，简直岂有此理。切，他们谁不比华医生资历老。

中医科因为华医生，成了爆款，每天上午患者络绎不绝。华医生最擅长气郁的诊疗，经过他治疗的患者，超不过三个疗程便可痊愈。华医生这边热热闹闹，同诊室的圆医生那边冷冷清清。圆医生的压力越来越大，他决定拿出百折不挠的精神，尽快离开这里，不再和华医生同诊室。两年时间内，圆医生终于实现了愿望，调到了其他诊室，奔赴新的岗位。年轻的圆医生走后，更年轻的医生补充上来。

更年轻的医生，把圆医生的经历温习了一遍后，也在尽可能短的时间内，逃离了华医生诊室。中医科诊室，不变的华医生，流水的同事。以八年前为节点，曾经的同诊室同事，大多被华医生逼成了副主任医师，主任医师。特别值得一提的是圆医生，不仅成了主任医师，还兼任着医院的副院长。刚刚四十出头，真是前途无量。已经四十五岁的华医生，仍然还是主治医师。每五年，医院都会迎来一次医师职称的评选机会。打个比方，某一次评选中，医院有十名主治医师够资格参评副主任医师，而上边给的名额只有五个。在这种情况下，由院里中高层领导组成的资格评审小组，经过公正认真的考量，要将十名候选人中的五名刷下去。被刷下去的五个人当中，理所当然就有华医生。尽管华医生发表的论文和综述，以及科研课题都是一流的。华医生是多骄傲的人，他都不屑于去找评选小组理论。既然刷华医生是如此安全，那就不妨成就华医生。这次刷华医生，下次还刷华医生。主治医师的身份，一点也没有妨碍华医生声名远播的速度。梦城的患者找华医生，梦城之外的患者，也为着华医生迢迢而来。

要不说华医生古怪呢，亲手制定了患者看病须知，贴在中医科诊室一进门的墙上。须知的内容，在只上午诊脉的基础上，又限定了患者的人数，每日不可超过三十人。超过的人，任凭你如何央求，如何说来一趟不容易，华医生都不为所动。他说，超过三十个人就累了，把不准脉了。有一回，华医生遇到了一个很特别的超额患者。经过几轮交涉后，很特别的超额患者亮出杀手锏，说我要是说出一个人来，你肯定给我看病。有些疲惫的华医生一语不发，看着很特别的超额患者，静静地等待对方出招儿。"我表姐夫是你们医院的副院长，顶头上司的面子你也不给吗？"很特别的超额患者，口气有点儿豪横。他可能以为从自己嘴巴里吐出来的副院长，像一枚杀伤力超强的导弹，会把华医生炸得魂飞魄散。"我好怕怕。"华医生做了一个缩肩的动作，然后从椅子上站起来，换掉白大褂，扬长而去。

那天是圆副院长值专家门诊的日子。陆陆续续下班的医护人员，听到从圆副院长的专家诊室传来严厉的呵斥声。"活该，你这是自讨没趣。居然还拿我说事儿，我可跟你丢不起这个脸……"圆副院长这是跟谁呢？

紧跟着，下午发生了一件惊动全院的事儿。华医生将进要求社区开门诊的申请，拍到了一把手院长的办公桌上，然后就从医院消失得干干净净。梦城中医医院是一家二级医院，按照八年前的相关规定，二级医院的医生有资格到社区开门诊。到社区开门诊，表面上头上箍着医院的管理制度，实际上等于自己当了老板。华医生不是不可以到社区开门诊，问题是他选择的时间节点，让人浮想联翩。才得罪了圆副院长的亲戚，隔了一个中午就上演了这出戏码，明摆着是怕圆副院长往后给小鞋穿么。一个中午的时间，说不定圆副院长已经把手里的小鞋，朝华医生晃了晃。那双小鞋一定是为华医生特制的，有着极大的威慑力量，否则把谁也不放在眼睛里的华医生，不会匆匆逃离。圆副院长厉害，这是君子报仇十年不晚。想当年，意气风发的圆副院长刚进医院，便和华医生成了同诊室的同事，刻骨铭心地体验过来自华医生的轻慢和压力。他用坐着火箭的速度，完成了一次次的蜕变，说不定就是报仇的意念在加力。貌似看透了事件本质的众人，谁也不发声。没有交头接耳，没有议论纷纷。都怕自己发出的声，被人传播到圆副院长耳朵里。

五

圆副院长也被惊到了。为了表示华医生离开医院与他无关，他特意找到院长，旗帜鲜明地表态，不同意华医生走，华医生未来可期，是医院不可多得的人才。圆副院长不但向院长阐明自己的态度，还抓住一切可以抓住的机会，让院里的人都明白他挽留华医生的决心。怎奈，华医生的去意，八百头牛都拉不回来，圆副院长苦苦的挽留付之流水。一个人背地里打了你，却非要向世人证明，你脸上的伤不是他打的。集体噤声的众人，心里暗暗思忖，在狠角色面前，不发声是有多么英明。众人不仅不发声，连眼神都不敢有一丝波澜，恐泄露了内心的秘密。今天的华医生，便是明天的自己。

于是，八年前，四十五岁的梦城中医医院主治医师华医生，在社区开了一家门诊。门诊的名字很是与众不同，匾额左上方一个类似 R 的符号标记， 正文为"医神的眼睛"。华医生仿佛一股风，患者跟风而来，中医院的同事也跟风而来。自然，同事和患者不同，他们以隐秘的、不被华医生发现的方式，来探查华医生的近况。华医生离开医院的原因是个大料儿，他们不敢嚼，吓得连嘴巴都不敢蠕动一下。近况的料儿没有危险性，可以放心地大嚼猛嚼，乃至蹦着高地嚼。医护人员再忙，嚼料儿的时间总会有的。可以在上下班偶遇时嚼，可以在术前嚼，可以在术后嚼，可以见缝插针地嚼。老华门诊开张了，门诊叫啥名儿知道吗？不知道，快说说。说可以，得用一包大中华换。不说拉倒，下了班我从老华门诊那绕一圈就清楚了。怕你了，记得欠我一包大中华。行，先欠着，不定啥时还哈。给你提个醒儿，还记得若干年前，有一回开会，还是小华的老华，拿着处方笺给咱们普及医神的常识不？他的门诊不会叫医神吧？聪明，猜对了一半，全称是医神的眼睛。这老华，被几千年前的医神附体了。

医神就是不一般，有股子定力。咋啦，咋啦？老华堂弟和我们一栋楼，昨晚上遛弯儿碰见了，把老华骂了一个狗血喷头，说他下午去找老华看病，老华给拒绝了，让他今上午再去。像华老板的风格，自己定的规矩到哪儿都不能破。嘿，又填了一条新规，三个疗程没有效果，甘愿关了门去卖红薯。知道老华门诊附近的人都说啥吗？说老华这个医生，跟别人不一样，挣钱有够。跟他一样在社区开门诊的，哪个晚上不盯到九点十点的。人家老华，关门的点儿和医院下班的时间同步，二大爷来输液也得推出去。嗨，你们谁看见过老华的小媳妇儿？又年轻又俊，老华那点儿温柔劲儿，全用在小媳妇儿身上了。给小媳妇儿做饭，陪着小媳妇儿遛弯儿。晚上我就亲眼看见过，遛弯儿的时候，还拉着小媳妇儿的手。尤其看小媳妇儿的眼神，哎哟喂，简直可以流出蜜汁儿来。

嚼到华医生对媳妇儿温柔的这味料，女医护站到了男医生的对立面。有些男人外边清风明月，在家里飞沙走石，对女人而言，找个老华这样的，未必就不是一种幸福。老华说不定把所有的柔情，都倾囊用到了自己女人身上，才对别人热不起来了。男性医生举嘴巴反对，非也，非也，老华小媳妇儿肯定是被医神附体了的，身上带着仙气，要不四十的人咋还像二十多岁呢。老华敬仰医神，当然不能慢待了医神转世的小媳妇儿。

哈哈。咯咯。呵呵。嘿嘿。

六

华医生进社区开门诊，也就是两三年的工夫，上边下来文件。文件规定，除了一级医院，其他级别的医院不允许医生再进社区开门诊。二级医院，被文件新规这只宝葫芦收了。华医生只有两个选择：第一，被一家一级医院招安，继续开他的社区门诊；第二，重新回到中医院上班。这个时候的中医院，也发生了不小的变化。原来的院长，常在河边走湿了鞋子，因为购买医疗器材吃回扣的问题，被拿下了。圆副院长火线扶正，坐到了正院长的宝座上。

圆院长一接到新规，神速驾临华医生的社区门诊。他要赶在华医生有任何变数前，把华医生请回中医院。圆院长为了重振传统中医文化，亲自去请有着医神美誉的华医生，不可谓心不诚。在中医院上下看来，圆院长此举也是想洗清几年前背负的赶走华医生的污名。也许，当初真的是冤枉了圆院长。然而，华医生是那么好请回来的么，当初可是以八百头牛都拉不回的气势走的。即便脖子上架着新规这把刀，华医生也未必就畏惧。听说，某些一级医院已经在蠢蠢欲动了。他们想借着给予华医生继续在社区开门诊资格的机会，把华医生哄骗到自己的医院。在各种不利因素的叠加下，圆院长能行吗？"嫂子，晚上做啥好吃的？我说的呢，隔这么远我都闻到香味儿了，一会儿下了班过去吃哈。"圆院长剑走偏锋，只要一下班，便开车去华医生家里，吃吃喝喝。华医生自从开了门诊，小俊媳妇儿和十多岁的儿子就跟着搬了过来。门诊的空间很大，将里边的一部分开辟出来，作为缭绕人间烟火的区域。圆院长下了班去华医生的门诊，就等于去了华医生家里。

连着若干天，一快到晚上下班的钟点，圆院长便致电华医生的小俊媳妇儿，询问晚饭的内容。至于在饭桌上，圆院长和华医生都谈什么，门外人不得而知。在众人的拭目以待中，圆院长吃饭终于吃出了成果，先是派人腾出来一间诊室，紧挨着中医科。紧接着，一块写有"医神的眼睛"的标识牌，让新腾出来的诊室有了鹤立鸡群的高级感。再接着，一帧制作精美的"广而告之"上了新诊室门口一侧的墙。"广而告之"主要内容是华医生的简介，以及专门为华医生量身打造的规章。规章大家不陌生，曾经排列在A4打印纸上，上过中医科诊室的墙，上过华医生社区门诊的墙。过去上墙，是个人行为。现在上墙，性质变了，是医院行为。阵地从室内转到了室外，普通的打印纸变成了相纸。"三个疗程不见效，甘愿辞职回家卖红薯"，在个性化的规章里，显得特别骄横。万事俱备后，华医生这股东风便款款吹回来了。"华医生，好久不见，还挺想您的。""华医生，我们盼您盼得眼珠子都蓝了。"虽然不乏娱乐性，但到底是圆院长下力气请回的人，大家纷纷主动打招呼。

华医生的福利，如滔滔江水滚滚而来。回归中医院的当年，正赶上职称评选，从主治医师顺利晋升为副主任医师。又五年，在激烈的竞争中脱颖而出，当仁不让地成为主任医师。随着华医生身份的改变，诊室门口张贴的简介，也从最初的主治医师，更改为副主任医师，继而为主任医师。为了繁荣中华优秀传统医学，中医院创建了国医班，对院里的以年轻人为主体的中医，每周定期进行培训。国医班的主讲人，就是华医生。初时，有不少人心里抵触华医生。华医生的傲慢，患者对他的膜拜，圆院长对他的娇宠，都是大家心不甘情不愿听课的理由。但是，老师身份的华医生一张嘴，台下听课的人心里暗暗服气了。华医生虽性格怪僻，不善于团结同事，却不藏心眼儿，课上讲的都是实实在在的干货。

也许，一个有功夫在身的人，不屑于耍花腔，那样会砸了自己的牌子。华医生教学中，理论与实践相结合。他擅长的气郁疗法，拿听课的人做实验。这次你是试验对象，下次他是实验对象，大家轮着为实验者诊脉。甄选出的气郁者，华医生会划分出不同类型，再根据不同类型有针对性地下药。向大家细致地分析，下药的原理是什么。听课的医生们，真是双丰收，学到了真本领，身体还得到了调理。原来，这么多气郁的人，隐藏在医生队伍里。

传统中医在中医院重新焕发华彩。原有的中医科室，像被孙猴子吹了一口仙气，摇身一变，成了中医科一室、中医科二室、中医科三室。近两年在流行病的影响下，人的情绪持续低迷，越来越多的人出现了气郁的症状。毕竟"医神的眼睛"每天看诊的人数有限，分流到其他科室的患者，经过亲自尝试，均有了比较满意的疗效。

七

这天是周二，专家门诊"医神的眼睛"迎来了一位中年女性患者。女患者很普通。普通的外貌，普通的身高，普通的衣着，普通的气郁病症。她的各种普通加起来，使得整体的辨识度很低。看一眼，哪怕看十眼，也不太容易记住。

现在医院开药，都在医院电脑的系统上完成，不再需要处方笺。中医院也不例外，但中医科室却开了绿灯。中医们依旧享有在有类似 R 符号的处方笺上，写下一味味中草药的权利。医神的眼睛，一直在注视着中医科每一位治病救人的医生。在明亮的医神眼睛注视下，华医生很快给女患者开完了方子。"一副药煎两次，第一次二十分钟，第二次三十分钟。煎完了把两次的汤药混合在一起，然后再分成两份，早一次晚一次服用。"他对女患者做了叮嘱。医院里有煎药的设备，但华医生总是建议他的患者，尽量回家自己煎，这样药效会发挥得更好。

七天一个疗程。七天后，女患者又来了。怕挂不上华医生的号，她说是自家的小孩帮她在网上预约的。她还说，进一趟医院真不容易，又是扫健康码，又是扫行程码的，把她扫得东南西北都找不着了。"老百姓看病真难，您是医神，一定要给早点看好了。"她喋喋不休道，吃了一个疗程的药，感觉还是老样子，没有一点儿好转。华医生不语，眼前的患者印象不深刻，但是他把脉的三根手指有记忆。手指提醒他，患者说的是实情，前些天的确就诊过，而且脉弦也的确没有起色。再看患者的舌头，舌淡红，苔薄白，亦是气郁的典型表现，没有向好的迹象。原来这种现象倒是也有过，华医生调了几味药，特意又嘱咐了几句应该注意的事项。

又七天过去，女患者再次出现在医神的眼睛专家诊室。"都说华医生是医神，超不过三个疗程就治好了，我这吃了两个疗程药了，咋一点儿也没见好呢。"女患者进来前，华医生便听到了她在外边的喧哗声。华医生为其诊脉，令华医生不解的是，经过调理的药方，依旧没有起到作用。脉弦依然，舌上的苔薄白依然，带有负情绪的无休止叨唠特征依然。两个疗程过去，如此普通的气郁丝毫得不到改善，在华医生从医生涯中，可是从未有过的。华医生表面淡定，从他微蹙的眉头上，可以看出内心起了风波。手里的笔在处方笺落下前，他凝视着左上角医神的眼睛。眼神与眼神的交流，更是灵魂与灵魂的对话。交流和对话的目的，是赋予华医生某种能量。漫长的三十秒后，握在华医生手里的笔，在神圣的处方笺空白处落下了。

再七天后的上午。医神的眼睛专家诊室门还未开，候诊区已经等了很多患者。一部分患者坐在贴有"隔位就坐"的排椅上，一部分患者站立着，每一张戴着口罩的脸朝向一个方向。那个方向，有一个人在发表愤怒的演说。"大家伙把眼睛大了瞅瞅，这个医神门口贴着的，说三个疗程治不好，甘愿辞职去卖红薯。俗话说得好，可以吃过头饭，别说过头话。话说过头了，收不回来，丢大脸。我这个病，整整治了三个疗程了，一点儿都没好，还越来越重了。您要是治不好，早说话啊，我好到别处去治。这是啥行为，就是坑老百姓的钱，逮着一个病人，就不撒手，非得攥出尿来不可。"女患者喷出来的唾沫星子，把口罩都濡湿了。来了，来了。有人小声议论。看见华医生走过来，女患者冲上前去："我今儿个来，是跟您讨说法的。"

"想让我回家卖红薯，是吧？"

华医生言罢，开了医神的眼睛诊室门，吩咐两名护士过来帮忙，将桌子椅子抬出来，放到众目睽睽的候诊区处。换上白大褂的华医生，在桌后的椅子上坐下来，指了指桌子一侧的空凳，示意暴躁的女患者也坐下。华医生的意思，大家明白了，他要当众给患者诊脉。女患者倒也不惧，一屁股拍在了凳子上。凳子腿儿不堪突来的冲击，抖了几抖，终于稳住了心神。没有人笑，安静极了。一条条的脖子，长长地抻着，眼睛尽量少地眨动，恐错过了哪个精彩的瞬间。这边的动静，好像发生在三维空间里，没有惊扰到其他科室的医生。大家井然有序地上班，专心饰演白衣天使的角色。华医生开始给女患者诊脉，由食指中指无名指组成的精锐小分队，深入到女患者左右手腕的桡动脉内部，做一场医学史上最细致的勘察。

勘察完了，华医生摘下口罩，将鼻子凑近了女患者，闭上眼深深地嗅了几嗅。"你还想耍流氓咋地？"女患者警惕地向后闪。

华医生并不理会，撤回身子，重新戴上口罩，指了指自己的眼睛。"您看着我的眼睛，我跟您说几句话。"华医生说，"我承认没治好您的病，但是在我回家卖红薯之前，我需要做一件事。首先，我问您一个问题，每次我给您开的药，您是不是根本就没吃？"

"我吃饱了撑的，不吃药看病干啥？"女患者的屁股被针扎了般，一下从凳子上弹起来。

"您也别急，我想了一个办法。您住到我家里，管您吃管您喝，让我媳妇儿亲自给您熬药，药钱我来花。您要是觉得在我家住不习惯，让我媳妇儿去您家也行，伺候您吃药。如果超过三个疗程，您的病还是老样子，我亲手摘了医神的眼睛这块牌子，灰溜溜地滚回家卖红薯。您说好不？"不容女患者反驳，华医生接着说，"这个办法您要是坚决反对，我还有一个辙。现在我就打110报警，说有人蓄意搞臭医神的名声，让警察把真相弄个水落石出。如果真相是没有真相，那我除了回家卖红薯，宁愿再背一个诬告罪名。两个办法，选哪一个，我给您一分钟考虑的时间。"

"我，我凭啥听你的。算我倒霉，白花钱了。"嘴上硬气的女患者，身子向后转，准备撤退了。

"您敢往前迈一步，我立马报警。"华医生的手伸进白大褂口袋，去掏手机。

中年女患者果然来个了急刹，止住了步子，"华大夫，华主任，华神仙，您这么大一个人物，咋会跟一个啥也不懂的农村妇女较真儿呢。我白扔了一千块钱，都没说让您赔，还不够可以的么。"她像一个变脸大师，瞬间换了一副苦主儿的面孔。苦主儿多么大度，她不打算和坑她的人计较，又要离开了。

这时，候诊区排椅上的患者，与站立的患者自发汇集到一起，朝着中年女患者围拢过来。在距离女患者两米远的位置，众人散成弧度完美的扇形，切断女患者的去路。然后，不约而同齐声喊：
"60，59，58，57······"

　　一分钟的倒计时，开始了。

鱼香肉丝外遇记

耿大厨是小城唯一的女大厨。

耿大厨一米七八，生得虎背熊腰，袖子撸起来，腱子肉一疙瘩一疙瘩的，看着就有劲儿。厨师这个职业不光要有技术，身体还得顶得上去。因为力量的欠缺，小城大大小小餐馆的厨师，一度是清一色的雄性。耿大厨来了，才打破厨师职业被男人垄断的格局。

刚开始，餐馆老板有些不信任耿大厨，尽管从表面看，耿大厨像是不亏力气的人。就委婉地拒绝，说已经找好了人。耿大厨看出老板有些歧视她的性别，就把拳头撂在吧台上，脆棒棒地扔下一句话，不用我是你的损失。然后调转头就走。老板以为她出去了，门口的迎宾也推开了门，做出了送客的姿势。想不到，耿大厨拐了个弯儿，奔着厨房而去。进了厨房，耿大厨用十秒钟熟悉了一下环境，走到配菜师傅身边，拿了一张客人刚下的单子，上了主灶的位置，叮叮当当锅铲一通碰撞。餐馆厨师炒菜的锅要比家庭用的炒菜锅大出几号来，腕子上要是没把子力气，根本掂不起来。更别说轻松地颠炒，随心所欲地颠炒。耿大厨腕上的哪里是一只大号铁锅，分明就是孩童的塑料玩具，任凭耿大厨肆意发挥。锅里的菜蔬随着每一个"颠"起舞，在舞蹈中彼此情意绵绵。一厨房人的目光，像是被拔了丝的甜品，全都呆愣了。一道又一道色香味俱佳的菜品，就这样出炉了。

炒完菜的耿大厨，扔下腕上的锅，转头出了厨房。扬长而去。

耿大厨一炒成名。第二天，耿大厨的故事就在不大的县城餐馆里传开了。老板自然不肯放过耿大厨，三顾茅庐将耿大厨请回来主灶。耿大厨初来这座离皇城不足一百公里的小城，头一脚就踹开了城门，弄了个大动静出来。那一年的耿大厨真是年轻，刚刚二十岁出头，身上的力量足，闯劲也足。

我听见你喊了，想吃鱼香肉丝，吃好吃的鱼香肉丝。我一听，这不是我男人的声音么，就赶紧跑过来给你做鱼香肉丝了——后来遇到鱼香肉丝的时候，耿大厨这样跟他开玩笑。

被叫作鱼香肉丝的男人，因喜欢吃鱼香肉丝而得名。鱼香肉丝不是雅号，不是诨名，是正儿八经父母给取的乳名。鱼香肉丝他妈怀着他时，有一回去随份子吃喜宴，桌上有一道由胡萝卜丝肉丝辣椒丝组合而成的菜，菜蔬鲜艳的颜色很是诱惑怀孕女人的筷子。鱼香肉丝他妈试探地夹了少许在嘴巴里，哎呀喂，真他妈好吃！那可是一个刚结婚大半年的新媳妇，顾不得羞涩，腾地站起身来，将叫不出名字的菜盘子端到自己面前。在众人反应过来之前，三下五除二地干掉了盘子里的菜。吃完了一问，原来那菜有一个好听的名字，叫鱼香肉丝。馋上某种食物的孕妇最厉害，要是吃不到嘴，滋味不亚于犯了毒瘾。已经给村里人落下了笑柄，要是再到处找鱼香肉丝吃，岂不更是臭名远扬了。鱼香肉丝他爸，就照猫画虎给媳妇做，无奈，总也做不出喜宴上的味道。怀孕的人天大的委屈啊，不是我想吃，是你儿子想吃啊。女人一哭一闹，男人就受不了了，也不怕村里人埋汰自己，用车子驮着女人，谁家有喜事就追去谁家。花上一份儿份子钱，吃上一顿有鱼香肉丝的饭菜。

幸亏生了一个男孩，否则鱼香肉丝的爷爷奶奶非得让他爸休了他妈不可。孩子一生下来，村里人就打哈哈，这孩子长大了肯定也得爱吃鱼香肉丝，干脆就叫鱼香肉丝得了。让大伙开心的是，那孩子的家人与他们的想法不谋而合，真就把这孩子叫了鱼香肉丝。而且，叫鱼香肉丝的孩子，还真就是把鱼香肉丝爱到骨子里。和他妈妈怀着他时一个爱好，专门追随红白喜事，为了吃上那道菜。他是小孩子，才不管随份子不随份子，只负责满足自己的口腹之欲。村里的人碍于面子，不肯和小孩子计较，但是外村人就可以撕了面子，直接将白吃白喝的鱼香肉丝轰走。并且相互转告，以后谁家有事要提防这孩子啊。很快，大家都知道了某某村，有个爱吃鱼香肉丝的叫鱼香肉丝的男孩子。"知道"绝对不是褒义词，背后暗含着对家教欠缺的鄙夷。事实上，还真不是大家想的那样，鱼香肉丝的父母没有纵容孩子的意思，他们管也管了，打也打了。

鱼香肉丝生得干干净净，眉目很是清朗。农村的孩子如果考不上高中，或者考不上大学，老早就定了亲。有的甚至十七八岁就结了婚，抱着孩子去登记结婚是很平常的事儿。鱼香肉丝就不行，他之前的恶名声害了他，二十岁了还单着。进城，哪怕进县城，也比窝在农村好，在这个理念的裹挟下，鱼香肉丝夹在进城大军的队伍里，杀气腾腾地离开了雨天两脚泥的农村。打工虽苦，但是和每天能吃到鱼香肉丝比较起来，真是算不得什么。

耿大厨最拿手的菜正是鱼香肉丝。鱼香肉丝是一道非常家常的菜，好吃便宜非常适宜底层人群消费。鱼香肉丝下了班，小哥几个凑个饭局是常有的。即使哥们缺席，鱼香肉丝一个人也出来吃，一道鱼香肉丝，两碗米饭，吃得饱饱的。让鱼香肉丝稍感郁闷的是，小城的鱼香肉丝吃了个遍，几乎都是一个口味，越吃越平庸。这让只认一道鱼香肉丝的鱼香肉丝，生发出几多的遗憾来。他也曾动过想换一道菜的念头，胃口根本不答应。可是不换，就必须忍受庸常。忽然有一天，在一家小餐馆吃饭，听几个厨师闲聊，提到耿大厨的名字。他们嘻嘻哈哈地说这女人有两下子，一个还对另一个说，你不还单着呢吗，娶家去得了。另一个笑骂这一个，净你妈扯，那是女人吗？

鱼香肉丝就留了意，不是对耿大厨有意思，是对耿大厨的厨技感兴趣，对不一样的鱼香肉丝充满了期待。果然，鱼香肉丝没有失望。吃到头一口的时候，鱼香肉丝吓了一跳，眼睛直勾勾地盯着一盘子菜，做呆萌状。服务员以为是菜品出了问题，赶紧过来询问。不想，鱼香肉丝泪汪汪地说，真他妈的好吃。弄得服务员哭笑不得。好吃到让客人激动得流泪，也算是对耿大厨厨艺最给力的赞美。这是一个什么样的客人，耿大厨好奇极了。没有菜可炒的间隙，耿大厨就从厨房溜达出来，暗暗观察来吃鱼香肉丝的鱼香肉丝。

年轻男人的一颗头几乎埋进了菜盘子，看不清表情，但见一张嘴巴贪婪地咀嚼。咀嚼的频率很快，看了一会子，便觉得那嘴巴不是在咀嚼，而是在脸上飞翔。耿大厨一点儿也不觉得好笑，心里酸涩得不行不行的。她想起了自己，刚开始在饭店打工时，她的吃相比眼前的男孩好看不了多少。她的肚子是个无底洞，多少饭菜都填不满。她是饿怕了。就是为了不饿肚子，她才选择到饭店打工的。从读小学，自己的饥饿之旅便开始了。继母不管饱，老实的父亲不敢吭气。盼着上了中学住宿，没钱买吃的，课余时间去街上捡垃圾。吃得饱吃不饱，全凭垃圾多少来决定。捡不到垃圾的日子，耿大厨就拼命往胃口里灌自来水，让水把胃口挤得满满的，没有空间来盛放饥饿。不想，凉水灌得太多了，夜里闹开了肚子，水样的便便拉了一被子。在学校里不好意思清洗，耿大厨就把被子驮回了家。继母大发雷霆，把被子又送回了学校，当着老师和同学的面，抖开被子，让大家看耿大厨肠子里爬出来的赃物。

从那天，耿大厨就离开了学校，到餐馆里去打工。三百六十行，她唯独选了餐馆。餐馆有饭吃，不用饿肚子。谁又能想到，五六年的摸爬滚打，一个不小心她就成了一名拥有优质厨艺的大厨。于是，她离开家乡，带着厨艺闯天下，在这座小城落下了脚。伤心事最柔软，经不起触碰，一碰就流出疼痛的汁液来。耿大厨张大嘴巴，狠狠地吐出来一口浓稠的痛。这时候，鱼香肉丝已经吃光了餐盘里的菜，终于抬起头来，喘息着用餐巾纸去擦嘴角的油汤子。就在他抬头的一瞬间，耿大厨呀的一声，惊住了，一颗心自作主张地狂跳。

世上竟有生得如此干净的男孩！

慌乱的耿大厨，将一只大手掌重重地按住心脏，给予它安抚，让它淡定下来。同时，这也是个许愿的动作：排除万难，刻苦钻研，每天做出不一样口味的鱼香肉丝来。

耿大厨说到做到，提高技艺从喝大酒开始。厨师们累了一天，客人们散去后，往往几个人互相吆喝着，坐在一起喝喝酒，吹吹牛。过去，耿大厨是不屑于和男人一起喝大酒的，她觉得他们太粗俗了，不屑与他们同流合污。但耿大厨发现，他们喝大酒吹牛，往往是以厨艺为下酒菜的。哪家餐馆的菜好吃，为什么好吃，好吃的秘诀是什么，大家会争论，会探讨。耿大厨义无反顾地加入了。小城闻名的耿大厨，爷们一样喝酒，爷们一样吹牛，很快就融入了男性厨师的队伍。耿大厨醉在表面，清醒在内心。把各路神仙的技巧，融到自己的谱系当中，研发出一百零八种鱼香肉丝的做法。

耿大厨的一百零八种鱼香肉丝的做法，不亚于她在小城投掷的又一颗炸弹。咣！炸得小城直晃悠，哗啦啦的口水淌满了街。最普通的一道菜，原来也可以如此妖娆。老板可是乐坏了，干脆把餐馆招牌换成了"鱼香肉丝"。耿大厨的地位如日中天，说话自然叮当响，她耿大厨向老板提出一个要求，大厅里的12号桌要给一个人留着。

这个人当然是鱼香肉丝。鱼香肉丝不知道背后的玄机，每次来只是觉得奇怪，这家半路更名为"鱼香肉丝"的餐馆，不管里边的食客多么充裕，12号桌子总是空空的。他亲眼看见有比他先来的客人，想坐到12号桌用餐，被服务员请走了。不是所有的客人都好说话，一个左臂纹着飞龙的客人，不听服务员的劝告，别的地方有空位也不去，认准了12号桌。服务员看了看刚进来的鱼香肉丝说，这个桌的客人来了，麻烦您到别的桌，好不好？服务员一直面带微笑，语气温和。

啪嚓——

飞龙客人抄起桌上的餐具，重重地掼在水磨石地面上。餐具顷刻间粉身碎骨了，成了人类发泄的牺牲品。

咣当——

随后又是一声响。惊愕的食客们发现，这回摔在地上的不是餐具，而是摔餐具的飞龙客人。

再看，倒地的飞龙身后，站着一枚彪壮的年轻女子，右手还举着一只炒菜勺子。女子的一只脚又抬起来，准备再踹上去。好汉不吃眼前亏，领教了女子腿上功夫的飞龙客人，慌忙爬起来作揖，姑奶奶，我错了，我错了还不成么，您大人不计小人过，放我一马。

食客们拍手叫好，给侠客女子助威。这是耿大厨首次在鱼香肉丝面前亮相。从那次起，鱼香肉丝明白了，自己安心在12号桌吃饭。原来是女侠在罩着。好汉，谢过啦！鱼香肉香坐下来，等着服务员上菜。坐在12号桌的他，是唯一不用点餐的食客，每次来后厨都会给他安排好，一天一个口味，一天一个惊喜。

这也算是认识耿大厨了。鱼香肉丝对耿大厨佩服极了，这女汉子不光鱼香肉丝一绝，而且还满满的女侠气质。闲下来的耿大厨，也不再避讳鱼香肉丝，像过去似的偷窥鱼香肉丝吃饭。大大方方地坐下来，和鱼香肉丝聊聊天。有耿大厨在身边，鱼香肉丝不好意思再把头扎进菜盘子里，让自己吃相尽量文雅一些，舌头和好吃的菜搏斗，两只耳朵清空了，听耿大厨和他聊家常。偶尔，和耿大厨有了眼神上的交流，表示他在听她。这时的耿大厨，变成了另外一个耿大厨，少了女侠的霸气。她的语气和眼神都是软的，讲起她的身世来还是悲戚的。语气和眼神都是楚楚可怜的，小小的鼻翼一抽一抽的，小嘴儿一撇一撇的，等着谁来怜惜，谁来慰抚。它们面对着他，很显然，他是它们等待的那个谁。

鱼香肉丝都想站起来了，抚慰一下可怜的它们。但是他看了看它们的主人，眼前这个身高马大的人，忍住了。和他比起来，她是多么巨大，他的臂膀力量太弱了，怕给不了这个安慰。屁股懂得鱼香肉丝的意思，稳稳地黏在凳子上。鱼香肉丝不知道，他能听她，和她有目光上的互动，耿大厨已经很是幸福了。幸福是一只大浴缸，耿大厨泡在里边不想出来，不想出来就得有手腕。对于耿大厨而言，这个手腕就是不断推出鱼香肉丝新品种。"不断"的时间期限是一万年。

好吃的菜就是小钩子，牢牢地勾着他的胃。让他动弹不得，欲罢不能。又一次的聊天，她说，我想给你做一辈子菜。

他的眼神懵懂。

所以必须得陪伴你一辈子。

他的眼神深度懵懂。

哈哈，开玩笑了。太晚了，我送你回家吧。

她又说，送到门口，不进去。

她又又说，我想我弟弟了。

他默许了。深秋如同一张薄毯，裹住小城的夜，却裹不住小城的凉意。鱼香肉丝团紧了身子，以此来获取些暖意。她看了看他，笑了，说小时候干活，背上还要背着弟弟。很多年没有背过弟弟了，要不你就当我弟弟，让我背一回，这样也能暖和点。敢吗？

耿大厨使用了挑衅的语气。

有啥不敢的。切。

她真的半蹲下身子，他真的趴在了她宽阔的背上。他的胸贴在她的背上，暖洋洋的。她只顾背着他走，不说话。因为负重的原因，每走一步，她胯间的骨骼就发出咯的一声响。咯，咯，咯；咯，咯，咯。很有节奏感，像是一块骨和另一块骨合奏一首曲子。鱼香肉丝静静地听，听着听着就睡着了。一颗头随着骨曲的韵律摇动。

下来吧，到了。

他揉着一双睡眼往出租房里走。走到门口，回头对她说了一句话：

我想让你一辈子给我做鱼香肉丝。

结婚几年后，耿大厨不再给人掌勺，自己开了一家小餐馆。餐馆的名字叫"耿大厨鱼香肉丝"。小城的食客没有几个不知道耿大厨的，没有几个没吃过耿大厨炒的鱼香肉丝的。往小了说，鱼香肉丝是耿大厨的招牌菜，往大了说，鱼香肉丝就是小城的招牌菜。耿大厨自立门户，老顾客都跟了过来，生意自然红红火火。作为耿大厨男人的鱼香肉丝，辞去了工厂的工作，帮着耿大厨打理生意。所谓的打理，就是光鲜地当"老板娘"。前前后后里里外外都是耿大厨的事儿。

他是多么幸福的"老板娘"啊。别人家是夫唱妇随，他家是妇唱夫随。渐渐的，他开始听到一些议论，搜集起来无非是，耿大厨根本不图他挣钱养家，就图了他是一枚小鲜肉，过日子看着舒心，在床上用着开心。当然，小鲜肉是新词儿，那时候还没有这个说法，应该有另外一个称呼，大概是小白脸之类的。尤其是女人们，对他无比同情，他就是一只与狼为伴的小山羊，随时有被吃掉的可能。鱼香肉丝性格谦和，很少对服务员挑三拣四，女孩子们就把喜爱和感激存储在眼睛里，背着耿大厨向鱼香肉丝一下一下地释放。那些都是什么样的女孩子呢，不说是个个漂亮吧，也是个个风骚无限。她们看他，眼神不是平行线，而是从下往上，带着曲线和坡度。女人味十足，风骚味十足。鱼香肉丝被勾得热血沸腾，恨不得恶狠狠地扑过去，把她们怎么地喽。他便送过去理解的眼神，意思是你们的心事我都懂，你们都在哥的心里呢。这时，女孩子们的眼神突然变化了线路，将暗含着的警示和怜悯投掷过来。鱼香肉丝就明白了，耿大厨出现了。

怜悯。这是多么悲哀啊。大家都同情他，说明什么呢？鱼香肉丝开始觉得自己亏了，委屈了。

他试探地踢翻了一盆洗脚水。

水凉啊？耿大厨不但没有打他，还弯腰捡起盆子，去重新给他接水。在家里的耿大厨，和在外边的耿大厨绝对是分裂的，绝对的好脾气。倒洗脚水算什么，洗澡搓背，睡觉铺床，夜里撒尿都是把尿盆拿到床上。他说吹哨，她就吹哨，在哨音中尿水欢乐地喷薄。

一盆新鲜的冒着热气的水放在了鱼香肉丝脚边，试试，这回行了吧？

鱼香肉丝决定探底儿了。脚指头挑起盆子沿儿，一盆水又翻了。耿大厨赶紧又忙乎着擦地，收拾残局。然后，又接来了第三盆水。她不恼，手里拎着墩布，站在一边看着他微笑，等他再踢翻第三盆水。让鱼香肉丝奇怪的是，耿大厨不问他发火的原因。她什么都不说，做出一副他做什么都可以容忍的架势。好吧，踢翻水算什么，接下来的日子里，鱼香肉丝开始升级。从踢盆子，变成了踢茶几，踢杯子，踢一切易碎的小零件。他前边踢，耿大厨随在后边打扫。一边打扫一边叮嘱鱼香肉丝，不要光着脚走路，别让扫不净的玻璃碴子扎了脚。她扫得特别细致，不光弯着腰扫，还要蹲下来，用手在地上抚摸，看看有没有落下的小碎片。

鱼香肉丝真是长火，这个丑陋的女人！他要摔，他要发泄，器物的碎裂声是多么美妙。可是能摔的小器物已经全摔干净了，摔什么？这时候，一根擀面杖递到了鱼香肉丝的手里，咱家不是还有电视么，砸吧，乖。耿大厨笑意盈盈地鼓励他。

他高高地举起擀面杖，朝着新买的大屏幕液晶电视挥去。擀面杖离着屏幕二点五厘米时，戛然止步了。鱼香肉丝哭了，好几千块钱，你他妈的真舍得啊。

只要你高兴，再多的钱也舍得。

你干吗不问问我为啥这样啊？现在我命令你，赶紧问我。

好，我问，你到底想干啥？

我，我想搞外遇，你信吗？

我信。

那你让吗？

让。

我不信，你会这么大方？

女人深深地微笑，我早看出你要生事儿。放心地搞吧，我支持你，绝对的。谁家的男人还不搞搞外遇，搞外遇也是本事。是吧？

耿大厨还真不是说说而已，先是在自家的店里将女员工召集起来，公开宣布有愿意和他家鱼香肉丝相好的，她绝不干涉，不但不开除，还付双倍的工资。且列举她家男人若干优点，比如勤换内裤，比如每天洗脚，比如每天要早晚刷牙。等等。这些碎碎的习惯，都是女人们喜欢的。你们平时不是总和他眉来眼去的么，动真格的，有愿意的吗？

真的吗？这可太吓人了。谁平时和老板的男人暗送秋波了，是你么，我看就是你，妖里妖气的。是你，你这是贼喊捉贼。一句不合，服务员打在一起，她薅掉了她一缕发丝，她将她粉嘟嘟的脸蛋抓了两道沟儿。可是乱了套了。风波过后，女员工们人人自危，再不敢私下用眼神和鱼香肉丝对话。

你是故意的。鱼香肉丝很是鄙夷耿大厨。耿大厨一声叹息，真是狗咬吕洞宾。为了表明自己的诚意，耿大厨开始扩大范围，从自家的餐馆向外延伸，甚至连在电线杆上张贴小广告的伎俩都用上了。半天的工夫，耿大厨为自己男人寻找情人的段子，长了两条飞毛腿般，在小城里跑了好几圈。它的样子是古怪的，尽管小城正在呈现出开放的一面，见多识广的一面，还是被它的模样惊到了。惊诧过后是爆笑，哈哈，哈哈，真有趣。好多人都笑得岔了气儿，有一个老太太最严重，把下巴笑掉了。家属找到耿大厨鱼香肉丝餐馆，堵在门口索要医疗费。

闹腾了一阵子，让人失望的是，没有一个女人真来应征。虽然小广告写着，耿大厨愿意成全有情人，不但让出位置，还将得到大部分家产。偏偏就事与愿违，连个打电话的都没有。小城人谁不知道耿大厨，她手里的菜刀是吃素的吗？大家一致认为，这个母夜叉似的女人，不定在跟自己的男人玩什么心眼。和鱼香肉丝相识的女子们，在街上遇到鱼香肉丝，都绕着鱼香肉丝走，或者低头假装没有看到，唯恐和他沾惹上丝毫关系，给耿大厨抓到把柄。

停止吧——鱼香肉丝捂着受伤害的心，逃到网络里。网络真是奇妙，那里五彩缤纷，少了烟尘气息，多了浪漫和诱惑。

我要肉肉抱。

肉肉抱，乖。

肉肉只抱我。

肉肉只抱你。

永远。

永远。

肉肉就是鱼香肉丝。此刻的肉肉，皱起鼻子，凑近了电脑屏幕。他闻到了香甜的味道。陶醉，顺畅，美妙。他搜肠刮肚，想尽了能用的词汇。但是还不够，所有的词汇都不足以表达他的心情。他恋爱了呀，想当初和耿大厨在一起，绝对没有这种感觉。耿大厨用她的美食迷惑了他，他误以为他爱上了她。原来不是。她享受了他的青春，也是浪费了他的青春，害得他从来不知道，恋爱是一种多么甜蜜的精神活动，它是超越肉体的。听到了么，网络里的她，在给他念诗，念席慕蓉的《一棵开花的树》。席慕蓉是谁，他悄悄地去百度搜索，背诵她的情诗。然后也给她念，还配上音乐。爱情，把鱼香肉丝变成了一个诗人。

他太幸福了，这样的幸福怎么可能一个人独享呢，他要分配给耿大厨。神采飞扬地告诉她，他恋爱了。她不是在给他找情人么，如今他自己找到了，看看她什么反应。

耿大厨静静地听，好像在听着别人的故事。听完了，眼睛居然有一些潮湿，显然是被美好的爱情感动了。她说，我说话算数，成全你。

但是——

耿大厨缓缓地说，但是，我有一个条件，你不许再吃我做的鱼香肉丝。

鱼香肉丝甚至没有犹豫，好，我答应你。

鱼香肉丝恨恨地想，耿大厨一定以为他离不开她，会永远臣服于她，所以拿这个条件做要挟。他倒要让这个丑陋的女人看看，自己没有她是不是就会死掉。在接下来的日子里，耿大厨和鱼香肉丝分居了。鱼香肉丝不再到耿大厨的餐馆里帮忙，一心一意地在家里戒除对"鱼香肉丝"的痴迷，戒掉它，他就去见爱情里的那个她。以全新的姿态。

鱼香肉丝吃泡面，就着爱情。泡面有些难吃，爱情滋味很美，两者一中和，一天也没觉得多难挨。第二天，泡面很难吃，爱情滋味很美，两者一中和，尽管爱情的力量很强大，但在更加强大的敌人面前，有些力不从心。第三天，泡面异常难吃，碗里的简直不是面条，而是做成面条状的粪便。吃掉一根吐出来一根，吃掉两根吐出来一双。爱情守着鱼香肉丝，给他加油助力，亲爱，坚持住，千万坚持住啊。鱼香肉丝擦掉嘴角的污秽之物，艰难地冲着爱情笑了笑，亲爱，我会努力的。

第七天的时候，鱼香肉丝已经是气若游丝了。守着他的爱情吓坏了，这可是要出人命了呀，劝鱼香肉丝向耿大厨妥协。那一个时刻的鱼香肉丝，真是求死的心都有了。对美食鱼香肉丝的渴望，化成千万只的蚂蚁在他的骨头里爬行，它们爬啊爬，奇痒难忍。你又捉不到看不见它们，此刻多希望能有一把刀在身边，劈开所有的骨骼，将它们一只一只地剔除出来。然后把它们剁得碎碎的，做成饺子馅儿。刀来！爱情抱不动刀，只能可怜巴巴地看着他。

来吧，鱼香肉丝就在这里，这是我新研究的品种，美味极了。只要你对我说输了，马上就可以吃到它。

他闻到了鱼香肉丝散发的气息，在那一瞬，他濒死的细胞全部复活，大大地张着嘴巴，等着鱼香肉丝的进入。当他转动眼珠，看到了绝望的爱情，正在一步一步远离他，准备消失在他眼前。不——

他大叫一声，昏厥了过去。

等到鱼香肉丝醒过来，他仔细回想了一下，确定自己经受住了诱惑，确定自己真的挺了过来，从鼻孔里送出来一个悠长婉转的哼声。这是胜利的哼声。

全新的鱼香肉丝正朝着天安门城楼走。

这是他和恋爱中的宝宝第一次见面。他们约定好了在天安门城楼下见面，见面的地点在"世界人民大团结万岁"的"团"字下边。远远看见那个"团"字，鱼香肉丝的心简直要从嘴里跳出来了。为此，他不得不用牙齿死死地咬住下唇。团字下边人流涌动，细看，他们都是过客，没有一个人为团字留下来。看来，他的宝宝还没有到。这样好，让他来等她。

团字越来越清晰。站在它的下边，鱼香肉丝觉得它是有灵性和生命的，它将是他爱情的见证。就像是电影《天仙配》里的那棵老树。他面朝着团字而站，背对着广场。等宝宝到了，他会突然转身，给宝宝一个惊喜。为了让自己的背影看上去更加俊朗一些，鱼香肉丝学着广场上巡逻士兵的样子，挺胸收腹拔腰板儿。这个姿势短时间还可，时间一长腰也酸了，背也痛了。实在坚持不住了，从口袋里摸出手机看了看，早已过了他和宝宝约定的十点。

等。无论多久他都要等。也许宝宝路上堵车了。千里之外的宝宝，来北京大兴开会，宝宝说她没自己出过门，为了他才来开这个会。她说一早就会从大兴赶过来。肯定是堵车了，宝宝不会骗他的。

不停地变换等待的姿势。原来，站也需要功夫的。

差十分中午十二点。宝宝还没有出现。鱼香肉丝开始焦躁，宝宝说她没有出过门，会不会把自己走丢了呢？拨电话，是通畅的。宝宝，出什么事儿了吗？

肉肉，我已经到了呀，考考你的眼力，看看哪一个是我。

淘气的宝宝。鱼香肉丝站在团字下边，转身朝着巨大的广场望去，稠密的人流里年轻的女子如云。他的宝宝三十出头，不施粉黛，眉目间凝着黛玉式的小忧郁。女子们个个时髦，个个靓丽，可是哪一个都没有他的宝宝迷人。宝宝，你在哪里呢？忽然，一个与宝宝年纪和气质相仿的女子，走进鱼香肉丝的视野。该女子穿着一件米色的半大衣，黑色的瘦腿裤裹住两条长腿，裤腿儿收进同样米色的短靴里。七仙女下凡了，要不就是林黛玉从书里走出来了。没错，是他的宝宝。一股热血哗啦啦地冲撞到鱼香肉丝的头顶，宝——

"宝宝"两个字就要脱口而出了，他的身子也已做好了百米冲刺的准备，忽然，鱼香肉丝发现，一个男人跟在宝宝的身后。男人紧紧地尾随着宝宝，手里拖着一只米色的拉杆箱。人真是太多了，男子大概怕宝宝被挤丢了，就伸出另外一只闲置的手，拉住前边的宝宝。宝宝回头一个羞涩的笑，男子做了积极的回应，也是一个羞涩的笑。他们的羞涩，完全符合恋爱中人的特征。

让鱼香肉丝不可思议的是，他觉得和宝宝一起的男子面熟极了。一米七零左右的个头，三十七八岁的年纪，明朗端正的五官。好熟悉，像是他的一只左手或是右手那样熟悉。低头看看自己，鱼香肉丝惊到了，身上那套蓝色西装竟然和男子一模一样，看啊，还有皮鞋，也是同样的款式，同样的颜色。

和宝宝一起的男子会是他自己吗？这怎么可能，他明明离着宝宝还有一段距离。再者，人怎么可能看到自己呢？如果不可能，那么和宝宝一起的男子为什么和自己那么相像？简直就是另一个他。还有一种可能，是他认错了人，那个女子根本就不是宝宝。一切不过是个巧合罢了。

他决定再给宝宝打个电话。

鱼香肉丝发现，他跟踪的女子从米色外套里掏出手机，看了看来电显示，挂掉了。然后做了一个动作，头轻轻靠在身边男子的肩头上，坏，在身边还打电话，是不是不相信我是真的啊？

让鱼香肉丝惊悚的是，身边那男子手里的确是在握着手机。他狠劲地掐了一下自己，有痛感，不是在做梦。

有人过来做广告，小姐拍张照片吧，立等可取。宝宝发出甜美的声音，真的么，立等可取？好吧，我照，和天安门合张影。

便携式打印机在打印照片，借着小小的等待，宝宝再次从米色外套里摸出手机，这次不是有来电，是她主动拨打出去——老公，我到天安门了，和开会的女伴在一起，不放心让她和你说两句话？我刚才和天安门合了影，拿回去给你看哈，快相，好贵的呢。

边对着话筒说话，边羞怯着对身边男子做了一个可爱的小鬼脸。身边男子的激情被小鬼脸引爆了，眼神从刚才的节制转而火辣辣。呼呼地往外喷射荷尔蒙。

去哪儿？

大栅栏。那儿有快捷酒店。

这明明就是偷情，不是爱情。鱼香肉丝对他们充满了蔑视，可是，他又不死心，万一她不是他的宝宝呢？他紧跑了几步，跑到男女的前方，伸手去拦截。他要亲自证实一下。

又一件惊悚的事情发生了。兴奋的男女根本就无视了他，他们把他当成了看不见形状的空气，穿越了他的手臂，又穿越了他的身体。手拉着手，甜甜蜜蜜地往大栅栏的方向而去。

宝宝，是我，我是肉肉——

他们根本听不见他的呼喊。

地震了么，身体怎么在晃啊。

鱼香肉丝费力地睁开眼睛。原来，不是地震。他在一个人的背上，那个人在背着他行走。这是在哪里，身边怎么会那么多人呢，简直是摩肩接踵。一队一队的人还举着小旗子，呼呼啦啦地朝着一个方向走。他的目光朝着人群奔涌的方向望过去，那里有一个高高的大门楼。这个大门楼地球人都熟悉。猛然间，鱼香肉丝想起来了，他不是在这个门楼下等着爱情吗，咋会跑到别人的背上了呢？

醒啦？你在城楼下站了两天，最后都累昏了。

是耿大厨的声音。噢，鱼香肉丝弄明白了，自己是在耿大厨的背上。

咱回去休息两天，把身子养好了再接着等，等到为止。

耿大厨说话有些喘息。也是四十来岁的人了，真是岁月不饶人，那么强壮的女人，也明显气力不足了。想当初，一脚就能把男人踹在地上，那是何等彪悍。一股酸涩蛮横地袭击了鱼香肉丝，心一软，眼窝就潮湿了。

我饿了。

想吃啥？

鱼香肉丝。

掌声响起来

一

握着话筒的吕春秋，在演出开始前的半个小时，就占据了后台最佳位置。从这个位置，他可以将第八排的观众尽收眼底。除了第八排，其他席位的观众虽然不能尽收眼底，但是从现场热腾腾的气氛来感受，基本上该来的都已经来了。来了的观众，不是吕春秋关注的焦点，他只要盯住第八排就可以了。第八排的观众一现身，意味着该他大展身手了。

吕春秋既不是主持人，也不是参加演出的演员。但他的作用是主持人和演员不可替代的，台下说不定就有专门为他而来的观众。此刻，吕春秋的时间是按秒来计算的。在这每一秒中，他的眼睛牢牢地盯着第八排座椅，心里默默祈求，那些椅背上贴着名签的特殊座位尽快被填充吧！它们早一秒被填充，他的时间便会充裕一秒。吕春秋的眼睛不敢从第八排的座位上挪移开哪怕一微秒，与此同时，他的脑子也投入到了紧张的运算中。脑子的运算，紧紧围绕着眼睛反馈回来的结果，是倒计时的一种算法。第八排的人，在开场前十分钟，也就是六百秒时出现，他该怎么做。在开场前四百秒出现，他该怎么做。在离开场不足三百秒出现，他

224

又该怎么做。不同的时间出现，他要拿出不同的应对方案。随着时间的推移，他预备好的若干方案，被不断残酷淘汰，剩下最精华的部分。那个过程，就像一场竞赛，他被分成无数个自己。每一个自己都要向评委展示才华，使出浑身解数打动评委，让评委亮出高分，获得继续留下的机会。为难的是，评委不是别人，是他自己。作为评委的那个他，当然不想把更多的展示才艺的"自己"踢出局。每一个"自己"的才艺展示，都经过了辛辛苦苦的准备。

等待和自我淘汰的过程，对吕春秋是一种巨大的煎熬。尽管不是第一次站在这个位置，积累了比较丰富的临场应对经验，但他还是不能有丝毫的懈怠。演出对他不重要，甚至演出是否成功，对他而言也不重要。重要的，是他在这个台上的每一秒。可能注意力太过集中的缘故，衬衣被汗水浸湿了，吕春秋都浑然不觉。事实上，整个剧院里，除了纯粹观看演出的观众，没有谁是不紧张的。化好妆的主持人，在吕春秋的身边抓紧对词儿。负责音响的团队，在进行最后调试，哪怕之前有了几十次的试音。第一个上台的演员，坐在候场的沙发上，反复做深呼吸动作。他身边站着的人，拿了一把舞蹈用的红扇子，在呼哒呼哒地对着自己的头扇风，怕出汗弄花了脸上的彩妆。跳开场舞的小朋友，也在带队人的指挥下，在上场门排好了队伍，像一只只小鸟，就等着出笼起飞。手里拿着一沓子文案之类材料的总导演，正在将口干舌燥进行到底，根本顾及不上自身形象，脑后扎起的小刷把儿随时有散落的可能。舞台下三台固定机位的摄像机，从左右和中间三个位置架在剧场空地上，头戴耳麦的摄影师站在椅子上，一边开机检查镜头里呈现的画面，嘴巴一边对着麦说着什么。唯一的一台游机，如即将奔下山的猛虎，看似安静，实则在为捕捉猎物蓄积爆发力。

开场前的白热化气氛，一律和吕春秋没有关系，他只需坚守自己的阵地，算计好自己的每一秒。"咋还不开始啊。""那个逗笑的还没出来，开始不了呢。"在一片嘈杂中，从前排飘过来的对话，清晰地钻进吕春秋的耳道。他知道，对话里的"那个逗笑的"就是他。他看不见对话的人，但从对话的内容来判断，他们是知道他的，了解他在台上发挥的作用。而且也能够从语气上推测出来，他们对他充满了认可。现在的吕春秋，多大的阵势没见过？这点儿小认可，不过是正餐前的一道小甜点而已。忽然，台下和台上的乱糟糟都有了变化，吕春秋预感到，第八排的观众马上就会出现在他的视野里。果然，一拉溜身着白衬衣的人，鱼贯地填充进第八排的座位。他们衣着统一，表情统一，没有任何旁出斜溢。填充的精确度是百分百，按照提前排好的队列，一个挨着一个地坐到贴着自己名签的座位上。吕春秋深吸一口气，拔了拔腰板儿，只等第八排所有的屁股坐稳那一秒的来临。"吕春秋，开始热场！"盯着第八排屁股的绝不只有吕春秋，在离演出开场还剩五百八十秒的时候，导演发出了命令。

五百八十秒，将彻彻底底地属于吕春秋。不长，却也不算很短。我来了——举着话筒的吕春秋，单枪匹马上阵了。

二

观众朋友们，大家好，好些日子没见，把我想得都快得相思病了。刚谁说的，也想我？我不相信，要是想我的话，得用掌声来证明，鼓掌的时间越长，说明想得越厉害。我喊三二一，就开始鼓：三、二、一，开始！

吕春秋单刀直入式的开场，套用了春晚上冯巩演小品的出场模式。这个模式不是随便套用的，它得建立在观众对你熟悉和喜爱的基础上。在吕春秋的号召下，包括第八排在内，台下的观众都伸出热情的手掌来。"偷偷的想我不算，把手举起来鼓，让我看见才行。"吕春秋右手的话筒伸向台下，脸侧过去，把耳朵对着观众，左手的掌心朝上，做撩拨的动作。这一招立竿见影，如潮的掌声立即响起来。负责游机的摄影师，早将镜头对准了鼓掌的观众。游机非常灵敏，它捕获的对象，不光掌声热烈，鼓掌人的表情还要优质，一副被精彩演出陶醉了的样子。尤其是第八排的特殊观众，必须确保每个人鼓掌的动作、鼓掌的表情都无可挑剔。正鼓着掌，哪个人的眼神飘了，这样的捕获就前功尽弃了，得重新再来。

刚才的掌声，我听出来了，大家伙都挺想我的。但是，力度还不够。您说啥，让我表演节目？表演节目可以，我得看看大伙的表现。十五秒掌声，走起——吕春秋用丹田气发出的"走起"两个字，震得前几排观众耳朵嗡嗡的。这一次，吕春秋的左手不再做撩拨动作，而是高高地举过头顶，手指一根一根地扳倒，用来计算鼓掌的秒数。左手不放下，意味着不够十五秒，你就得继续鼓掌。吕春秋不是站着不动的，他在舞台上跑动，左手计算秒数，右手的话筒不断变化角度，伸向观众席位。彼时，他好比一个将领，在指挥千军万马作战。没有人不听他的，即便第八排的特殊人物，还不是乖乖的按他的号令行事。一边指挥，吕春秋一边观察，看游机是不是捕捉到了最佳鼓掌画面。

两拨掌声才是一个花絮。别说普通观众，仅仅第八排的掌声就不够。吕春秋注意到，游机在拍摄第八排的第二波掌声时，本来整体效果非常不错，突然一号席位上的人，做了一个捂鼻子的动作。看样子，应该是鼻黏膜突然受到刺激，想打喷嚏了。一号席位上坐的，可是第八排的核心人物，不能有任何的瑕疵。而且，他们不比普通观众，观看演出带有其他某种意义，露完了脸儿，随时有退场的可能。第八排一旦退场，想补拍画面都来不及。那样的后果，不堪设想，也绝对不容许出现。因此，前期热场任务非常艰巨。口干舌燥进行战前检阅的女导演，也敛声静气地站在吕春秋上台前的位置，查看第八排的热场效果。

看起来，我不放大招儿不行了。吕春秋的这句话卡在距离开场的四百六十八秒上。"想看我放大招儿的请鼓掌！"吕春秋又重复了一遍，声音的高度绝对是准嘎调。台下气氛开始躁起来，间或传出几声口哨，很多老观众知道，这个相貌平平谢顶严重的小伙子，搞笑是真的，身上有功夫也不是假的。一波掌声结束，吕春秋对着话筒说，只要大伙掌声不停，我就不停。说完了，将话筒放在舞台上，活动了几下手腕，然后一个利索的倒立。掌声中，蝎子般倒立爬行的吕春秋，从舞台的这头，爬向舞台的那头。然后，再从舞台的那头，爬回舞台的这头。他爬啊爬，台下的掌声、呼叫声，汇成一片欢乐的海洋。吕春秋的蝎子爬，充满了悬念，有时候眼看着就要支撑不住了，胳膊也晃了，腿也抖了。观众鼓起的热烈掌声，总是给吕春秋力量，让他化险为夷。吕春秋人在台上蝎子爬，眼睛和心都在台下。带轮子的游机，像是大海中的一条鱼，肆意地游来游去。在舞台上爬了两圈，吕春秋来了个鹞子翻身，漂亮地定在舞台中央。停下，是他真的爬不动了吗？当然不是。包括爬行的悬念，都是他故意制造的笑果。只会蝎子爬，那就不是吕春秋了。他在心里计算了一下，余下的时间，完全来得及放一个更大的招儿。

这个更大的招儿是第一次用。以前热场，吕春秋唱过《梨花颂》，这是一曲京歌儿，用的是戏曲旦角小嗓发声法。《梨花颂》

是京剧大师梅葆玖先生代表作《大唐贵妃》的主题曲，被先生唱响后，又经李玉刚等知名艺人翻唱，为大众所熟知。表演大众熟悉的，容易产生共鸣的同时，也有一定的风险性。尤其是吕春秋所在的这座城市，号称戏曲和曲艺之乡，哪里有微瑕观众都会听出来，想要讨彩儿并不是容易的事情。经过之前热场时的小试牛刀，吕春秋版的《梨花颂》得到了观众的认可，颇有几分梅派的风韵。既然是大招儿，就不能复制以往的经验，要有创新才行。让观众和自己做了五秒钟的喘息，吕春秋对着话筒问，大家伙都累了不？台下观众和他互动，累了！吕春秋假意要转身离开舞台，本来还想给大家来个绝活呢，既然都累了，我就省事了，古德拜。台下挽留声一片，别呀，我们不累，一点儿都不累。吕春秋笑呵呵地收回脚步，那行，您各位坐住喽，要是还觉得我这个绝活不孬，完事儿别忘了鼓掌。

右手握话筒，吕春秋的左手和身上就起了范儿：

梨花开，春带雨
梨花落，春如泥
此生只为一人去
道他君王
情也痴　情也痴
天生丽质难自弃
天生丽质难自弃
长恨一曲千古谜
长恨一曲千古思
……

吕春秋的唱功越发的好了，台下观众显然听得入了神。热场讲究的是快节奏，在最短的时间内，调动起观众的热情，鼓出镜头需要的掌声和氛围。之前吕春秋虽然也唱过《梨花颂》，不过是片段式的。今天看这阵势，吕春秋大有把整首京歌唱完的意思，去除音乐的间奏，还得一百八十秒左右的时间。一百八十秒之内，没有一片掌声，所有的观众都在安静的欣赏状态中，这种行为风险性太大了。万一前几波掌声的画面不够，万一《梨花颂》没有弥补欠缺的掌声呢？上场口的女导演，手已经抬起来，就要给吕春秋手势了。最终手势没有落下去，是吕春秋过往的表现给了她坚持的信心。这么大的演出活动，市里的四套班子成员都来全了，吕春秋心里一定是有底数的。不光导演在等吕春秋的绝招，台下的观众也在等吕春秋的绝招。因此，在那个绝招放出来之前，观众达成了默契，只负责欣赏，不让掌声响起。没有掌声，游机也没有闲着，在抓拍观众面部的特写。陶醉于精彩的演出，此处无掌声胜似有掌声。

"长恨一曲千古思"，唱到结尾的这句，吕春秋忽然来了一个卧鱼儿动作。这个动作，不在对梅派代表作《贵妃醉酒》的借鉴，重点是完成的漂亮度。它是如此流畅，如此到位，腰和腿上的功夫尽展无遗。如果不是知道台上人热场的身份，还以为是科班出身的演员在表演。没有掌声，剧院寂静无比，人都震惊了。热场的节奏都在吕春秋的掌握中，他让震惊产生的寂静保持了三秒钟。就三秒，三秒钟后，他故意来了个败笔，身子一歪歪，倒在舞台上，嘴巴和地板亲密地吻在一起。轰的，先是笑声，然后暴烈的掌声、口哨声、叫好声紧跟上来。第八排特殊观众的情绪也燃烧起来，鼓出了发自内心的掌声。还有三十秒就要开场，自己该下台了，吕春秋一个鲤鱼打挺，站在舞台上向观众鞠躬告别，宣告他的使命结束。在爆燃的掌声中，吕春秋迈着王者的脚步，走下舞台。

三

吕春秋王者的风范，随着五百八十秒热场任务的结束而终结。"吕春秋，赶紧上台撤道具。""吕春秋，给主持人换一个话筒。"恢复了臣民角色，随便一个什么人都可以吆喝吕春秋。动作慢了，还可以指责他。吆喝他，指责他，不需要考虑他会不会生气，用不用向他道歉。因为无论吆喝还是指责吕春秋，都是最安全，最没有风险的。很多年，吕春秋就是这样被吆喝和指责过来的，从来没有反抗过，笑呵呵照单全收。

这场以庆祝中华人民共和国成立七十周年为主题的大型文艺演出，是吕春秋单位承办的。吕春秋所在的某某 TV，每年都要承办若干台晚会联欢会，以及各种文化赛事。每一场活动的举办，都需要各个相关部门共同协作。吕春秋的部门是办公室，负责全体演职人员的后勤保障。然而每次演出，吕春秋肩负的，都远远超出职责范围。帮技术部搬运器材，替文艺部发放节目单，等等吧。细细碎碎，吕春秋就是一块红砖，哪里需要哪里搬。各个部门只要向办公室申请增援人员，办公室主任准会说，让春秋去吧。渐渐的，吕春秋就成了公共财产，大家伸手拿来就用。吕春秋也特别好用，不管使用他的人年龄长幼，他都小毛驴一样顺从。

没脾气的吕春秋，其实笔杆子也非常硬气，写得一手好材料，单位里的年终工作总结，领导开会的讲话稿，都出自吕春秋笔下。行内人都知道，这两样东西是最难写，最煎熬人的。尤其是领导讲话，一遍一遍被打回来重新修改的挫败感，你会恨不得真化身成一条领导肚肠里的蛔虫，了解了领导真正的意图后，再返回到人间来。办公室一众人等，为了写好领导讲话，不知道蹉跎了多少头的秀发。好了，吕春秋来了。吕春秋的一支笔，让办公室得以解放，拯救了秀发的噩梦。

雷打不动的吕春秋，流水的领导。十年时间，熬走了三任台长，三任办公室主任，吕春秋从刚来时的二十七八岁，变成了年近四十的油腻大叔。曾经的办公室同事，一个个成了办公室主任或是副主任，在吕春秋的身边风光无限。吕春秋以不变应万变，总是一副笑呵呵的旧模样，爽快地接受大家的吆来喝去，心甘情愿在公文材料里苦熬岁月。在这家 TV 上班的人，都有相似的感觉，吕春秋用着是舒服，但好像缺了点文人的风骨。要是自己给领导讲话稿写那么好，指不定得多拿捏呢。因此，任意的吆喝，里边未尝不掺杂着颐指气使的姿态。吕春秋不明白吗？他仍然笑呵呵的，一副懵懵懂懂的憨态。除了写得一手漂亮的公文材料，吕春秋嗓子也是个亮点。每年的记者节，单位都会组织一次内部联欢，要求各部门一个不落地出节目。文艺部的文艺人才济济，节目总是最出彩的，其他部门虽然稍逊，却也尽心尽力，都有可圈可点之处。只有办公室的节目差强人意，年年弄个三句半，中间还忘几次词儿，把同僚们笑得东倒西歪。吕春秋给办公室争了光，他和专题部一个老大姐联袂表演的《坐宫》惊艳四座。往届的记者节，老大姐就像本部门的形象代言一样，都会来上一段传统京剧的经典唱段。吕春秋那一番和老大姐的跨部门合作，既让老大姐超常发挥，自己又给所代表的办公室争了光。本来这段对唱到了老大姐的"适才叫我盟誓愿，你对苍天与我表一番"就圆满结束了，吕春秋又给自己加了"叫小番"的戏码。那句高八度的"叫小番"说不上气贯长虹，起码也绕了多功能会议大厅八圈儿，还余音袅袅。"我拖了老大姐后腿，大家多包涵。"吕春秋鞠躬下台，还不忘笑呵呵进行自我批判。

正是这段叫小番，才使得吕春秋阴差阳错地登上舞台，成为最佳热场人。

四

真的是阴差阳错。

一个大型演唱会上，负责热场的同事，在热场环节正在卖力热场。什么叫热场？顾名思义就是让场热起来。热场同事尽管有着丰富的热场经验，但方式方法略显单一，感觉好像逼着观众要掌声。也没有人认为不妥，据说央视大型演出还专门有领掌的呢。鼓掌鼓得好，说不定还可以上镜，在电视里看见自己，就为了这个，观众也愿意卖卖力气，掌声随着热场人晃动的手臂，一波接着一波地响起。

那天有个什么情况呢，坐在第八排的特殊观众来早了。一般而言，这种现象发生的概率不大。特殊观众不比普通观众，他们是日理万机的，时间比金子还珍贵。即便那日没有万机可理，也不会来得太早，特殊身份使然。这就难为了热场的同事，游机需要的掌声是拍够了，但离演出开场还有四百多秒的时间，他总不能提前下台吧。可是不下台，他的嗓子都喊哑了，实在无力支撑到最后一秒钟了。上场门的导演，也在焦急地跟他打手势，让他轻伤别下火线。什么叫急中生智？被逼无奈的热场同事，在扫到吕春秋身影那一瞬，想出了一个救场的办法。吕春秋不会热场，也丝毫没有热场经验，可他会唱叫小番呀。"鼓了半天掌，大家都累了，趁着这个机会，让我的同事给大家来一段叫小番。"话筒里传出来的嘶哑声音，吓了整个后台人一跳。搞什么鬼，这个场合不比单位内部的小联欢，万一吕春秋怯场了怎么办？然而，话说出来，就没有退路了，只能让吕春秋顶上去。

"吕春秋，赶紧上场！"后台演职人员异口同声，将忙得脚打后脑勺的吕春秋推上了舞台。一脸懵的吕春秋，迈着顺拐的步子就上了台。台下泛起笑波，观众以为吕春秋是在表演。"你瞅瞅，傻了吧唧的就上来了，不想给观众唱呗。麻利儿的，你拿手的叫小番，给亲爱的观众展示一下。"看出问题的热场同事，既是给吕春秋打圆场，也在提醒吕春秋，赶紧进入状态。但见手执话筒的吕春秋，用丁字步扎稳了身子，开嗓唱道：一见公主盗令箭，不由本宫喜心间，站在宫门叫小——

行家一张嘴就知有没有，前两句的西皮快板行云流水，台下所有痴迷国粹的人，手掌情不自已地举起来，敛声静气等着"番"这个经典嘎调出来。令人意外的是，"番"走了低八度，唱的人还捶胸跺脚，仿佛"番"字如一截便秘者肚里排不出的大便。观众笑场，笑得稀里哗啦。游机摄影师高兴了，抓住机遇猛拍。艰涩地吐完"番"字，让观众笑得差不多了，吕春秋挺直腰板儿，再次站成丁字步，一口气唱出"一见公主盗令箭，不由本宫喜心间，站在宫门叫小番"。嘎调版的"叫小番"，在影剧院的上空盘旋，伴着雷鸣般的掌声。在掌声中，吕春秋迈着上台时的顺拐步子，走下舞台。

那晚演出结束，帮着把器材装上车才回家的吕春秋，一边蹬自行车，一边反复地哼唱"叫小番"。吕春秋不抽烟不喝酒，就好唱两嗓子。家里不能唱，孩子要写作业，没有他展示的空间。于是每天上班下班的路上，便成了吕春秋的舞台。他唱给自己听，唱给蓝天白云听，唱给星星听，唱给绿地里的花草听，唱给擦肩而过的行人听。唱一唱，心里的烦恼就没了。唱一唱，日子又有滋味了。唱一唱，乐呵呵的能量又足了。但是那晚不同了，吕春秋的哼唱里，添加了自豪的分子。他居然也可以自豪，那种感觉简直太享受了。两千多名观众为他鼓掌，高层领导为他鼓掌，做梦都梦不到的场景啊。相比之下，单位内部的小联欢屁都不是。他多想高兴地哭一场，比哭更急迫的，是马上赶回家，让老婆和儿子分享他的骄傲。他们分享了，一份骄傲就变成三份了。他们说不定也会像他一样，自豪得想要流泪。如果这样，他们三个就抱在一起，让自豪的泪水交融。

吕春秋这样想着，蹬车的腿就加了力量，没有铃铛的自行车简直要飞了起来。

五

想想都惭愧，吕春秋还从来没让老婆孩子为他自豪过呢。

在电视台上班，听上去既有里子，又有面子。你老公是记者？是编导？是科长？要不是主任？副的也不是？噢，不是，那他是啥？还有比这更尴尬的，亲戚们遇到了事儿，想起电视台有人，一通电话就打过来，春秋哇，找找关系，看这事能解决不？一通又一通的电话，抱着希望而响起，带着失落而沉寂。事实证明，TV里边也有吕春秋这号的，啥也不是，啥忙也帮不上。"儿子，好好学习，妈就指着你争光了。"媳妇的话是说给儿子的，吕春秋怎么听都像说给他听的。他是个没出息的人，让他们失望了。

飞翔吧，吕春秋。"一见公主盗令箭，不由本宫喜心间，站在宫门叫小番"是飞翔的翅膀，把吕春秋带回了家。一推门儿，鸡飞狗跳的浪头差点把吕春秋掀翻了。"只要一写作业，屎也来了，尿也来了。你瞅瞅表，几点了，活祖宗……"见了吕春秋，媳妇儿立刻调转方向，嘴巴为弓舌为箭，嗖嗖嗖一顿乱射，一百单八箭，箭箭射中吕春秋的要害。顷刻间，吕春秋的肌体和灵魂千疮百孔，自豪感化成了水，顺着孔眼儿汩汩流泻。

那个晚上，是吕春秋热场生涯的起点。几年以来，究竟热了多少场，他自己都数不清了。遗憾的是，媳妇和儿子从未到过演出现场观看演出，没见过演出开始前，在热场环节中，所有的掌声为他一人而响起的壮观场面。他们没有时间，儿子忙着写永远也写不完的作业、补永远也补不完的课，媳妇同步跟进，为儿子永远写不完的作业、永远补不完的课而焦头烂额。他们互相仇视，互相敌对，很少见母慈子孝。吕春秋陪儿子写作业，媳妇不放心，他那样软囊囊的性格，怎能震慑得住儿子。媳妇是铁腕管制，家里的电视机形同虚设，经他热场的晚会之类的娱乐节目，几乎就没在屏幕上露过脸。"这个相声一点也不好笑，为啥观众笑成那样，太夸张了吧。"假如媳妇和儿子这样问，他会中气十足地告诉他们，这可是我的功劳噢，编辑剪辑的时候，把观众给我的掌声，剪下来插播到了这个地方。可惜，他一直没有获得过这样的机会。

吕春秋为了把场热出新意，暗地里下苦功夫。伺候着母子吃了喝了，把碗筷洗干净，灶台收拾齐整，地板擦拭得一粒尘都染不上，再端上一盘水果给写作业的母子，说上一句"我赶个材料"，就进了自己和媳妇的卧室。关上卧室的门，就是他的天下了。房子是二手的，面积不到八十，再去掉公摊，可使用面积显得非常有限，扼杀了他想有个书房的梦想。他和媳妇的这间屋子，既是卧室，又是工作室。电脑桌与床头并排，像是一对难兄难弟。吕春秋的话，媳妇是信任的。卧室的这台电脑，被吕春秋过度耗损，如果它有头发，恐怕也像吕春秋一样，早就不堪重负纷纷逃离了。经过艰难蜕变，刚要变成领导肚里的蛔虫，领导便调离了。随着新领导的上任，吕春秋新一轮的蜕变之路又开始了。吕春秋十年的蜕变历程，又何尝不是卧室这台电脑的成长履历呢。

与吕春秋一起拼搏奋斗的电脑，发现吕春秋会撒谎了。它明明听到吕春秋说"我赶个材料"，却对它置之不理，偷偷摸摸打开了手机。戴着蓝牙耳机的吕春秋，跟着手机屏幕上的视频，学习各种"知识"。"知识"真是五花八门，有从本地域土壤长出来的戏曲曲种，有黄梅戏等外来却被大众熟知的曲种，吕春秋挑选出各个曲种中的名段，咿咿呀呀地跟着学唱。学唱戏曲不过是"知识"的一部分，曲艺也被吕春秋列入学习的重点科目。在曲艺之乡学曲艺，和在戏曲之乡学戏曲，有着同等的难度系数。大段大段的相声贯口，最拗口的绕口令，吕春秋对着孤独的白墙，一遍一遍地背诵。墙皮被喷出的唾沫星子洇湿了，再干燥。干燥了，再被洇湿。慢慢的，嘴皮子紧了，不再往外喷唾沫星子，白墙结束了被摧残。相声"说学逗唱"四门功课里，唱的本门是太平歌词，吕春秋将《鹬蚌相争》《文王卦》《五猪救母》等名段唱得津津有味。那首著名的北京小调《探清水河》自然不能落下，它可是能够把热场变成演唱会的保留曲目。一切知识的学习都在悄悄的状态下进行，确保不能惊扰了做作业的母子。嗓子的声调，调成最低那一档。

六

今晚，是七十年大庆晚会在电视上播出的日子。吕春秋决定要做点什么。

一台晚会，要先在剧院带观众录制，经过后期编辑剪辑后，才能在电视上播出。现场直播，只有央视这样的老大，才能有气魄干。即便是央视，也不是所有的文艺演出都是直播。

"我邀请你们看电视，我们台的联欢会，不许拒绝噢。"真是个诗意的夜晚，在国庆假期开启的前夜，儿子难得不用去补习班，也不用去上特长班，而且母和子暂时没有剑拔弩张的迹象。"儿子要做卷子，哪有闲工夫看你们那个破晚会。"嘴上这样说，媳妇用狐疑的目光打量吕春秋。她大概觉得吕春秋不会平白无故邀请他们看晚会，邀请的背后定有文章。吕春秋当然懂媳妇的眼神。热了几年的场，媳妇和儿子从来没有看过，他想把家当成舞台，让母子做观众，给他们来一个专场。虽说只有两名观众，但一点也不能含糊，在剧院热场的任何细节，都不能拉下。他敢说，这是他热场生涯中最精彩的一场，精彩的再度呈现，一定会令专场的两名观众目瞪口呆。他们会惊呼，原来他们认为的那个软囊囊的父亲和丈夫，竟然会这般光彩照人。接下来，他们会急迫地把目光转移到电视屏幕上，不是为了看节目，而是猜测哪阵掌声因热场人而响起。他们眼睛里流溢的光芒，尽管迟到了几年，必定更加璀璨。寻找完了掌声，也许他们还会好奇地问他，《梨花颂》怎么唱得这么好，卧鱼儿的功夫又是从哪里学来的。当然，还有蝎子爬，他们天天在他身边，居然不知道他还有这等本领。看架势，他们要重新认识他，打开他的内部，看看里边究竟有多少不被他们所知的宝藏。

本着要看清吕春秋背后文章的目的，媳妇应答下来。吕春秋的心兴奋得怦怦跳动，一边收拾碗筷，一边看时间，恐错过了热场时机。晚会八点在卫视台播出，他要赶在播出前，完成五百八十秒的热场。五百八十秒，一秒都不能少，原风貌原汁原味地奉献给两名观众。哗啦，一只碗摔在地上的炸裂声。"碎碎平安，碎碎平安！"在谴责抛过来前，吕春秋赶紧化解。终于，在距离播出六百二十秒的节点，攥着擀面杖的吕春秋出现在客厅。客厅经过了简单布置，茶几挪到了阳台上，空出来的场地供吕春秋使用。沙发上的母子两个，一边从摆在腿上的水果盘子里捏草莓吃，一边交换神色等着阅读吕春秋交出的神秘文章。以往的相互敌对，在交换神色的瞬间，和解成一幅岁月静好图景。沙发对面的电视机已经打开，漫长的广告在一档节目结束后，急吼吼地霸住了屏幕。像一个赖皮者，在被晚会轰下台前，施展各种媚态，以期吸引观众的注意力。

电视的位置是舞台中央，以擀面杖为话筒的吕春秋，站在舞台的一侧，全神贯注地等待五百八十秒的到来。真是奇妙得很，只要站在舞台上，他心里的时间表便会自然启动，每一秒的在场与流逝，都掐算得毫厘不差。台下的两名观众，停止了咀嚼，他们被候场的吕春秋镇住了。虽然他手里举着一根擀面杖，但是一点也没觉得好笑。这是他们生活中的吕春秋么，怎么如此精神焕发，眼睛里放射出来的自信和豪气熠熠生辉。他们的这个屋子，都突然明亮了许多。将母子震惊尽收眼底的吕春秋不动声色，在广告亢奋的背景音乐中，让候场的三十秒从他心头一一划过。与在剧院舞台候场不同，他不用紧紧盯着第八排的空座。此刻，台下全部的两名观众都在场，他体验到了每个一秒从心头划过时痒酥酥的感觉。痒酥酥的感觉好美妙，助力即将上场的吕春秋，热场获得巨大成功。

观众朋友们，大家好，虽然天天和你们两个相见，我还是想你们想得都快得相思病了。你们说什么，也像我想你们一样想我？我不相信，要是那样的话，得用掌声来证明，鼓掌的时间越长，说明想得越厉害。我喊三二一，就开始鼓：三、二、一，开始！

倒计时五百八十秒，吕春秋迈着昂扬的步伐上场。热场一开始，就是超级能量的节奏感。台下的母子，身不由己地被代入到节奏里，举起双手准备鼓出热烈的掌声。突然，刷的一下，屋子的明亮被黑暗袭击了。静，被推上舞台，成为主角。

爸，又跳闸了！

许久，儿子喊出一句话。

左转弯，右转弯

尴尬的包皮手术

不会再出来了吧？

转头撩了一眼岳父母紧闭的卧室门，得子压低声音对小艾说。

放心吧，你解放了。

小艾看着用两手撑着毛裤的得子，觉得有几分滑稽，就嗤儿地笑了一下。

得子并没有松懈下来的意思，两只手依旧撑着毛裤，防止毛裤触碰到里边的宝贝。

不会出来了。

那可说不准。

得子的确不放心，老两口子万一闹了肚子呢，推开门一瞅，姑爷光着个大屁股在客厅里，那自个儿还不得膫得撞墙。还是小心谨慎为好。

那你就撑着吧。漫长的广告结束了，小艾的眼睛又盯在《非诚勿扰》上了。

烂掉了，你就省得用了。

得子看着裤裆里的裹着纱布的那个东西，一腔子的愤恨朝着小艾发射。

手术又不是她让做的，凭什么把怨气撒到她身上。但一看到得子两只手撑着毛裤的辛苦样子，小艾就开始同情起得子来，于是，话语的坚硬度就减弱了几分。

好吧，要真是烂掉了，我保证后半辈子不出轨，为你守身。

哼——掺杂进几分蔑视的一声哼，从得子的两只鼻孔里挤出来。在他看来，从鼻孔里表达出来的不信任，比言语的杀伤力要大得多。

啪！小艾冷丁在自己的脸上抽了一巴掌。

忏悔了吧？得子脸上的愤恨，快速地转换成笑吟吟。难得幸灾乐祸一下子，撞上了就抓紧享受。

您悠着点，笑大劲儿了，会连累到下边。小艾两颗眼珠子依旧粘在孟非脸上，朝着得子摊开拍脸的手掌。掌心里躺着一具蚊子的尸体。蚊子都修炼成仙了，这儿冷都冻不死呢。

睡觉去了，一个总叫唤吹牛逼的节目有啥看头？

小艾差点没乐喷了，你有点文化好不好，啥吹牛逼，人家那是英文歌好不。

说出名字来，说不出来就是吹牛逼。

小艾还真是说不出具体的名字，刚开始的时候，男嘉宾进场的那首歌，她听着也有点像喊"吹牛逼来"。后来听药店的同事说是一首英文歌，得子再说吹牛逼之类的话，她就辩驳说明明是英文歌，你这个龌龊的人才往歪处想。今儿晚上得子纯粹是无事生非，小艾不想和他置气，就说，你说吹牛逼就是吹牛逼，睡你的觉去吧。

我还没洗澡呢，麻烦您给我接点水。

等会儿行不？

不行，身上黏着呢。再不接水，我喊啦！

你是爷爷，我怕了还不行吗？

得子知道小艾最怕他这手，这一招儿简直是他的杀手锏。一般情况下他不用，因为这是招人恨的一招儿，也显得他特猥琐，好像拿着小艾一把。其实，小艾不知道，就算小艾不服从他，他还真的不敢大声喊。一旦喊了，两个老人肯定往别处想，准定琢磨是他容不下，在故意找茬和小艾打架。本来他也不想轻易得罪小艾，可是实在太憋屈了，一个小小的包皮手术把他折腾得筋疲力尽。他需要排泄鼓张的愤懑，除了小艾，把谁当成下水道都不合适。

折腾一下小艾也是应该的，谁让她当初那么热情地建议呢。她和那个该死的真爱医院一样，是整个包皮事件的罪魁祸首。享受小艾服务的得子，并不领小艾的情，梗着脖子一副苦大仇深的模样。小艾默不作声，把一腔子不情愿咬碎了，吞进肚里，装作一个不小心，触碰一下受伤的物件。这招儿见效，得子像是触了电，五官顷刻间来了个大团圆，拧巴到了一起，浑身的肌肉无节奏地颤抖着，同样颤抖的两只手伸向痛源，想要去安抚它，却又不敢真的触碰。一声巨大的"啊"卡在得子的喉咙间，憋得得子脸红脖子粗。疼了吧，我不是故意的。小艾心里流淌着复仇的快感，还得做出一副关切和无辜的嘴脸。

你是故意的，再敢来第二次，我就大叫，让你爸妈听听，你是咋欺负我的。得子的后槽牙都咬成碎末儿了。

下一道程序是睡觉，得子光溜溜四仰八叉躺在床上，任由小艾将一只纸箱子罩在他身上。纸箱子是经过再创造的，前后的挡板被剪掉了，这样得子的胸部以上和腿部以下的部位，都可以露出来。纸箱不能负重，最多可以承载一条毛毯，但总比冻着强吧。

那个东西是万万不能和被子接触的，睡着了身子一动，就会发生摩擦，摩擦会产生疼痛。纸箱子改造工程，是得子自己发明、小艾具体实施的。前天晚上开始投入使用，小艾看着罩在纸箱下的得子，说了一句让得子终身不爽的话，千年的王八，成精了。

小艾，摸摸暖气热不？一到后半夜，得子就被冻醒了。醒了，他就喊小艾。梦呓中的小艾，嘴巴里咕哝出一句"还不该供暖呢"，任你千呼万唤也无声无息了。睡不着的得子就开始骂骂咧咧，唠唠叨叨，骂物业不提早供暖，不知道作为大爷的他正在受苦受难。唠叨小艾不能共患难，睡得像死猪。其实，得子心里明白，他最想骂的，最想唠叨的，是他自己。要不是自己看了真爱医院的广告，说切了包皮可以如何如何，而且还不耽误工作，做完了就可以照常上班……

收入不多，又人到中年的得子，轻易就被真爱医院的广告俘虏了。在这之前，得子一直有一种期待，期待他的生活中，存在某种神奇的力量，可以化腐朽为神奇，让快要馊透了的日子，重新变得鲜灵起来。但他又不知道那种神奇的力量是什么，只是很模糊的一个概念，直到那天一个撒广告的女人，将一本印刷精美的小册子塞到他手里，当看明白是真爱医院的广告时，得子偷偷笑了，不就是包皮么，他有哇。于是，得子都没有和小艾打声招呼，就兴高采烈地去了医院。二十分钟后，得子借着麻药劲儿，开着它的三轮摩的回家了。谁会想到，麻药劲儿一过，那个地方沾不得，碰不得，你若不小心沾了碰了，它就要你好看，丝毫没有商量的余地。他妈的，简直成了活大爷，和广告上说得一点儿都不一样。

更是让小艾抓住了把柄。前些年，小艾得过一次宫颈糜烂，医生问小艾，是不是丈夫包皮过长。小艾问大夫，啥叫包皮过长。

大夫做了一个白眼仁多的表情，坏着腔调甩给小艾一句话，回家问你男人去。晚上得子收车刚一进家门，小艾就迫不及待地扒得子裤子，那时候小艾他们还住在两间平房里，父母还没跟着他们一起住。在得子看来，小艾是属于被动式的，起码在夫妻生活上是，从没见她如狼似虎一回。等弄明白了，敢情是要看他的包皮，哭笑不得的得子，理直气壮地告诉小艾，他绝对没有包皮，她的宫颈糜烂和他没有任何关系，他不需要承担任何的责任。小艾就信了。

这回手术，得子好生做了一番解释，说那时的确没有包皮，包皮是这几年长出来的。小艾说，我是这几年才认识你的吗？你明明就是个自私鬼，自己还不承认。说着，还用手里一本卷成筒子状的杂志，敲打得子的头。得子伸手夺过来，一看竟然是真爱医院那本宣传册子。

忍着始料未及的疼痛，取得小艾的重新信任，包括夜里受冻，都不是最麻烦的。最最让得子别扭的是，和岳父母在一起的那份尴尬。不吃饭不上厕所的时候，自己缩在卧室里，把门关严了，你就是光着，岳父母也看不见。岳父母都是很谨慎的人，从来没有过推门而入的现象，有事了，就站在门外，把要说的话说了。要说的话也无非是问得子吃什么之类的。岳父母并不知道得子做了包皮手术，小艾只说得子犯了痔疮，在家歇几天。负责一家子饮食的岳母，做菜时特意不敢放辣椒，还四处打听着，不知道从哪里淘换来一个偏方，让得子每天拿偏方泡好的药水清洗。到了吃饭的钟点，岳母让小艾把饭给得子端进去，说那么重的痔疮，可别坐在凳子上。得子还要面子，说哪有那么严重，马上出来。

在岳父母跟前，总不能还用手撑着裤裆吧，尽管得子用最快的速度吃完了一餐饭，但是疼痛往往让他汗流浃背。眼睛还没完全昏花的岳母叱责小艾，我说坐着不行，瞅瞅这一头的大汗。一脸无辜的小艾沉默着，把解释权交给得子。面部肌肉都有点抽筋的得子，朝着岳母嘿嘿地笑笑，真没事儿，我体格壮，吃饭吃热了。吃饭就成了一件让得子特痛苦的事儿。除了吃饭，还要喝水以及上厕所，哪一样痛苦的密度都不比吃饭稀疏。昨天打了一辆车去了真爱医院，满腔子的怒火被大夫几句话就浇灭了，说手术一点问题都没有，出血完全是自个造成的。细一想可不是么，哪一回出血都是因为在裤裆里磨损而成。反复地出血，造成了伤口不易复原，按说也怪不得大夫。得子假装横了几句，保持了男人的煞气，然后灰老鼠一样，夹着沮丧的心情回来了。回来后的得子，努力减少喝水和上厕所的次数，如果嗓子不是渴得一张嘴就冒白烟了，就尽量忍着。忍是需要毅力的，得子唯恐自己欠缺了坚持，就想出了一个自我批评的办法。

呀呀呸的，你配喝水吗？你不配。你要是有本事，买得起大房子，至于和岳父母一起住吗？一个没本事的男人，就得吃得苦中苦。你他妈的活着，就是上帝对你最大的奖赏了。

得子越骂越激动，他想干点什么，否则激动会变成翅膀，把他带走了。干点什么，马上，必须。

砰！一只脚将罩在身上的纸箱窝起来。

然后，又轻轻的，轻轻的，放下来。一个没本事的男人，是没有资格发脾气的。

马桶事件

最喜欢睡懒觉的小艾，一到早上五点准醒。这是一个让小艾分外敏感的钟点，她的两片耳朵，总是先于肌体之前，睡意蒙眬地捕捉着走廊里的声音。

来了——那声音。

零碎的脚步声从父母亲的卧室，径直向着卫生间的门口而去。随着一个轻促的闭合音，零碎的脚步声被卫生间的门吞没了。一会儿，马桶抽水声响起来。冲水声还没有完全落下来，零碎的脚步声复又响起，奔着门口逶迤。

砰——防盗门锁的撞击声。父亲去段上打扫卫生了。

耳朵将信息传递给小艾，小艾放心了。在不同物体发出的声音中，小艾只对抽水马桶的哗哗声情有独钟。它响起来了，说明什么呢，说明父亲冲了马桶啊。父亲冲了马桶，就不用再劳烦她了。马桶噢马桶，成了小艾最大的纠结。

噢，马桶。过上使用马桶的日子，曾经是小艾最大的心愿。农村的旱厕，小艾对它深恶痛绝。一股恶臭味道，简直是如影相随，上厕所时它在，不上厕所时它也在，鬼魅一般跟定了小艾。而且，就挂在小艾的鼻子底下，赶它打它都无济于事。厕所的味道是如此霸气，遮盖住了其他一切气味，饭菜的香味，洗发水的香味，统统都被厕所味道打得落荒而逃了。

嫁人一定要嫁用马桶的人家。

这是小艾搞对象的唯一标准。哪里的人才用马桶，城里人呗！

想当城里人就直接说，别拿厕所说事儿。

我真的不是你想的那样，可是我真的很抱歉。这是小艾对高中时代的男友说的最后一句话。

小艾是有条件找一个使用马桶的人家的，漂亮是她的资本。当小艾用她的漂亮敲开得子家的门时，有县城里非农业户口的得子，眼前狠狠地亮了一下。得子家那时住着两间平房，家里用的不是抽水马桶，是普通的蹲式水冲厕所。尽管有点缺憾，但得子向小艾保证，楼房会有的，抽水马桶会有的。就算是蹲式水冲厕所，她小艾也是村里女孩子第一个用上的。这样一想，小艾就高高兴兴嫁了过来。真是怪了，小艾自从用上了蹲式水冲厕所，鼻子下挂着的旱厕的味道不翼而飞了。

不是自己非要嫁个城里人，实在是因为忍受不了旱厕的味道了。小艾这样一想，就不觉得亏欠任何人了。变成城里人使用着蹲式水冲厕所的小艾，很快就发现一个残酷的事实，得子家的平房区，在四周新建的住宅小区的衬托下，多么像是洗脸盆的盆底儿，低矮而又丑陋，发散着一股穷酸气味儿。奇怪的事发生了，自从穷酸这个词儿在小艾脑子里闪现，它就变成了一股可以闻见的气味儿，弥漫在蹲式水冲厕所里。闻见味儿了吗？小艾问得子。得子说，啥味儿？小艾说穷酸味儿。得子就恼了，嫌我穷，找有钱的去啊。

未出嫁时，家里旱厕的巨大味道也没能奈何小艾的胃口，不承想穷酸味道的侵害能力，远远大于前者。只要一进厕所，小艾的胃口便翻江倒海，吐个一塌糊涂。得子亲眼看到了小艾被穷酸味儿的折腾，只有心疼和愧疚的份儿。谁让自己当初不好好念书呢，考上大学分配一个好单位，每月拿着高薪水，至于让自己的女人跟着受罪么。话又说回来，得子要真是好单位高薪水的，还未见得娶了小艾。小艾再漂亮，也是一个农村丫头。

买楼房？拿啥买？

小艾呕吐得更厉害了，胃液里都有了红红的血丝。

有一天，小艾爸妈坐着班车进城看小艾，塞给小艾一个厚厚的报纸包。小艾打开一看，是齐整整的十万块钱。只有这么多了。小艾妈妈一脸深重的自责。

钱是小艾妈妈卖了家里的五间房子，再加上一辈子的积蓄凑起来的。幸亏小艾只有一个嫁到河北保定的姐姐，家里没有男丁，爸妈想怎样就能怎样。

爸妈，你们住哪儿啊？

小艾妈妈笑眯眯地对小艾说，你爸在城里找了一份工作，我们两个租房子住，正好离你们也近。

原来小艾爸妈把一切都安排好了。小艾爸所谓的工作就是清扫大街，谁也不愿意干的活儿。别说城里人不干，农村的年轻人也嫌它栽面儿，环卫局能雇到的，是一大批年老的农民。农民没有退休金，跟儿女要钱花又费劲，他们不嫌活儿脏，不嫌钱少。

不许租房住，要住也得跟我们一起住，听见没！

小艾哭了，一边哭一边撕扯着自己那副不争气的胃口。

两间平房卖掉了，加上父母亲的钱，只够买一个两居室的小户型楼房。小户型就小户型吧，总算是远离了散发着穷酸味儿的蹲式水冲厕所，用上了干干净净的抽水马桶，符合了小艾嫁人的标准。

用上了抽水马桶的小艾，呕吐的毛病不治自愈了。

小艾想不到，自从用上抽水马桶，她新的麻烦也紧跟着来了。父母亲用了几十年的旱厕所，水冲厕所尤其是马桶，对他们来说是个新生事物，陌生得很。为了让父母亲尽快熟悉新的生活方式，小艾手把手地教他们如何使用，好在，马桶的技术难度不是很高，教了几次两个老人就学会了。问题出在父亲身上，他常常忘掉如厕时在使用着先进的马桶，总把屁股下的东西当成家里的旱厕，拔起屁股就走，忘了按下冲水键。有一天早上小艾正在美梦中翻云覆雨，被得子拼力摇醒，小艾，小艾，你快去瞅瞅吧，咱家马桶里有一颗炸弹。从话语的内容来判断，好像小艾家里遭遇了恐怖分子，但是语气和表情又不像，没有一点惊恐的成分。得子的表情很丰富，几丝戏谑，几丝神秘，小艾还读出来几丝嫌恶。得子大概想努力掩盖住嫌恶的，但是嫌恶和其他表情比较起来，力量更强大一些，一个劲儿地往前拱，让小艾看清它。小艾突然间就醒透了，起身去了厕所，然后就看到马桶里得子说的那颗炸弹。

小艾把炸弹排解掉了，得子才重新上了厕所。嘴巴上没说什么，小艾心里很是不舒服。不舒服有两个原因，其一是父亲表现得不够优秀，让得子见笑了。其二是要是得子亲生父亲，他还会做出嫌恶状吗？伸个手就可以冲掉的嫌恶，却非要弄得一波三折的，劳烦她亲自动手，什么意思么，明明就是嫌弃自己的父母是农民。小艾的胃口被谁揪了一把，紧着劲儿地疼。倒霉的胃口，没用上马桶的时候吧，受尽了折磨，用上了马桶吧，折磨还不放过它。不过是转换了形式，从呕吐到疼痛。

从那天以后，小艾的听觉变得异常灵敏，忠实地守候着早上五点钟的冲水声音。听到那个声音后，再把断掉的睡眠衔接上。如没有听到冲水声，等父亲走后，她会假借着上厕所的名义，亲自去看个究竟。

过去了N多年，小艾一直没有告诉父亲，说您咋忘了冲马桶呢。小艾很想说，很想像过去那样，用埋怨的口气，对父亲的行为提出抗议。可是小艾不能。现在不比过去，父母亲的神经和她的听觉一样敏感，一旦说出来，就是嫌弃了。所以，小艾只能把埋怨搁在肚子里，让谁都看不见。欣慰的是，父亲也在不断地进步，很久很久没有忘记冲马桶了。

断掉的睡眠来找小艾了。小艾张开嘴，长长的一个哈欠。

得子的身子蹭了过来。小艾本能地往得子的反方向收了收身子。

想了——这是得子想要性福生活的前奏。

刚好，养养吧。

不，我想试试。

试的机会多着呢。

现在就想试，今儿星期五，儿子该回来了。

得子不知道，小艾打定了主意，要他试不成。她的心情还笼罩在马桶阴影下，她要替她的父母，当然还有她自己，报复一下得子。

于是，小艾的嘴大大地张开，制造出一个绵长的哈欠。少顷，鼻腔内发出了均匀的鼾声。

得子的身体就无趣地松懈了。

缤纷的夜晚 1

是啊，今天是周五，晚上儿子就要回家住了，一直到周一上午返校，要在家里住三个晚上。对得子来说，那将是非常漫长的三个晚上。

晚上，得子开着摩的去学校接儿子，车子停在离学校一百米的地方，心不甘情不愿地停下了。妈的，嫌老子丢人，有本事你生阔家啊。得子还延续着早上的坏情绪，他想干点什么。必须，马上。便启动了电动三轮车，打破一百米的界限，向着学校门口挺进，人和车子气宇轩昂地在正对着大门口的一个位置定格住。

就是要让你的同学看到我，让他们知道你有一个开三轮车的老子。切！

得子被自己的举动鼓舞着，内心汩汩地奔涌着凛然的正气。他甚至决定，如果儿子假装看不到他，那么，他就喊儿子的名字，把儿子同学的目光都引到他这边来。哈哈……

得子是多么得意，多么激动啊。一阵寒风吹过来，他把脖子用力往棉服里缩了缩。两只眼睛正好担在棉服的领子上，像猫头鹰那样在昏黄的夜色里，发散出亮闪闪的光芒。那些光芒流星雨般，在一辆辆四个轱辘的小汽车前陨落。

它们是高贵的，是颐指气使的。它们的目光集中起来朝着得子望过来，得子眼睛散发的光芒，便有了一种被践踏的感觉，没有选择地落荒而逃了。

一百米也没有得子的位置了，它被其他电动三轮占领了。车身上喷着序号的三轮车们，挤挤挨挨地伸着脖子，期待着一天当中最后的商机。三块钱或者五块钱，足可以成为巨大的诱惑，让它们的主人坚定地沐浴在冷风中。

三轮车骚动起来，得子知道，上完晚自习的学生出来了。趁着三轮车们争抢学生的空当，得子想把车从一百米以外的距离，提到刚好一百米的位置。其实，得子也不确定这个位置，离着学校刚好就一百米，不过是个大概。恰巧这个位置有一根电线杆，每次儿子找到这根电线杆，就找到了得子和他的车。有一辆三轮车偏偏和得子过不去，占据着本来属于他的位置纹丝不动。老东西，真没眼珠子，碍爷的道儿！得子想了这句话，而且还说了这句话。占据他位置的看上去是个五十大几的人，也许他的年龄还不够老，但是他的状态奔跑的速度明显快了，先于年龄衰老了。

有这样跟老子说话的吗？老者拿出了教训儿子的架势。

嘿，这不是找打架么，你那副死样还想当老子？再让你妈托生托生吧。

得子顾不得儿子，摩拳擦掌地迎战了。

让得子失望的是，也拉出和他大战三百回合的老者，一回头见一个学生站在他身边，就忙着问学生去哪儿。背着双肩书包的学生说了一个地址，也没问价儿，就上了老者的三轮车。老者调转车头，拉着学生疾驰而去，好像忘了得子的存在。

得子差点喷鼻血，这小子，不是诚心气我吗？驾驶三轮车，紧紧尾随长者而去。长者车上拉着的，可是自家的儿子噢。

三轮车驶到楼下，儿子付了钱，往楼上走。尾随而来的得子，将车停放好，又用一条锁链把车拴在路灯杆儿上，才匆匆追着儿子的脚步上楼。

下回你再接我，我就离家出走。

儿子像投掷铁饼一样，把话硬邦邦地砸在得子身上。不，是砸在得子心上。得子的柔弱的小心脏，忽悠一下，被砸进一片晕菜世界里，半天没喘上一口气儿，差点没憋死。丫丫个呸的，哪有如此欺负老子的，得子恨不得冲上去，把儿子一掌拍在台阶上。得子知道，他不敢。他欠了儿子的，所以底气不足。

儿子不愿意住宿，实际上得子家离学校并不远，是得子视儿子为眼中钉，非要儿子住宿。很多像儿子一样的学生，每天上完晚自习，女孩子家长接，男孩子骑自行车回来。从校门到家，不超过一刻钟的距离。得子拼命说服儿子，要提前过集体生活，对成长有好处。直说得口吐白沫，青筋暴露，看架势儿子不住校，他就活不下去了。

你就看我碍眼，啥也甭说。

儿子到底同意了住宿，却也不客气地道破了得子的真实动机。没办法，谁让家小呢。要是有钱，买得起三室，至于这样吗？在儿子住宿这个问题上，小艾始终没有发表意见，在这件事情上，得子有点感激她。平白无故的多花了住宿费，按理说小艾该反对一下的，但是她没有。所以，得子最终争得了作为男人的一点小权利，小空间。

儿子照样在客厅打地铺。自从小艾如愿地用上了抽水马桶，父母亲搬过来一起住，儿子在客厅打地铺的日子就开始了。儿子当然拒绝打地铺，他首先提出质问，为什么打地铺的是他，而不是同样作为男人的得子。儿子还是有底线的，没有把姥爷姥姥列进来。姥姥姥爷从小把他带大，而且又那么老，显然是最不适合睡地铺的。在父子争地盘时，姥姥抢着说，哪能让孩子打地铺呢，着凉可咋办。说完了就去搬被褥，准备睡在客厅的地铺上。小艾和得子都急了，说这孩子真不懂事，你忍心让你姥姥姥爷睡地铺吗？

小艾和得子真是聪明，他们拿姥姥姥爷当杀手锏，一下子就击中了儿子。但是只有十岁的儿子也不示弱，你们给我买一个MP3我就睡地铺。

得子很快发现，付出一个MP3的代价后，他的日子并没有过安稳。儿子狡猾得很，时刻伺机和他争地盘。原本作业非常拖拉的儿子，不惜痛改前非，一放学就投入战斗，到得子收车回家，小人家已经在大床上睡着了。识破计谋的得子，不得不费上点力气，把儿子搬到客厅的地铺上。刚要春风得意地往媳妇被窝儿里钻，儿子推门进来了。

儿子，你们老师没有告诉你进别人的房间要敲门吗？

你是我爸，不是别人啊。

你不是睡着了吗？

我这不是刚醒么。

儿子扯了一块卫生纸，上了卫生间。

等儿子上完了厕所，无声无息了，得子就蹑手蹑脚地出来，观察儿子是否真的在睡眠里了。待侦查完了，返回卧室里，重新雄赳赳地往被窝儿里钻，门又开了。儿子说了一句拉肚子了，揪了一块卫生纸，又去了厕所。

　　如此反复，驾驶了一天三轮车的得子，身上的气力像是一只被扎了洞洞的氢气球，再也鼓胀不起来了。

　　一直到儿子读高中，被逼着住宿，得子阴沉沉的夜空，才算是闪现了几颗星星。星光闪现容易么，得子背负着对儿子的亏欠，冒着受儿子鄙视的风险，风雨无阻地去学校，守候在离学校门口一百米的那个位置。

　　锁好三轮车的得子，站在楼道口，望着楼层间的声控灯一只接着一只地亮起，俨然像参加接力赛的运动员。最后一棒是六楼，光亮传递到这里，戛然而止了。一个清脆的关门声，让得子想起了甜瓜。甜瓜被牙齿切碎的声音也是清脆的，咔，咔，咔……真是个有趣的联想。楼道里的声控灯，刚刚进行了一轮赛跑，让它们先歇歇吧，这样想着，得子便咀嚼着香甜的咔咔声，转身朝小区的大门外走去。

　　小城在天津最北部，无论气质还是口音，在外人看来，都和天津没有丝毫瓜葛，就好像抱养的一个私生子。身形单薄的私生子，不堪冷风的侵袭，显得更加萎靡了。从孤独的小城深处，移过来一团模糊的影子。得子站在路边，等待那团模糊清晰起来。此刻，不想回家的他，有大把等待的时间。清晰的过程异常缓慢，缓慢得他口袋里的手机都响了好几次。他没有去接，怕一说话惊扰了清晰的速度。

　　不知过了多久，得子的愿望终于实现了，那团模糊完成了向清晰的蜕变。那是一个人，一个在地上爬行的人。之所以爬行，是因为他没有双腿，脏兮兮的裤管是空的。乱蓬蓬的长发与昏黄的路灯合谋，遮盖住了人的五官和表情，但是他的肢体已经散发出了浓烈的绝望和无助的气息。起码得子是这样认为的。那样的气息感染了得子，他下意识地弯下腰，摸了摸自己的双腿。它们还在，他是幸福的，或者幸运的。原来，幸福是从比较中得来，在那一瞬间，幸福的得子对爬行的人，满含着深刻的歉意。实在是因为他太幸福了，他的幸福相对于爬行者而言，过于残酷了。

所以，得子从裤兜里摸出来十元钱，快走了几步，放进爬行者手里牢牢抓着的一只破瓷缸里。怕风把纸币刮跑了，得子还特意从马路边捡了一颗石子压上。

也正是这时，得子口袋里的手机又一次响起。他把它拎出来，按下了接听键，小艾焦急的责备声就浪头一样扑打过来：

你死哪儿去了，电话也不接！

得子举着话筒，微笑着倾听。可惜小艾只骂了他两句，让他赶紧死回家去，就挂了电话。他就那样举着，面部保持着微笑。

他在想小艾的话，真是有趣，人死了咋回家呢。

缤纷的夜晚 2

冬季像一只看不见的盆景，摆放在小艾家逼仄的空间里，每个人都从它那里获得了所需的东西。它不是一盆普通的盆景，它的身上有魔法，根据个人的需要不同，你想它是什么就是什么。对得子而言，它是天空中闪烁的星星，那么对小艾的父母而言，它又是什么？

是安稳的睡眠。

和女儿女婿住在一起的夜晚，两个老人的睡眠，仿若不安分的小鹿。这里跳一下，那里跳一下，跳得人心慌意乱。

夏天是资源富饶的季节，小鹿被滋养得膘肥体壮，有着用不完的精力，两个老人被折腾得筋疲力尽。

家里只有一只挂式空调，安在客厅里，白天小艾和得子不在家，无论怎么热，小艾妈都不会开空调。小艾在隔着两条马路的一家药店打工，早上临下楼，不会忘了叮嘱母亲，妈，热了就开空调，花不了几个电费钱的。小艾妈总是应得好好的，挺大的人了，不用你操心，热不着！

小艾妈当然不会开空调，在她看来，空调里吹出来的不是凉风，而是哗啦啦的钢镚儿。按她的说法，她是家里吃闲饭的人，一个吃闲饭的人，咋可以那么奢侈呢。没有资格噢，还是摇蒲扇吧。当然了，小艾妈妈不会当着小艾和得子的面摇蒲扇的。

去年夏天，气温向着四十度冲锋，眼看就要突破防线了，小艾说给爸妈屋里装个空调吧。小艾妈一听就怒了，要装就装在你们那屋，我这腿可吹不了那玩意儿。小艾妈妈知道女儿是心疼她和老伴，但是她哪能那么不懂事呢，真让女儿给买个空调？女儿和女婿要是有钱，他们自己的屋里咋不装一个呢。

热得眼睛快要长出绿毛的夜晚，小艾妈妈关上了半掩的门。她努力向小艾和得子解释，腿冒凉气儿呢，真的，你们瞅瞅。小艾和得子的确看到了，老太太的膝盖上，贴了一贴风湿膏。小艾爸爸对小艾妈妈的举动不满意。小艾爸爸白天在外边热了一天，好容易盼着夜里能凉快点儿，睡个安生的觉，不想这点小安逸轻易就被小艾妈给剥夺了。

你没脑子啊？

小艾妈数落小艾爸。小艾爸爸一头的迷茫，你才没脑子呢。

小艾妈忽然转了话题，是苦了你了，你说咱要是出去租房住，小艾会同意不？

不等小艾爸搭腔，她给出了一个答案，肯定不同意。然后，深深叹息一声，哎，不方便就不方便吧，谁让没钱呢。

噢——小艾爸噢了一声。他好像有点明白小艾妈关门的动机了。

老东西，睡得着不？

睡不着。

睡不着，我把空调给你打开啊。

小艾妈妈起身，拧开床头的一只小台灯。小台灯是小艾爸前几天从垃圾里捡来的，怕小艾给扔掉，小艾爸擦了又擦，跟新的一样，不影响美观，更不影响使用。他妈的，城里人都是败家子儿。小台灯照亮老两口每一个起夜的行程时，小艾爸都忍不住要骂一句。他的骂既有捡了便宜的欣喜，又有对不会过日子的城里人的鄙视。

今天小艾爸忘了骂"城里人都是败家子儿"，不是这句话不新鲜了，遭到了小艾爸的遗弃，而是这句话受到了惊吓，缩在小艾爸的喉咙里不敢出来了。

你没病吧？

一个疑问句在"城里人都是败家子儿"的身上踏过，勇猛地从小艾爸的嘴巴里冲杀出来。

调到零下两千度，把你老东西冻成冰棍儿。

小艾妈左手的大拇指做了一个按键的动作，说，打开了。

一个小的停顿结束后，苍老的大拇指在虚无的遥控器上游移、寻找，几个试探下来，拇指停滞不动了，快频率地重复按键的动作。零下两千度么，要按一会呢。

凉快了吧？

小艾妈说着，嘟起嘴唇对准了小艾爸，一股从腹腔吹出来的风，热乎乎地往小艾爸的脸上扑。风的爆发力，将小艾爸脸颊上最大的一颗汗珠儿吹落了，碎在湿津津的枕头上。

别犯神经了，快睡觉吧。小艾爸爸一点也不觉得好笑，把眼神儿投向那扇紧闭的门。只要把门敞开一条缝儿，客厅空调的凉风就会窜进来，然后泡在汗渍里的身子就被解救出来了。

死老东西，零下两千度还不够，亏得俺老孙法力无边。

暑期陪着外孙看过西游记的小艾妈妈，在危难之时，开始施展法力了。说时迟那时快，只见这个六十岁的老太太，按键的左手从后脖颈处，摘下一根汗毛，置于掌心之中。两片褶皱纵横的褐色的唇噏起来，把肚腹中的一口仙气附着在掌心的汗毛上，汗毛就不再是汗毛了，随着小艾妈的一声"变"，幻化成了另外一种形态—— 一把扇子。

还装神弄鬼。小艾爸爸打了个水渍渍的哈欠，翻了翻两只快要粘在一起的小眼睛。

小艾妈妈坐在小艾爸爸身边，一手摇着扇子，一手覆盖住小艾爸爸的眼皮，厉着声音说，快合眼睡觉！

小艾爸爸果然乖乖地闭上了眼。小艾妈妈手里的扇子悠悠地摇，嘴里的话儿慢慢地吐，就你长这寒碜，眼珠子比黄豆粒儿大不了多少，还没有多大本事，我咋就瞅上你了呢。要是搁现在这社会，找一个大老板，见天儿躺在空调底下吹着，一个汗星儿都没有，多美啊……

小艾爸爸用鼾声应着小艾妈妈，你没有嫁给大老板的命噢，还是给我摇扇子吧。小艾妈妈皱了皱鼻子，两千五百个不满意就从两只鼻孔迸发出来了，它们直射小艾爸爸的回应，发起一场没有硝烟的战争。在激战中，小艾妈妈摇累了的臂膀，歪歪地垂在床沿，手牢牢地抓着扇子。下眼皮儿被上眼皮儿追得无处逃窜，只好勉为其难地来个拥吻。刚吻在一起，小艾妈妈就醒了，手里的扇子又摇动起来。

夜晚的渴和燥热一样难忍。汗水出得太多了，需要补水的细胞哑着嗓子呐喊，要小艾妈妈给它们一杯水。看着床头小桌上的空杯子，小艾妈妈太想端起它，奔向客厅的饮水机。饮水机噢，多么令人向往。想得到一杯水，同样只需推开那扇并不沉重的门。小艾妈妈的手伸出去，做了一个拉门的动作。噢，门开了，她端着空水杯穿过了门，轻松地走到饮水机前，接了满满一杯凉水。再接着一仰脖儿，咕咚咕咚喝了个痛快。是啊，真他妈的痛快。

那将是多么幸福的享受噢，只可惜了，它不过是一个美好的想象。自己居然有了想象，简直太有才了。有了城市生活经验的小艾妈妈，已经学会了想象这个词儿，并开始准确地使用它了。于是，小艾妈妈轻声哼唱起了评戏《金沙江畔》，"小酸枣，滴溜溜的圆，红彤彤地挂满悬崖边……"里边的红军和她是多么的相像噢，唱着唱着，小艾妈妈满口生津，舌头根子汪出来一股又一股的酸水儿。

所以，冬天对小艾妈妈和小艾爸爸来说，简直是一块无瑕的美玉。他们把它紧紧地抱在怀里，度过一个又一个安慰的睡眠。夏天睡眠的亏欠，在冬天温暖的被窝里变得丰盈起来。那扇紧闭的、少了负荷的门，也变得松弛起来。

父亲维权记

这一天中午，小艾爸刚一进家门，第一个看到他的小艾妈妈，惊惧得差点没背过气去。

我的个妈呀，你这是跟谁啊！

在小艾爸爸之前回到家里吃饭的小艾和得子，被小艾妈妈的话骇得，两对目光以百米冲刺的速度，奔向小艾爸爸，在小艾爸身上一通搜寻，最后同时定格在小艾爸爸的额头上，同时发出和小艾妈妈一样的惊叹。

爸，谁打的啊？

不怪人家大惊小怪，只怪小艾爸爸头上的大包实在太大。用一个具体的物件来形容吧，那个包比鸭蛋略大，比鹅蛋逊色不了多少。而且，颜色紫红色，皮儿薄薄的，不要说触碰，落在上边的眼神一用力，那包就要破掉，流淌出紫红的汁液来。

面对着两女一男三个人的表现，小艾爸爸原本单纯的表情，变得丰富复杂起来。既有被集中关注的喜悦，又有被关注过度的惊惶。小艾爸爸的确是惊惶的，不过是一个包包而已，老婆孩子的情绪至于如此夸张么。这样想着的同时，小艾爸爸下意识伸手摸了摸头上的包包，这一摸，他也吓了一跳，咋长这大个儿啦？

谁啊，真是急死人！！！

三个人掷出三个巨大的感叹号。小艾爸爸这才醒悟过来，他该向他们做一个解释，说明他头上大紫包产生的缘由。但是，让小艾爸爸莫名其妙的是，他并不复杂的解释，不亚于孙悟空手里的假芭蕉扇，将三个人情绪的焰火，撩拨得热浪四溅。哪里不对了呢，小艾爸爸诧异着，两只盈满无辜表情的小眼睛，最大限度地张开着，好像两颗滴溜溜圆的酸枣儿。

就这么算了，也忒便宜点了吧——小艾的唾沫星子纷纷洒洒。

我找这帮贼操的评理去——得子义愤填膺，喷出了平时在岳父母跟前不敢用的荤词儿。

废物死你——只有小艾妈妈把矛头指向了小艾爸爸。女儿和女婿不好说的话，她说是最恰当的。

于是，小艾一家人暂时放弃了吃午饭，浩浩荡荡地奔着小艾爸爸清扫的那条街而去。在出发之前，小艾做了两件事情：自己换了一身探亲访友的衣服，也让得子换了一身探亲访友的衣服，尤其是得子的皮鞋，锃光瓦亮发散着迷人的星星般的光芒。纳罕的得子知道小艾这样做，肯定有这样做的理由，就把纳罕压下去，乖乖地服从了。小艾妈妈和小艾爸爸，纳罕着小艾的意图，纳罕着得子的服从，也什么都没说。第二件事，得子想开他的三轮摩的，拉着几个人去，被小艾拦下了。她说哪有穿成这样开摩的的，到街上打个车，打个好点儿的。没等得子表态，小艾妈妈到底沉不住气了，走着去吧，反正也不远，有钱也不这样造哇。小艾就淡淡地白了她妈一眼，您别管。小艾妈妈很想不管，很想掉头回去，可是那样做的后果，坚定了她忍耐的决心。胃里的忍耐过于饱胀了，小艾就打了一个悠长的嗝儿。得子依旧服从了小艾，坐在一辆桑塔纳出租车的副驾驶座儿上，他想看看小艾究竟要导演一出什么戏，自己在小艾的戏里是个啥角色。所以，得子不动声色。

出租司机大概觉得路太近了，就把正常车速三分钟的车程，开成了五分钟。五分钟后，小艾一家人在一家新开张的酒楼前下了车。

酒店的玻璃门上，一扇贴着"开张"，一扇贴着"大吉"，四个字如刚刚绽放的黑玫瑰，绚烂遮盖住了即将开始的凋零。玻璃门两侧，是一只挨着一只的花篮，它们就没有"开张"和"大吉"精神了，抱着肩膀在冷风中取暖，尽管正午的阳光还算比较充足。一条红地毯沿着台阶顺延到便道上，怎么看都像是从门口那里吐出来的一条长舌头。小艾率队，一家四口踩着红红的长舌头往台阶上走，几个面部呈深度醉意的食客，在一对男女的礼让下，往台阶下走，和小艾一家人擦肩而过。

老板在吗？小艾主动出击。

一对男女审慎地看着出击的小艾，不像是食客，像是找茬儿来的，和后边的几个人大概是一体的。而且，后边的男性老者特别像是刚才扫炮仗皮的那个环卫工人。中年男女是阅人无数的男女，他们很快将老者额头上巨大的紫包跟几个人此行的目的联系到了一起。

老板不在。女人收拢了脸上谦恭的笑意，一副漠然的表情善解人意地挂在女人五官精致的面庞上。

把你们老板找来！小艾显然不满意堵在门口的女人的态度了。

他不在，您有事跟我说吧。女人继续着她的漠然。漠然的口气，漠然的神情。

老板真的不在，您有啥事儿？

女人身边的男人，眼睛里拱出来几丝丝谦和，仿佛春天里刚出土的草芽芽，盯住了细品，才会发觉。

你们放炮仗，把人给崩了，知道不？小艾把父亲往前推，让父亲额头上的大包醒目地展示在男女的眼前。小艾已经揣测出来，这一对男女即便不是酒店的老板，也是酒店里重量级的人物。

我们放炮，他又不是儿童，离那么近看热闹，那怪谁？

女人提高了嗓门，脸上排列的精致五官就有了动感，互相拉扯着，唯恐哪一个器官溜走了，破坏了整体性。

好在小艾的头上没有戴帽子，否则肯定被冲出来的火气给顶飞了。

你们放炮仗，老人辛辛苦苦地等着给你们扫炮仗皮，还儿童，还看热闹？这叫你说话哪？你们懂不懂法律？谁允许你们在城市人口密集的地方放超大型的炮仗啦？

女人喘息了一下，重重地呼出一口恶气，继续道：不行就报警吧，让警察来解决这事儿！

她的手同时动作起来，摸向牛仔裤屁股兜里的手机。

这个时候的小艾冷静极了，转头对得子说，这个警还是由咱们来报吧，你给公安局的王局长打个电话！

小艾的这句话说完，所有的目光都聚焦到了得子身上，得子感觉到了热辣辣的烫。直到这一刻，他才弄明白了小艾的意图，心里那个恨哪，死女人，这不是把老子推上断头台了么。然而，得子只有顺着小艾给他铺设的路前进，没有后退的机会和余地。小艾妈妈和小艾爸爸则处在懵懂状态，这两个一直被女儿与他人密集的火力弄得束手无策的老人，充满了疑惑，女婿何时认得了啥局长？那应该是个很大的官吧？

衣着体面皮鞋闪着中产阶层光辉有着几分矜持和儒雅气质的得子，用一种沉稳的时速，从口袋里掏出手机，礼貌地朝着欲报警的女子谦让，是你打，还是我打？

紧急关头，女人身边的男人赶紧过来，按住了女人那只打算拨打110的手，满脸恭顺地对着小艾的小集团，是我们不对，我替老板向你们道歉，尤其是向大爷表示慰问。我们不报警，您也别报警，咱有事好商量，请几位赏光，到屋里喝杯热茶。来，来，来——

男人说着，躬身伸臂朝着小艾的集团做了请的姿势——

人伤成这样儿，还用商量，赶紧去医院，别的都是废话！

小艾的气势越发地凌人了。

得子明白得很，小艾的气势好比高楼大厦，全是他这个地基打得坚实。他的朋友是王局长，他自然也不是等闲之辈喽。好奇怪，这样一想，得子的后背不自主地挺了挺，心里对小艾生出的仇恨也泄掉了几分，空袋子似的，瘪瘪的。噢，他想起来，刚才小艾说要去医院，他不能再保持矜持了。

那就去中心医院吧。

得子朝着出租车招了一下手。那辆没有标志的黑出租，像一条被得子招呼惯了的宠物狗，看到主人手势的吆喝，摇头摆尾地跑过来。

又有吃过饭的客人走出来，和男人打招呼，程老板，改天一定捧场！

和这个声音叠加在一起的，是从玻璃门里探出半颗头的一个女服务员，她朝着男人喊，老板，"水仙厅"的客人叫您呢！

被唤作程姓老板的男人，眼睛和耳朵有点忙不开了。他尽管是焦急的，但是面对小艾的小集团时，始终没有让脸上的笑容掉下来。

你先去照顾一下客人。男人叮嘱完身边的女人，转头和得子商量（老板已经透过表象，看清楚了谁是真正当家做主之人），您也看见了，我这儿实在走不开，您辛苦一下，带着老人去看病，看病的费用我全包了……

这才是小艾要的东西，经过一番讨价还价，最终以小艾还算满意的数字，结束了一场有点轰轰烈烈的维权行动。

维权后遗症

得子进入了王局长朋友的角色里，出不来了。他经常想，作为王局长朋友的这个他，该是有一份什么职业呢？那份职业尽管是模糊的，但是得子确信它一定是体面的，公务员，或者私企老板？得子心里的优越感噢，泉水般一股又一股地冒出来。在这个家里，他不用再屈就任何人了。小艾，儿子，岳父母，一个都不。绝不。

这种优越感，在小艾嫁给他时享受过。再怎么说，他是城里人，作为城里人的他，无论怎么没有本事，无论条件多么寒酸，相对于小艾这个农村人来讲，都是有地域上的优越感的。谁想时间这东西，比威猛洁厕剂的力量还大，很快就腐蚀掉了他的优越感。他从小艾顽强的呕吐物中，看到了他越来越卑微的影子。小艾什么都不说，是她什么都懒得说，得子感觉得到。变得矮小的，不光是他的精神，还有他裆下的那个东西，夜里的性福生活，变得支离破碎。让得子失望的是，本来做了包皮手术，可以指望着有所缓解，没想到自己受了罪不说，竟然遭受到小艾的嘲笑。他认定她是嘲笑他的，他听见了，她在心里发出的嘲笑声。

原来噢，他不是一个摩的出租司机，而是有着一份体面职业的人。自己怎么原来都不知道呢？他的家里人在今天之前，也肯定是不知道的。有点好玩，不是吗？好在，他的身份终于得以复原了。

公务员还是私企老板？

得子进了卫生间，在镜子前仔细地端详自己，他发现，自己的气质更接近于公务员。脖子上套着金链子的私企老板，太庸俗了，才不要当呢。公务员，就是它了。嘿嘿……得子笑了笑，露出一口被高氟水侵害过的黄斑牙。

把衣服脱了再吃饭——当得子坐在桌子后边准备吃饭时，小艾发出了声音。如果是平时，得子肯定会乖乖地顺从了，饭菜的汤汁溅到衣服上，他心疼的程度不比小艾逊色。这身衣服可是他唯一的出入场面的道具啊。

得子面部保持着高贵的微笑，没有动。媳妇小艾不过是一个药店卖药的，和他这个公务员是有着身份的差异的。身份的差异是什么？忽然间变得智慧无比的得子，做了一个非常形象的比喻：好比增高鞋垫，他不够高大的身躯，踩在鞋垫上边，再看小艾等众生，就有了一览众山小的感觉。因为，他的站位太高了。

脱了吧，吃了饭好去拉活儿。

见得子无动于衷，小艾妈妈也附和了一句。从字面儿上看不出有问题，毛病出在语调上。语调能反映出使用者的情绪，诸如商量、委婉等等。商量和委婉对小艾家人来说，熟悉极了，它们一直是小艾妈妈惯常的语态。而今天不是，小艾妈妈的语调里有了些许的硬度。正在吃饭的小艾，被硬度硌了一下，让自己的咀嚼有了片刻的停顿，并朝着母亲送过去一个颇有深意的目光。小艾知道，她今天的强势纵容了母亲，让母亲有了轻蔑得子的力量。母亲不该这样，打狗还要看主人。

得子仿佛置身于另外一个世界，小艾的话浸入不了他，小艾妈妈的话也浸入不了他。他依然保持着他的无动于衷。无声的微笑，遥远且迷离的眼神儿，把小艾以及小艾爸妈，推到莫名其妙的情绪里。如果没有父母在，小艾会摔了筷子，以达到警示和抗议的目的；如果不是小艾刚才的一瞥，小艾妈妈还会抛出一句更加有硬度的话。老人已经彻底看清了，这个家她的女儿才是顶梁柱；小艾爸爸一如既往的一言不发。

就在人们准备埋头吃饭，集体冷落他时，得子在一片细细碎碎的，牙齿和食物摩擦发生的声音中站了起来。依然无声地微笑着，高昂着头颅，朝着门口走去。

你干啥去？

上班啊。

这个钟点儿，除了上班他还能干啥呢。得子觉得小艾的问话好多余好无用。在吐出"上班啊"三个字后，他的手娴熟地拉开门，娴熟地下楼，娴熟地走在上班的路上。在楼下，他看到了他的三轮摩的，它充满期待地看着他，在等待主人的驾驭，然后开始热血沸腾地奔跑。得子不过是拿眼角瞭了一下三轮车，便昂首离去了，在他看来，它怎么会和他有关系呢。它是卑贱的，自然是卑贱人的所有。

出了小区的大门，得子步行着，向小城的政治中心街而去。他的工作单位就在那里，之所以步行，实在是因为他需要一个思考的时间，判断一下自己的具体单位。公安局？应该不是，在这里的是他的朋友王局长。反贪局，或者工商局？应该也不是，他身上的衣服不像，那些部门都是穿工作服的。得子感觉到自己的身上发散出一个气场，他经过和他对应的那个单位时，那个单位的气场必定和他身上的气场是契合的。

走着走着，一片燥热突然袭击了得子，得子知道，是他身上的场和他的单位的场对接的结果。午后的阳光有些刺目，他眯起眼来，端详恢宏的大门口一侧挂的牌子，噢，是政府所在地。原来，自己是政府的官员。得子进一步确信自己是官员，在这个大院儿里上班的，哪一个不是官员呢。得子将后背的弧度调整到最佳，然后迈着稳健的步子，往大院里边走。

您找谁——门口年轻的保安拦住了得子。

我不找谁。

不找谁，你进来干吗——保安将"您"换成了"你"。

我在这里上班，当然不找谁了，总不会自己找自己吧？连自己单位的人都不认识，你这个保安咋当的？

得子恼羞成怒了。

保安的确很年轻，类似的事件还是第一次遇到，他想也许真的是弄错了，自己才来不到一年，眼前的主儿一直歇病假也说不准。但是，他又不敢贸然把得子放进去，就柔和着语气，问得子是哪个科室的领导，往上边打个电话核实一下。

自己是哪个科室的，得子还没来得及想。没来得及想的得子，脾气更大了，你个小小的保安，谁给你的盘问权利！

得子越说越激动，他忘记了公务员该保持的谦恭素养，眼睛里火星四溅，颗颗闪着万丈光芒，逼得年轻小保安节节败退。

得子的激动很快引起了大院的注意，在大院采取行动之前，有一个人先下手为强了。

是小艾。

她觉察到了得子今天表现的非正常，一路跟踪而来。得子癫狂的言行，让小艾无地自容，她想弃了这个男人扬长而去。可是，小艾预感到了事情的严重性，所以，她必须赶在严重性诞生前，让它胎死腹中。

她去拉得子，用很大的气力去拉。

一边拉扯，小艾一边朝着保安释放出一个歉疚的笑容。

年轻的保安从小艾歉疚的笑里，读出了些许内容。他该冲上去，左右开弓赏给教训自己的男人两个大嘴巴，即使不抽嘴巴，也要借着推搡等动作，解解心头之恨。

就在危难之时，小艾爸爸和小艾妈妈加入进来，他们和小艾一起，把得子驾上了门外的三轮车。至此，这个连环跟踪行动告一段落了。它的结局是这样的：小艾爸爸蹬着他的带有环卫标志的三轮车，车上坐着女婿得子。三轮车一左一右的，是女儿和老伴儿。她们四条手臂绳索一样，束缚住随时要跳下车子的得子。蹬车的，坐车的，跟着车子走的，每个人都用了很大力量，想要完成或者摆脱向前的行走状态。一会儿，每个人身上便汗水淋淋了。

高中生的早恋及其他

妈说把他送医院去吧。小艾气呼呼地说，送医院便宜了他，再闹就用链子把他拴起来。小艾明白，得子精神上是出了问题了，可是送医院一是要花钱，二是好说不好听，面子里子都挂不住。

和她一起卖药的女孩问她，姐夫是干嘛的，小艾都不好意思说是开摩的的，只说干个体呢。女孩哦了一声，说是大老板呢。小艾笑了笑，啥大老板。为了不让药店的员工知道得子的真实身份，小艾从来不让得子去她的药店，家里的大药小药都是小艾买回家去。有一回下雨，女孩回家打车，怎么那么巧，一扬手得子的车就过来了。当时小艾打着伞刚想过马路，匆忙后退了几步，将身子隐在一棵白蜡树后边。得子要是看见她，一张嘴就漏了馅儿。在小区里，别人家的楼下停的是小汽车，只有他们家楼下，停着两辆三个轱辘的车。得子要是再进了精神病院，那些喜欢指手画脚的老婆子们，还不把她的脊梁骨戳碎喽。

得子真要是再闹，小艾就决定狠心把他拴起来。让小艾稍稍欣慰的是，回到家的得子忽然安静了，神态处在思索状态。他用了一个晚上的时间，努力思考一个问题。小艾问他想什么，他独自沉醉在自己的思索里，不和小艾的问题对接。深夜两点的时候，小艾的睡眠被一股外力破坏了。蒙眬着一副睡眼的小艾刚要发作，却见晦暗的夜色里有两朵光，一闪一闪地发亮。小艾惊骇得打开床头的台灯，才发现光亮的源头是得子的两颗眼珠，它们闪烁着纯净而又璀璨的光芒。这个男人真的精神病了，小艾已经惊出一身的冷汗来。就在小艾无措之时，得子微笑了，他对小艾说，媳妇儿啊，我终于想明白一件事，你知道他们为啥不让我进去上班吗？我的使命还没有完成，他们继续让我化装成三轮车夫，这样好从事地下工作啊。

嗯嗯，肯定是这样的。小艾不敢用力点头，它怕突然涌出来的两泡泪水，会冲出来，想多体验一会眼眶湿润的感觉。它们干燥得太久了。

第二天，地下党得子精神焕发地出了家门，开着他的摩的拉客去了。因为是地下党，主要活动是从事光荣的地下活动，得子开出租的钱收得有一搭没一搭。他的精力不在拉座儿上，更多的时间在寻找情报信息。有时候开着车，得子会忽然停下来，扳开便道上一块活动的地砖，看看底下有没有纸条什么的。一天两天三天，得子开始焦躁了，他认定是和组织失去联系了。小艾悄悄写了一张便条交给父亲，如此向父亲耳语了几句。

下午，正在拉座儿的得子忽然接到一个电话，电话里的人好像感冒了，鼻音很重。得子问对方是谁，对方并没有正面答话，而是压低了声音说，得子同志，我代表上级组织通知你，由于现在活动经费紧张，希望你多多创收，为伟大的事业做出贡献。得子同志，你记住了，把经费放在某某处，你的上线自然会去取的。记住了？

得子语调铿锵地答，记住了！

天哪，终于和上级取得联系了，得子兴奋得脸儿都红扑扑的了。他忽然感觉到了肩上沉甸甸的，因为负担了某种神圣的职责之故。他要不辞辛苦，夜以继日地从事看似卑微的出租事业，为数万万大众的幸福生活贡献一己之力。这样想着，得子就浑身充满了干劲。得子只恨自己不是铁人，还要吃饭睡觉，耽误自己为伟大事业赚取经费的进度。他忙碌着，忙碌着。小艾爸爸也忙碌着，忙碌着，每天傍晚下了班不立即回家，到某某隐蔽之地，去取得子藏在那里的钱。小艾爸爸要赶在得子之前到那里，去晚了唯恐被别人发现，窃取了得子一天劳动的果实。真是难为了小艾爸爸，他要把自己的身和行隐蔽好，不能露出任何端倪来。一向憨拙的小艾爸爸，突然间就换成了另外一个人，敏捷、缜密和从未有过的灵动。

得子进入了一个相对平稳的状态。小艾不知道，得子的相对平稳能维持多久，一想起这个问题，她那副并不坚实的胃口，就一阵紧似一阵地抽搐。小艾严厉地警告自己，无论如何不能倒下，她一倒下，这个家就站不起来了。偏偏这个时候，儿子又出了问题。

妈，和你说点事儿。周五上完晚自习，坐在椅子上洗脚的儿子说。

正给儿子铺"床"的小艾，没有抬头，扔过来一个字儿，说！

我失恋了……

小艾被儿子的话吓到了，你再说一遍，你咋的啦？

干嘛大惊小怪的，我——失——恋——了！

"失恋了"三个字像碗口大的冰雹子，砸得小艾的头嗡嗡的。

想知道我失恋的原因么，就因为咱家三代住一个房子里，将来我结婚难不成也在客厅打地铺吗？

小艾懵懵懂懂地意识到，她该发一顿大脾气，狠狠地骂儿子一顿。儿子说他失恋了，失恋的前提是因为他恋爱了，他是一个高中生，不好好学习，怎么可以恋爱呢？可是，可是，儿子说到了房子，说到了她最大的隐忧，最大的痛处。很久很久以来，她一直假装忽略这个痛处，不去看它，假装忽略它。随着儿子的成长，痛处渐渐溃烂，痛感渐渐强烈。她唯一能做的，就是用强大的坚忍，转移自己的注意力。她太知道，那个渐渐溃烂的痛处，是她根本没有能力治愈的。她只有任凭它继续溃烂，能撑多久就撑多久吧。

儿子，她唯一的儿子，今晚用手指戳到她的溃烂之处。巨大的痛感瞬间拍击过来，什么斥责，什么批判，都变成侏儒了。一股甜腥的气息，怀着艺术家的梦想，横空出世了。呕吐早就蓄势待发了，因此，一旦有了爆发点，便来势汹汹。而且，呕吐也升级换代了，直接由污物变成了鲜血。喷出来的鲜血落在地板上，是一幅神奇的图画。仔细辨之，非常像一座富丽堂皇的别墅。三层的欧式风格，小院里是一蓬茂盛的文竹。

小艾扑倒在三层的欧式别墅上，一蓬旺盛的文竹仿若遭遇了飓风，纷纷倒塌残败。

小艾的家现在好比一只氢气球，小艾就是气球的氢气，有氢气在，气球才可以鼓胀，才可以飘荡。氢气不在了，气球自然也就瘪了。为了不让气球瘪了，小艾只在医院待了一个晚上，第二天就坚持着去药店上班了。她没有资格住院，没有资格生病。呀呀呸，他妈的！推开药店的玻璃门之前，小艾很雄性地将一口唾沫甩出去一丈开外。

倒地的姿势

这要是我儿子非抽他个嘴歪眼斜！

背地里，小艾妈妈向小艾爸爸发牢骚。小艾爸爸知道，小艾妈妈说的是外孙子。小艾爸爸还知道，老婆子是心疼闺女。

就好像闺女是你一个人的，只有你才知道心疼闺女，眼见着闺女兜着这多烦心事，一向沉默的小艾爸爸更沉默了。

你个死废物！

关键时刻，小艾妈妈总是把所有问题的发生都归结到小艾爸爸身上。

小艾爸爸回应小艾妈妈的是一串鼾声。小艾妈妈拿脚去蹬小艾爸爸，一下，两下，小艾爸爸丝毫没有醒的意思。老头子也挺不容易的，瞅瞅他那个干瘦样儿，干啥要为难他呢，都是命噢。小艾妈妈一串浑浊的老泪水，就委委屈屈地爬了下来。泪水的委屈有些模糊，不知道是为小艾妈妈，还是小艾爸爸，是为着小艾也说不定。管他呢，反正委屈就对了。撒着欢地淌吧。然而，撒欢不过是泪水的一种想象，或者说是美好的愿望，枯萎的泪腺提醒它现实很残酷。亢奋的泪水，无法遏制自己欲望的小嘴拼命吸吮枯瘪的泪腺。疼痛至极的泪腺，只好逃到睡眠里。

鼾声止住了，小艾爸爸洞开着两只清醒的眼睛，和黑暗对视。不知对视发生了多久，黑暗忽然就亮了，像一块放电影的幕布，上边掠过一些陈旧的景色。陈旧的景色里弥散出麦的清香，一个小女孩在新割过的麦茬儿地里奔跑，跑着跑着，她就跌倒了。麦茬儿扎破了小女孩的手，有了痛感的小女孩哇哇地哭了。正在前边弯腰割麦的干瘦男人，抹了一把脖子上黏稠的汗水，扔下手里的镰刀，一脸烦躁地走向跌倒的女孩。他是去扶女孩的，可是在他把女孩扶起来之后，瘦骨嶙峋的大手掌重重地拍在女孩的屁股上，配合着恨恨的画外音，"让你不听话，让你到处跑！"女孩的哭声更响亮了，她用满是鲜血的小手去抹眼睛，小脸儿登时就变成了五彩云朵。另一个割麦的女人，疯子般冲向他，高高举着锋利的镰刀。看那阵势，他的手掌再拍向女孩，女人手里的镰刀就会把他的头颅当成一棵成熟的麦子。

小艾爸爸认出来，那个拍打女孩的男人就是他。很多年，他都为那个拍打自责。除了他自己，没有人知道和了解他的自责。自责是有生命的，它在他的心里潜滋暗长了几十年，从纤弱变得高大粗壮。他总感觉，他的心里快装不下它了。它需要一个契机，从他狭隘的空间里释放出来。

小艾爸爸觉得，这个契机来了。

他合上干瘪的小眼睛，心一松弛，货真价实的鼾声就自弹自唱起来。

　　转天的早上，不过是以往任何一个早上的复制。踏着小城有节奏的睡眠，小艾爸爸起床，去卫生间，冲水，然后下楼。就要往楼下走了，小艾爸爸忽然止住了步子，用一秒钟思考了一个问题。他重新开了门，进了卫生间，探头端详了一下马桶。看着已经冲干净了的马桶，小艾爸爸朝着脑门做了一个拍打的动作，啪——声音很清脆。从卫生间退出来，小艾爸爸又轻着步子进了他和小艾妈妈的小卧室。老婆子还在睡，哑哑啦啦的鼾声在喉间撕扯着。小艾爸爸想扳一下小艾妈妈的头，扳正了，呼吸就顺畅了。他大概是怕惊扰了小艾妈妈的睡眠，两只枯瘦的大手就改变了方向，捉起被角往里掖了掖。这才重新开门下楼。

　　小艾爸爸早上多出来的小细节，小艾的耳朵捕捉到了。现在的小艾，完全可以不用再为得子醒来，她是为她自己醒。父亲是否冲了马桶，成了她对生活在意的一部分，无法割舍掉了。关于父亲为什么在这个早上多出来一个小细节，小艾觉得自己已经没有多余的脑细胞去想这个问题。

　　冷，夹杂着一些湿润的气息。小艾爸爸抬头看了看天，星星集体消失了，厚厚的云层黑着一张比夜色更黑的脸，在酝酿一场坏情绪。

　　小艾爸爸熟悉卫生区里的每一个景物，每一棵树，每一泡狗狗的大便。狗狗喜欢在树根底下大便，他可以根据那些已经冻僵的大便形状以及粗细程度，清晰地分辨出来是哪一只狗狗排泄出来的。这一泡弱小的是国美犬琪琪的，那一泡强大的是藏獒枫枫的。他小心地将它们收到他的铁簸箕里，不留下一片碎渣滓。

　　就是这里了，老伙伴倒下的痕迹还在。也是一个冬天，紧邻着小艾爸爸卫生段的老林，扫完了自己的段，溜达过来和小艾爸爸吹牛，说他刚给中央的一个大干部打完电话，反映环卫工人待遇低下的问题。中央大干部当时就发了脾气，说这不是压榨底层人民吗，把你们县委书记的名字报上来，我非撸了他的官不可。小艾爸爸就嘿嘿地笑，你咋跟赵本山一样扯淡呢。老林见小艾爸爸不信他的话，就激动起来，你这老家伙不信我是不是，等涨工资了你那份归我啊！老林不仅说，还手舞足蹈。忽然一个没站稳，身子向后踉跄而去……一条老命换来四十五万。四十五万，不少了，摞起来比他还得高呢。

天亮得好慢啊，仿佛走了一个世纪的路程。老林，我的命不比你的贱吧？小艾爸爸向天堂的方向发出探问。

一辆黑色的奥迪车，朝着小艾爸爸驶过来。不，它不过是想经过小艾爸爸。想经过小艾爸爸的它，看见小艾爸爸的身子忽然向它扑过来，它吓坏了，尖叫着改变行驶方向。那具衰老的躯体与它擦身而过，以最优美的姿态，朝着坚硬的马路跌落。头颅与马路撞击的声响，震落了这个冬天的第一朵雪花。

慢慢养大的小说（后记）

在这个早春的下午，我蹬着单车一路向西。家本就在城西，因此借助车子的力量，无需花费太久的时间，便与闹市渐行渐远。春天懂我，给予我更充分的沐浴。太阳也懂我，让没有高楼遮挡的暖意温柔地抚摸我的面颊和心灵。

宽阔的马路上也有同行人，我不知道他们向哪里去，又从哪里来。一名年老的阿姨，三轮车后边拖曳了一只小拉车，小拉车上码放着几个鼓囊囊的编织袋。老阿姨缓缓而行，很容易便被我超越了。再往前走，右侧是一大片荒芜之地。它曾经繁华过、热闹过，被尘世的烟火浓浓熏染过。数年前，繁闹被迁徙的羽翅驮走了。试图掩盖荒芜的蓝色铁围挡，在马路左侧一栋栋回迁楼的衬托下，显得很虚弱。我惊奇地发现，围挡竟然有一个入口，稀稀落落的人正通过这个入口进入到荒芜的内部。入口很宽阔，货车甚至完全可以轻松地通行。

在好奇心的驱使下，我从入口拐了进去。迎面，一个临时废品收购点，像占山的王一样，霸道地打破了荒芜的平衡。简易的塑料棚子里，这边堆积着白色泡沫，那边堆积着纸箱壳，既凌乱又规整。离几个塑料棚子七八米远处，有一间袖珍的小亭子，小亭子前是一台古老的秤。几个上了年纪的人，正挨个儿把大袋子小袋子或是打成捆的纸箱板，往秤上搬运。亭子里一个衣服和头发都蒙着一层尘垢的年轻男子，低头算账，然后把手从窗口伸出来，指间捏着几张陈旧的面值不等的纸币，递给刚卖完废品的老人。亭子显眼的位置，一个收付款的二维码沉默不语。

"按斤称，还是数个儿？"面目很像是九〇后的年轻男子问我刚才路遇的阿姨。老阿姨打量着从小拉车上搬下的袋子，在盘算袋子里的两百个塑料瓶子是称斤上算，还是数个儿上算。不远处，有人在荒芜中开垦。开垦过的地方，用砖头石块圈起来，仿佛具有了某种主权属性。过不了多久，经过污水管道灌溉的菜蔬，便会被鲜灵灵地摆在城区的路边。开荒的身影、废品收购点，终有一天会随着挖掘机的轰鸣而不复存在。但我敢肯定，未来的某一时刻，它们会在我的文字里出现。在我走近的那一刻，它们便被我滋养起来。年轻的收废品小伙儿、思量袋子里矿泉水瓶子是过秤上算还是数个儿上算的老阿姨、垦荒者用砖石圈画希望的经纬，以及沐浴我的春风、温柔的阳光，都会如羔羊一般散养在我心灵的山坡上。它们在山坡上吃草，悠闲地散步，一天一天地成长。长得肥壮了，活泼些的，开始撞击我的思绪。创作的灵感和火花，便在这样的撞击中产生。性子内敛的，需要时只轻轻地唤一声，便会有了美妙的应答。

　　我所有的小说都是这样慢慢养大的，这部最新的集子也不例外。经过豢养的素材，成长期各不相同。就拿这部集子中《我的农民父亲》来说，"父亲"是我从小就养起来的。那时，是一种下意识的豢养，我还不知道以后"父亲"会成为小说的角色。事实上，很多小说都取材这种非刻意的豢养。小说在慢慢成长，我自己又何尝不是。自身成长了，才能生出更敏锐的探知触角和体恤之心。自身成长了，才能更从容地驾驭那些被自己豢养成熟的小说材料。

　　由我慢慢养大的小说，讲述的都是如我一样平凡小人物的故事。尽量努力，让故事散发出扎根现实的泥土味道、人性交锋的金属味道、治愈与毒性的草药味道。惶惶然，不知道读者是否闻到并喜欢我深度迷恋甚至自以为是的这些味道。

感谢北岳文艺出版社的编辑老师们，正是老师们的辛苦劳动和付出，才让我的小说有了更多被读者看见的机会。深深感谢！